TUMMA VAI VAALEA?

Kirjailijan aikaisemmat teokset:

Elämän tie 1 (romaani, 2007)

Elämän tie 2 (romaani 2008)

Talja (romaani 2009)

Perijä (romaani 1010)

Kuokkavieraana syöpä (omakohtainen kertomus 2012)

Tiemestarin testamentti (romaani 2014)

Mestarista johtajaksi (romaani 2015)

Ympyrä sulkeutuu (romaani 2016)

Metsämies (romaani 2018)

Elämä kantaa (romaani 2019)

KukkaPuu (romaani 2020)

Rautaa ja rakkautta (romaani 2021)

Terästä ja tunteita (romaani 2023)

Tumma vai vaalea (romaani 2024)

TAUNO NAUMANEN

TUMMA VAI VAALEA?

Kustantaja: BoD · Books on Demand GmbH, Helsinki, Suomi

Kirjapaino: Libri Plureos GmbH, Hampuri, Saksa

ISBN: 978-952-80-8246-0

1

Markku souteli hiljakseen Jänissaareen Viinijärvellä. Hän oli valvonut pari yötä ja miettinyt elämäänsä. Se oli vuoden sisällä heittänyt volttia. Päivällä Markku oli ostanut kupoliteltan ja päättänyt viettää viikonlopun yksinään saaressa. Oli pakko saada ajatuksensa kuriin ja saada riittävästi nukuttua, sillä asunnollaan kerrostalon yksiössä hän ei siihen oikein pystynyt. Viikon päästä loppuisi opinnot ja viimeinen vuosi alkaisi syksyllä, sitten hän olisi ensi keväänä valmis työelämään. Mistä hän saisi työtä? Tosin sillä ei olisi mitään väliä, hän oli valmis lähtemään minne vain. Ei ollut mitään esteitä, eikä kukaan jäisi tänne kaipaamaan. Äiti toivoi, että jäisin kotipuoleen, mutta Markkua muutaman kerran oli ahdistanut, kun vanhemmat yrittivät määräillä hänen elämäänsä. Tänä kesänä hän oli lupautunut isänsä kanssa rakentamaan yhtä omakotitaloa. Jos rakennus olisi ollut pelkästään runkorakenteinen hän ei olisi lähtenyt mukaan. Mutta rakennuskohde oli hirsitalo ja siinä hänellä oli paljon oppimista. Isä oli aikoinaan rakentanut paljonkin hirsitaloja, mutta nykyään pääsääntöisesti rakennettiin runkorakenteisia lautataloja ja myöskin tiilitalot olivat muotia. Varsinaistesi pyöreästä hirrestä tehtiin vain huviloita ja kesämökkejä. Mutta tämä oli aivan normaali omakotitalo, joka tosin oli varsin lähellä Viinijärven rantaa. Markku oli päättänyt, että hän ei käy töissä kotoa käsin vaan yöpyy Joensuun asunnolla. Hän oli ostanut viime kesänä vanhan Opelin ja kunnostellut sitä ja ajeli sillä työmaalleen.

Isä ei tehnyt taloa urakalla, koska rakennuttajapariskunta oli lääkäreitä ja olivat sitä mieltä, että urakkatyö olisi aina huonompaa kuin tuntityönä tehty. Tosin isä Jussi oli vähän naureksinut lääkäripariskunnan perusteluille, mutta samapa tuo kyllä se hänelle ja pojallekin sopi hyvin. Nyt kumpikin sai palkkansa sovitun tuntihinnan mukaan, ei tarvinnut miettiä mikä osa palkasta kuului kummallekin. Tosin isä oli vanhempi rakentaja, joten hänen palkkansa oli selvästi suurempi. Markkukin oli ollut rakentamassa jo monena kesänä isänsä mukana, mutta nyt hänelle syksyllä alkaisi viimeimen vuosi ammattikorkeakoulussa ja keväällä valmistuisi rakennusmestariksi.

Markku otti kahvipannun veneen teljen alta ja täytti sen vedellä. Täällä selällä vesi oli puhtaampaa kuin rannassa ja siksi hän täytti pannun ennen rantaan soutamista.

Hän veti veneen sen verran maalle, ettei se irtoaisi rannasta. Sitoi kuitenkin keulassa olevan köyden lähimpään rantaleppään. Paikka johan hän teltan pystyttäisi ei ollut aivan rannassa, vaan pienen leppäpusikon takana olevalla aukiolla, joka oli kuin tehty telttailua varten. Hän oli ollut samalla paikalla telttailemassa jo aikaisemminkin ja tunsi tämän entuudestaan hyväksi. Paikka oli suojaisa, siinä ei ollut korkeita puita lähellä eikä tarvinnut pelätä, vaikka tulisi ukkosmyrsky. Sellaisen yön hän oli yksinään joskus poikasena viettänyt. Myrsky oli työntänyt silloin veneen poikittain rannalle ja se oli ollut täynnä ruskeita kaisloja ja muuta järven kasvustoa, jotka aallot olivat heittäneen veneeseen saakka.

Ensiksi Markku sytytti pienen nuotion ja laittoi siihen kahvipannun kiehumaan. Tulisijan oli joku rakentanut kivistä, ja se oli siinä ollut jo monta vuotta.

Vedenkiehumista odotellessaan Markku alkoi purkaa uutta telttapakettia. Siinä oli mukana pystytysohjeet, mutta normaali miehenä hän heitti ne pois ja oli sitä mieltä, että hän osaa teltan pystyttää ilman ohjeitakin. Mutta ei se niin helppoa ollutkaan. Hän ei saanut tukikaaria pystyyn vaan ne aina irtosivat. Piti etsiä ohjeet käteen. Niistä selvisi, että hän yritti väkisin saada kaaret pystyyn. Ohjeen mukaan ne laitettiinkin ensiksi telttaan kiinni ja sitten vasta liitetiin yhteen. Nyt se pysyi hyvin pystyssä ilman mihinkään sitomista. Mutta varmuudeksi hän sitoi ne mukana olevilla tapeilla ja naruilla kiinni maahan. Kahvipannun kansi putosi paikoiltaan, kun pannu alkoi voimakkaasti kiehumaan. Osa vedestä ryöpsähti yli ja sammutti nuotiota. Hän keitti kahvin ja jätti pannun kivelle selviämään ja laittoi makuualustan ja viltin teltan sisälle.

Kahvin juotuaan Markku meni telttaan ja aikoi nukkua. Häntä kyllä ramasi, mutta ajatukset kuitenkin alkoivat kiertää kehää.

Noin vuosi sitten hän oli tavannut Hojo Hojon tansseissa Pipsan ja tykästynyt nuoreen naiseen. Hän oli päässyt saatolle, mutta Pipsa oli vähän naureksinut Markun autoa, kun se oli ollut vielä aivan laittamatta. Mutta muuten he olivat tulleet hyvin juttuun keskenään. Pipsa asui Tuusniemellä. Tosin kun hän ajoi Pipsan kodin pihaan, häneltä oli mennä sormi suuhun. Talo oli komea kaksikerroksinen puutalo. Piha oli laitettu viimeisen päällä. Markku pysäytti auton portin viereen ja jäi ihmeissään katsomaan Pipsaa. Katse oli kysyvä, ja Pipsa huomasi, että hänen olisi varmaankin syytä kertoa jotakin:

– Minä asun tässä kotona kesän, mutta talvet olen Joensuun yliopistossa opiskelemassa kieliä. Tuolla talon takana on meidän yrityksen toimipaikka. Siellä on konehalleja ja huoltorakennuksia. Isällä ja minua aika paljon vanhemmalla veljellä ja tämän vaimolla on siellä monitoimiyritys.

– Mikä heidän varsinainen toimialansa on? Markku kysyi vähän häkeltyneenä.

– Lähinnä se on kuljetusalan yritys. Heillä on monta rekkaa ja myöskin pienempiä autoja, joilla hoitavat tavaroiden jakelua kauppaliikkeisiin.

Markun mielessä kävi, että nyt hän taisi iskeä liian isoon kalaan kiinni. Tuskin hänen koukkunsa pitäisi kovin kauan. Markku päätti kuitenkin, ettei hän kovin ylhäältä putoa, vaikka toista tapaamista ei Pipsan kanssa tulisikaan. Hiljaisuus jatkui jonkin aikaa ja Markku jatkoi:

– Jäin tässä miettimään, että sinä taidat olla rikkaan talon tyttö. Ja kuten sanoin minä olen varsin vähävarainen opiskelija. Enpä taida sinua toista kertaa saada tämän auton kyytiin, ja katsoi Pipsaa suoraan silmiin.

– Miten niin? En minä miestä katsele sillä silmällä millainen auto hänellä on, vaan mies on itsessään tärkeä.

– Näin se pitäisi olla, mutta kyllä se on tosiasia, että ison talon tytöt tahtovat naida ison talon poikia ja muut saavat katsella vertaisiaan.

– Nyt minä kyllä loukkaannun kohta sinuun. Varmasti noin onkin monessa tapauksessa, mutta ei minun tapauksessa. Kyllä minä kuulen huomenna varmasti, ettenkö löytänyt miestä huonommalla autolla saattamaan, sillä yläkerran ikkunan verho äsken heilahti ja siellä yöpyy veljeni vaimonsa kanssa. Minäkin olisin voinut jäädä tänne pysyvästikin tekemään työtä, mutta haluan täältä pois. Haluan oman elämän muualla en täällä.

– Että minullakin olisi siis jonkinlaisia toiveita sinun suhteen? Markku sanoi.

– Tuohon en sano mitään, mutta tuletko ensi lauantaina tänne tanssimaan. Jos tulet jatketaan sitten juttua, Pipsa sanoi ja suuteli nopeasti Markkua ja nousi pois autosta ja vilkutti mennessään.

8

Markku oli vähän hölmistynyt, tämähän on mielenkiintoinen likka.

Markulle tuli näistä ajatuksista hyvä mieli ja hän nukahti telttaan.

Aamulla Markku heräsi, kun päivä oli jo pitkällä. Hän jäi telttaan loikoilemaan ja muisti illalliset ajatuksensa. Ja niinhän siinä oli käynyt, että muutaman kerran he tapasivat Pipsan kanssa. Markusta tuntui, että jotenkin Pisa olisi halunnutkin jatkaa tapaamisia, mutta hän oli sanonut:

– Minun on saatava jalat pois isän ja äidin pöydän alta, ennen kuin olen vapaa elämään itsenäisesti. Hän oli halannut Markkua lämpimästi ja sanonut:

– Annetaan kohtalon meitä kuljettaa ja katsotaan mihinkä se meidät vie.

Siihen oli Markun pitänyt tyytyä. Hän oli käynyt muutaman kerran tanssipaikalla, mutta hän ei tavannut Pipsaa siellä. Markku oli kirjoittanut ja soittanikin firmaan, mutta sieltä oli vastattu, ettei neiti ole tavattavissa. Markku oli tyytynyt siihen ja todennut, ettei koukku pitänyt noin isoon kalaan ja päättänyt unohtaa koko jutun. Köyhän on turha yrittää tavoitella rikkaan talon tyttäriä.

2

Markku jäi telttaan miettimään miksi hän muisti niin hyvin vuosi sitten olleen tapahtuman. Miksi se nousi voimakkaasti muistikuviin. Hän oli valvonut muutaman viime yön aivan toisen asian takia.

Joulukuussa Markku oli tavannut toisen naisen Emman. Hän oli tavannut Emman Joensuun kadulla. Oli ollut tuulinen päivä ja oli satanut vähän alijäätynyttä vettä, mikä oli tehnyt kadut liukkaaksi. Markku oli lähtenyt lenkille säästä välittämättä. Hänen edellään oli mennyt naishenkilö, joka oli yhtäkkiä kaatunut ja jäänyt makaamaan kadulle ja valitti kättään.

– Sattuiko? Markku kysyi, kun kyykistyi naisen viereen.

– Sattuu vasempaan käteen niin hirveästi.

– Soitanko ambulanssin?

– Älä soita eiköhän tämä tästä selviä ilmankin, nainen vastasi ja yritti nousta ylös.

– Anna minä autan, Markku sanoi ja auttoi naisen seisomaan. Hän huomasi, ettei nainen pysy pystyssä ja piti tätä kiinni ja sanoi:

– Et sinä pysty kävelemään, olosi on hutera. Minä vien sinut asunnolleni ja katsotaan sitä kättä.

Nainen valitti hiljaa, kun Markku tuki naista. Ilmeisesti naiseen sattui kovasti. Markun asunnolla he katsoivat kättä ja se oli kyynärvarresta turvonnut paksuksi.

– Tässä on murtuma. Sinut pitää viedä sairaalaan ei tässä muu auta. Laitetaan tähän ensiksi kolmioside, jos se vähän helpottaisi kipua ja ota tästä yksi Burana.

– Soita minulle taksi, pakko kai tässä on lähteä, sattuu niin pirusti – anteeksi.

– Ei tähän mitään taksia tarvita, minä vien sinut.

Markku oli vienyt naisen keskussairaalan ensiapuun ja ihmeekseen Emma pääsi heti eteenpäin. Markku oli pelännyt, että nainen joutuu tuskissaan odottamaan pitkään, mutta ilmeisesti hoitaja huomasi naisen olevan niin tuskaisen, että hänet ohjattiin suoraan lääkärin luokse. Markku lupasi odottaa naista niin kauan, että tietää pääseekö nainen pois vai jääkö sairaalaan. Noin tunnin odottelun jälkeen nainen pääsi pois. Käsi oli kipsattu ja hän oli saanut särkylääkettä, joten hänet kotiutettiin. Markku vei hänet tämän asunnolle aivan sisälle saakka. Nainen asui yksinään, mutta hän lupasi kutsua yhden ystävän luokseen. Jossakin välissä oli selvinnyt naisen nimi, se oli Emma Siponen. Emma pyysi Markkua istumaan ja lupasi keittää tälle kahvit ja maksaa Markun vaivat. Tietenkään hän ei ottanut mitään korvausta ja kahville Markku lupasi tulla joskus toisten. Jos vaikka Emma tarvitsisi jotakin apua, kun oli yksikätinen. Hän antoi Emmalle puhelinnumeronsa ja pyysi tätä soittamaan, jos tarvitsee apua. Markun mielessä kävi, että oliko naisen ystävä mies vai nainen. Mutta se selvisi hänelle heti, kun Emma sanoi, että Mirkku tulee ihan kohta hänen luokseen. Markku toivotteli paranemista ja kysyi Emman puhelinnumeroa, että hän voi kysyä tämän vointia. Emma antoi puhelinnumeron ja kiitteli kovasti miestä, kun tämä oli niin lämpimästi häntä auttanut.

Vasta autossa Markku jäi miettimään, että nainen taisi olla ihan hyvännäköinen. Hän ei ollut naisen olemukseen kiinnittänyt mitään huomiota, koska tämä oli ollut niin tuskainen. Ilmeisesti oli myös aika lailla samanikäinen kuin hän, ehkä jonkun vuoden nuorempi. Ajellessaan asunnolleen hän tunsi hyvää mieltä, kun oli pystynyt auttamaan tuntematonta naista. Markku päätti soittaa muutaman päivän päästä ja kysyä Emman vointia.

11

Mutta hän ei ehtinyt soittaa, kun nainen soitti hänelle kahden päivän päästä ja pyysi Markkua tulemaan kahville. Sen hän olisi ehdottomasti tälle velkaa.

Markku mietti, että mitäs hän laittaisi päällensä ja pitäisikö hänen jotakin viedä Emmalle. Hän päätyi farkkuihin ja poolopuseroon ja meni kukkakaupan kautta ja osti ruusukimpun. Markkua vähän jännitti, mutta hän päätti, että kutsu oli tullut Emmalta niin ehkä tämä jännitti enemmän kuin hän.

Emma oli laittanut kahvipöydän koreaksi ja kiitteli kovasti Markun tuomaa kukkakimppua. Nyt vasta Markku katsoi naista tarkemmin. Tämä oli pukeutunut aika leveään hameeseen ja valkoiseen puseroon. Markku oli ollut oikeassa, Emma oli varsin tyylikäs nainen. Ei kovin pitkä mutta hyvin naisellinen. Hänellä oli käsi paketissa, mutta se ei näyttänyt juurikaan haittaavan. Ilta meni mukavasti ja he juttelivat kuin olisivat tavanneet jo monta kertaa. Emma kertoi olevansa kirkonkansliassa töissä ja jotenkin Markku sai sellaisen kuvan, että nainen oli uskonnollinen. Emma kertoi olevansa sairauslomalla, koska yksikätisenä hänen oli vaikea tehdä kirjoitustöitä. Ilta päättyi rauhallisesti ja he lupasivat tavata jatkossakin.

He tapasivat talven aikaan viikonloppuisin, mutta Emma meni aika usein kirkollisiin tilaisuuksiin. Hän sanoi olevansa lestadiolainen ja sen vuoksi minkäänlainen intiimisuhde ei heidän välillään tullut kysymykseen. Kevättalvesta Emma sanoi käyvänsä usein siskonsa Marjan luona, joka oli myös lestadiolainen. Erään kerran Emma vaikutti hyvin rasittuneelta ja Markku kysyi naiselta:

– Miksi sinä vaikutat ahdistuneelta?

Emma alkoi itkeä, mutta kertoi sitten rauhoituttuaan:

– Minun sisko Marja odottaa kuudetta lastaan ja hän on tosi masentunut.

– Kuudetta? Markulta pääsi.

– Niin, hänen edellinen lapsi on vajaan vuoden ikäinen. Mutta tässä meidän uskonnossa ei hyväksytä mitään ehkäisyä.

– Ei kai nyt vaimo voi olla lapsentekokone? Markulta lipsahti.

– Sinä loukkaat meidän uskontoa ja vakautumista.

– Anteeksi, mutta en minä ymmärrä, että nainen on koko ajan raskaana. Millainen se hänen miehensä oikein on?

– Hän on pappi, ja hyvä saarnamies. Mutta ei hän paljon ehdi tekemään kotihommia.

– Voi Marja raasu, ei käy kateeksi.

– Lapsia tulee, jos on tullakseen, Emma päätti keskustelun tältä osin.

Markku jäi miettimään Emman puheita. Hän oli kieltämättä ihastunut naiseen. Hänen oli tarkoitus kosia Emmaa ennen kesää, mutta hän päätti ensiksi puhua asiat tämän kanssa selväksi. Oliko hänelläkin noin tiukka kanta ehkäisyyn. He tapailivat kevättalven aikana kuten ennenkin. Kyllä he halasivat ja suutelivatkin, mutta sitä pitemmällä nainen ei Markkua päästänyt. Eikä hän saanut jäädä tämän luokse yöksi, vaikka Emma asuikin yksin. Toukokuun lopussa Markku päätti ottaa puheeksi lapsiasian:

– Minun on ollut tarkoitus kosia sinua, mutta minä haluan ensiksi puhua muutamasta asiasta sinun kanssa.

– Puhutaan vain, Emma sanoi iloisesti.

– Minä olen ajatellut, että meillä voisi olla yhteinen elämä ja sinä voisit muuttaa luokseni asumaan. Mitä mieltä sinä olet siitä?

– Eli me mentäisiin pian naimisiin. Sitäkö tarkoitat?

– Sitäkin, mutta me voitaisiin asua jonkin aikaa avoparina. Ja tutustua yhteiseen arkeen.

– En minä halua kieltäytyä avioliitosta, mutta avoliittoon en suostu. Se on vastoin meidän uskonnollista vakaumusta. Ainakaan tämän vuoden puolella en voi muuttaa paikkakunnalta pois.

Siskoni alkaa olla viimeisillään ja hän tarvitsee apuani. Mutta voidaanhan me olla kihloissa, jos minä sinulle kelpaan.

– Sinulle on sitten uskontosi niin tärkeä, että sen periaatteista et halua luopua?

– Kyllä se on minulle elämän perusta.

Markku jäi miettimään hetkeksi ja sanoi:

– Minä kysyn suoraan sen mikä minua arveluttaa. Hän piti taas pienen tauon:

– Oletko sinä sitten sitä mieltä, että meille saisi syntyä lapsia niin paljon kuin tulee? Etkö voi hyväksyä mitään ehkäisyä ja lapsiluvun rajoittamista kahteen tai kolmeen.

Nyt oli Emman vuoro olla hiljaa ja tuijottaa lattiaa. Markku näki, että nainen kävi kovaa kampailua itsensä kanssa.

– Kyllä asia on niin, että en hyväksy mitään ehkäisyä, Emma vastasi surullisen oloisena.

– Minä voin sanoa sinulle, että minä en kestä sitä, että vaimoni olisi jatkuvasti raskauden rasittama. Minun omatunto ei sitä salli. Sinä olet minulle rakas ja minä en ole mies, joka voisi saattaa sinut samaan tilaan missä kerroit siskosi Marjan olevan. Eikös hän ollut psykiatrisella osastolla, muistanko oikein?

– Kyllä hän oli kaksikin kertaa, mutta jos se on jumalan tahto niin se on niin.

– Minun on pakko ottaa aikalisä. Lähden jonnekin yksin miettimään tätä tilannetta. Markku nousi ja lähti etsimään takkiaan ja kenkiään. Emma tuli hänen luokseen ja halasi ja suuteli.

– Kyllä minä sinua rakastan, mutta noista periaatteista minun on vaikea luopua, Emma sanoi ja purskahti itkemään.

Markku antoi hänen itkeä hetken. Sitten hän irtautui Emmasta ja meni pois.

Markku oli miettinyt koko sunnuntaiaamupäivän teltassaan, mitä hän tekee. Hän tiesi, että Emma oli hänelle rakas, mutta sitä hän ei tulisi kestämään mitä Emma halusi, lapsia rajattomasti. Hänestä se oli julmaa naista kohtaan. Hän ei voisi elää tällaisessa suhteessa. Tämä olisi toinen kerta vuoden aikana, että naisystävän kanssa menee välit poikki. Tosin Pipsa ei ollut suoraan sanonut hänelle, että tämä oli tässä, mutta hävinnyt, eikä Markku ollut saanut yhteyttä yrityksistään huolimatta.

Markku purki teltan ja vei tavarat veneelle. Hän souti hiljakseen venerantaa ja teki päätöksen ennen rantaan päästyään. Rannalla hän soitti Emmalle:

– Terve täällä Markku. Voitaisiinko tavata tänä iltana sinun luona viiden aikaan. Sopiiko se?

– Hei! Sopii hyvin, minä käyn siskoni luona myöhemmin. Tervetuloa.

Markku ei kertonut mitä asiaa hänellä on. Puhelimessa ei ollut mukava kertoa hänen päätöstään. Markku kävi lapsuuden kodissa ja sopi isänsä kanssa mitä huomenna tekisivät talotyömaalla.

Hän meni viiden aikaan Emman luo. Tämä halasi häntä avattuaan oven. Hetken Markulta meinasi pokka pettää, mutta hän meni olohuoneeseen istumaan. Hän näki, että Emma myös jännitti.

– Vieläkö sinä olet sitä mieltä, jos mennään naimisiin, että lapsilukua ei mitenkään rajoiteta?

– Eihän lapsia tule, jos me ei rakastella, Emma vastasi.

– Muuta keinoako emme käytä?

– En minä voi luopua uskonnollisesta vakaumuksestani.

– On se ihme juttu. Minä vietin yön saaressa ja mietin tätä asiaa. Minun omatunto ei myöskään hyväksy sitä, että nainen on

15

jatkuvasti raskaana. En ymmärrä miten meidän omattunnot ovat noin keskenään erilaisia.

– Minun näkemykseni ja vakaumukseni perustuu raamattuun. En minä sille voi mitään.

Markku katsoi lattiaan ja oli hiljaa. Sitten hän nousi ja ojensi Emmalle kätensä ja sanoi:

– Sitten meidän on syytä jatkaa erillään valitsemillamme teillä. Minä en voi sille mitään. Toivotan sinulle hyvää jatkoa ja toivon sydämestäni, että olet onnellinen koko elämäsi ajan. Minä poistun nyt sinun elämästäsi.

Markku kääntyi ja käveli ulos. Autoon istuttuaan häntä ahdisti, mutta mitä pitemmälle hän ajoi asunnolleen päin, sitä vakuuttuneempi hän oli, että teki oikein. Nyt ei Emmallekaan jää väärää kuvaa. Meitä ei ole tarkoitettu toisillemme. On parempi käydä tallainen ristiriita läpi nyt eikä sitten kun se olisi ajankohtainen. Hän kyllä arvosti Emmaa ja piti hän viehättävänä naisena, mutta erimielisyys oli liian suuri, ettei siihen voinut etsiä kompromissia.

Muutamaa päivää myöhemmin Markku meni käymään kotonaan. Hän oli talven aikana kuullut, että äiti ja Emma tunsivat toisensa. Markku oli muutaman kerran käynyt kotonaan Emman kanssa.

– Terve äitimuori ja systerit. Mikäs teidät on tänne tuonut?

– Terve itsellesi, ota kahvikuppi keittiöstä ja tule kahville, äiti-Laura sanoi.

Kun Markku istuutui kahvipöytään, äiti vilkaisi ja sanoi.

– Emma soitti ja sanoi teidän välinne katkenneen. Miksi sinä nyt teit sen, kun Emmalla on huoli siskostaan, joka on vaikeuksissa. Emma tarvitsisi nyt kaiken tuen myös sinulta, äiti sanoi.

– Mistä ne hänen siskonsa vaikeudet johtuvat? Markku kysyi.

16

– Ymmärrä nyt, hänen siskonsa Marja odottaa kuudetta lastaan, ja edellinen on vajaan vuoden ikäinen, siskoTuuli sanoi tiukasti.

– Miksi et kysynyt, mistä me oltiin erimieltä. Kysyitkö mitä Marjan mies puuhaa päivät ja illat? Onko hän vaimoaan tukemassa? Kyllä minä myönnän, että Emma on ihan viehättävä nainen, mutta nuo lestadiolaisten periaatteet murtavat naisten mielenterveyden. Vuotahan sinäkin, kun sinulla vajaan kolmen vuoden päästä kuusi lasta niin kuin Marjalla. Oletko sinäkin psykiatrisessa sairaalassa?

– Marjan mies pappi ja saarnaaja, hän täyttää hänelle annettua tehtävää. Ravistellessaan meitä syntisiä, Tuuli puolusti.

– Voi piru vie, eikö se Jeesus käskenyt rakastamaan lähimmäisiään. Mikä on sen ukon lähimmäinen, jos ei oma raskaana oleva vaimo. Se on sen verran kotona, että käy panemassa vaimonsa raskaaksi ja voi sitten lähteä tekemään uskontonsa mukaista työtä. Melkoinen käki, Markku sanoi kiukkuisena.

– No älkäähän lapset, Laura-äiti yritti rauhoittaa. Hän näki, että Markkua painoi jonkin verran hänen eronsa Emmasta.

– Sinä et ymmärrä, kun et ole uskossa. Naisen tehtävä on synnyttää lapset, se on luonnon laki. Ja sitä Marja toteuttaa niin kuin hänen omatunto sanoo, Tuuli sanoi.

– Jaa eli nainen on lapsentekokone. Kyllä minäkin lapsia joskus haluan, jos olen naimisissa, mutta onko minulla sitten sattunut omantuntoja jaettaessa huonompi versio. Kyllä minulla Marjan miehenä olisi suorastaan kauhean huono omatunto, jos rakas vaimo olisi ajettu niin loppuun, että mieli järkkyy. Otahan nyt sisko järki käteen ja ajattele. Ihminen se on Marjakin, Markku paasasi edelleenkin kiihkeästi.

– Kyllä minä olen Markun kanssa samaa mieltä. Minustakin se Marjan mies pitäisi salvaa ja heittää munat harakoille. Onhan tuo suorastaan vaimonsa henkistä murtamista, nuorempi Teija-sisko puolusti Markkua.

– Eikös se vanha sanonta ole, että vaimo pitää pitää talvet kengittä ja kesät raskaana,

niin se pysyy silloin kotona miestään passaamassa.

– Nythän teillä on kovat puheet. Eikö se ole jokaisen oma asia montako lasta kukin haluaa. Ei siihen voi kukaan sivullinen tarttua. Eikä ne miehet yleensä lapsia hoida. Ei teidänkään isä-Jussi juuri ehtinyt lapsia hoitamaan. Hänellä oli täysi työ saada meille tarpeeksi rahaa, äiti sanoi.

– Kyllä se äiti nykyään on aivan toinen asia. Isät vaihtavat vaippoja ja käyttävät lapset kylvyssä. Se on melkein sääntö eikä poikkeus. Minun mies on aina ottanut osaa lasten elämään. Nytkin se lähti muksujen kanssa uimaan, kun minä läksin tänne, Teija kertoi.

– Mutta kyllä sinä huonoon aikaan sen Emman jätit. Olisit miettinyt miltä hänestä tuntuu, kun siskosta on huoli.

– Ei me olla missään riidoissa erottu ja johan on piru, jos minun pitää jonkun häntäheikinpapin vaimon sairastaminen huomioida omassa elämässäni. Marjana menisin johonkin tilaisuuteen missä ukko paasaa ja ottaisin ukkoa korvasta kiinni ja sanoisin nyt kotiin lapsia kaitsemaan. Se olisi tuollaiselle ukolle ihan oikein. En ole koskaan sanonut yhtään pahaa sanaa Emmasta. Me on keskusteltu ja olen tullut keskustelujen jälkeen siihen tulokseen, että parempi on nyt lähteä erisuuntiin. Ehkäpä Emmakin miettii, onko hän joskus samassa tilanteessa kuin siskonsa Marja, Markku veti yhteen ja jatkoi:

– Kiitos kahvista äiti. Ei tämä keskustelu ollut kovin mieltäylentävää, mutta jospa tämä vähän pudisti ilmaa ja väärinkäsityksiä. Minä lähden ajelemaan sinne isän rakennustyömaalle.

– Tsemppiä Markku ja vie isälle terveisiä, Teija huusi ja vilkutti.

3

Markku jatkoi hirsirakentamista lääkäripariskunnan rakennuksella. Hän oppi monta asiaa isältään ja oli siitä kiitollinen. Pyöröhirsisalvoksia ei hänen opiskelussaan tullut vastaa. Ja varmaankin tällaisia rakennuksia rakennettiin Lapin lomakeskuksiin. Lapissa oli hyvin keloja saatavana ja hän oli nähnyt hyvinkin paksuista hirsistä tehtyjä loma-asuntoja. Jopa viidestä hirrestä voi seinä nousta tasavarviin. Nykyään kyllä rakennettiin suurin osa hirsirakenteista joko pyöreäksi kuoritusta hirrestä tai sitten sahatusta hirrestä. Kesämökit ja loma-asunnot yleensä tehdään talotehtailla valmiiksi seinien osalta, ja rakennus kasataan ja loppuun rakennetaan mökkipaikalla. Se työ on valmiiden hirsiosien paikoilleen laittamista.

Eräänä päivänä rakennuttajapariskunta tuli käymään. Heillä oli mukanaan ulkopuolinen valvoja, joka kävi muutamia kertoja katsomassa, että rakennustyö etenisi suunnitelmien mukaan. Rakennuttaja pariskunta oli Aino ja Mikko Ruuskanen. He kiertelivät rakennuksen kokonaan eikä heillä ollut mitään huomauttamista. Rakennuksessa oli vasta muutama hirsikerros valmiina. Osa sisäseinistä tulisi lautarakenteisina ja ne he tehtäisiin sitten kun katto on talon päällä.

Mikko Ruuskanen tuli Markun luokse ja kysyi tältä:

– Olisiko nuorella miehellä voimia ja kiinnostusta tehdä iltaisin jotakin muuta työtä?

– Kyllä lisätyö ja lisäraha aina kiinnostaa. Ei opiskelijalla koskaan ole liikaa rahaa,

Markku vastasi.

– Niin meillä olisi nykyisellä talolla ruohonleikkuuhommia, ja sitten haluaisin rakennuttaa tontin ympäri aidan, Mikko sanoi.

– Millainen aita siihen tulisi? Ja käsikoneellako se nurmikko pitäisi leikata?

– Kyllä meillä on ajettava pieni leikkuri ja sitten jonkin verran pitää trimmerillä tarkkoa. Koneella ei ihan kaikkea pääse tarkasti ajamaan. Minä käyn sen aidan kuvat hakemassa autosta, Mikko sanoi ja meni autolleen.

– Nurmikkoa ei tarvitse kuin parin viikon välein leikata, silloin se pysyy varsin hyvänä, rouva Ruuskanen kertoi.

– Tällainen aita. Valettaisiin tuollainen antura ja siihen metalli kiinnikkeet ja puutolpat joihin aita kiinnitetään. Tuttu arkkitehti tämän piirteli. Tolpat ja laudat ovat ruskeaa kestopuuta, niin sitä ei tarvitse maalailla. Se kuulemma arkkitehdin mukaan muuttuu tyylikkään harmaaksi aikaa myöten.

– Jos tuon haluaa säilyttää ruskeana, niin se pitää parin vuoden välein käsitellä väriaineella, Markun isä-Jussi sanoi.

– Pitäisikö tästä sopia urakka, vai tehdäänkö tuntityönä niin kuin tämä rakennuskin? Ja pitääkö minun hankkia tarvikkeet? Markku kysyi.

– Tämä arkkitehti laski tarvikemäärän ja lupasi hoitaa tavaran kuljetuksen jonkin liikkeen kanssa, kun saadaan ensiksi tekijä sovittua.

– Milloin tämän pitäisi olla valmiina?

– Ei ole mitään tarkkaa aikaa, jos tämän kesän aikana.

– Pakkohan minun on se tehdä ennen opiskelujen alkamista. Syyskuussa alkaa opinnot.

– Pidetäänkö asia sovittuna? Mikko kysyi.

Markku vilkaisi isäänsä ja sanoi:

– Kyllä minulle käy, jos saan tehdä silloin kun minulle parhaiden sopii. Lupaan, että aita on elokuun loppuun mennessä valmis. Milloin voisin tulla katsomaan sitä paikkaa ja pitää sopia myös ne tavaran toimitusajat?

– Vaikka tänä iltana. Meidän talo on pari kilometriä Siikakoskelle päin. Keltainen talo tien oikealla puolella. Löydät varmasti sen.

– Minä tulen heti neljän jälkeen.

Markku istuutui isänsä kanssa lankulle seinän suojaan, kun rakennuttajat lähtivät valvojan kanssa pois, isä kaivoi repusta kahvitermospullon.

He kuulivat, kun rouva kysyi valvojalta:

– Miltä se tuo työjälki asiantuntijasta näyttää?

– Olette valinneet hyvät rakentajat. Jälki on hyvää ja minusta työ etenee hyvin. En olettanut, että noinkin paljon jo ovat saaneet seinää nousemaan.

– Sehän on mukava kuulla. Minä en tuosta paljon ymmärrä, rouva vastasi.

– Minä vähän pelkäsin, kun sanoitte tuntityönä teetättävän, että monesti työt eivät etene kovin hyvin.

– Sen vuoksi minä pyysinkin tuota nuorta miestä tekemään sitä aitaa. Minustakin tuo on edennyt hyvin, Mikko Ruuskanen sanoi.

Sitten äänet häipyivät kuulumattomiin.

– Siinäs kuulit poika, silloin kun teet töitä, muista, että hyvä työnjälki kertoo aina paremmin kuin hyvätkin paperit. Tällainen juttu kun leviää ihmisten keskuuteen, silloin töitä poikii aina lisääkin. Niin kuin nyt sinulle tuo aitaurakka jo osoitti.

– Ihan hyvä juttu että sain iltahommia, olen vähän iltaisin turhauttanut, kun laitoin välit poikki Emman kanssa. Onpahan muuta ajateltavaa.

22

– Mikä teidän välit katkaisi, minustahan se oli ihan hyvännäköinen ja -tapainen nainen.

– Ei tytössä mitään vikaa ollutkaan, mutta se hänen uskonnollinen vakaumus ei sovi sellaisenaan minulle.

– Mikäs siinä oli niin ihmeellistä? isä kysyi.

– En minä sitä kerro sinulle. Se on meidän välinen asia. Ihan hyvinä ystävinä me erottiin. Ei ollut mitään riitoja eikä kaunoja jäänyt kummallekaan.

– No se on aina hyvä asia? isä kuittasi.

Markku ajeli Ruuskasten talolle. Siikakosken tiehaara on aivan Viinijärven keskustassa. Hän mietti ajaessaan, että nyt hän pystyy viimeisen kouluvuoden elämään varsin kohtuullisesti. Hänelle riittää rakennuksella töitä koko kesäksi ja lisäliksaa varmasti tulee iltahommista. Isä oli oikeassa, että työjälki on oltava hyvää. Ja tunnit on oltava totuuden mukaiset. Tuntihommissa olisi helppo lisätä työtunteja vähän enemmän kuin olisi mennyt, mutta siitä jos kiinni jää niin maine kusee.

Markku huomasi jo kaukaa Ruuskasten talon. Ympärillä oli isot peltoaukeat, joten talo näkyi hyvin tielle. Pihassa oli kaksi autoa ja Mikko Ruuskanen tuli toisen miehen kanssa häntä vastaan. Mies oli kuulemma arkkitehti Ruutu. Markku arvioi, että tontin ympärysaita olisi ainakin kaksisataa metriä pitkä. Tontti oli tasaista maata, joten siihen ei tarvitsisi korkoa muuttaa koko aita-alueelle.

Arkkitehti otti autonsa takakontista paksun muoviputken pätkän ja sanoi:

– Tarkoitus on, että tällainen putki kaivetaan maahan siten, että yläreunasta jää maapinnalle viisisenttiä. Sinun pitää vaikka pitkän laudan avulla vaatrata nämä putket vaakasuoraan. Sitten putket tuetaan ympäriltä hiekalla, jotta ne ovat tukevasti paikallaa. Putkiin valetaan betoni ja siihen asetetaan tuki-raudat, johon puutolpat kiinnitetään kahdella ruuvilla.

– Tuleeko hiekka ja betoni tänne paikalle ajettuna, vai pitääkö minun hankkia ne? Markku kysyi.

– Minä toimitan kaikki tänne. Sinun pitää ensiksi kaivaa nämä muoviputket maahan ja saada ne vaateriin. Sen jälkeen pumppuauto tuo valmiin betonin ja samalla sinun pitää laittaa tolppatuet paikoilleen. Soita minulle, kun kaikki putket olet saanut paikoilleen. Minä tulen silloin käymään ja sovitaan jatkosta. Valuhommaan sinun pitää varata kokonainen päivä. Näitä tolppia tulee kahden ja puolen metrin välein. Niitä tulee satakunta kappaletta.

– Millaista tämä maa on? Tuleeko vastaan kiviä? Markku kyseli.

– Ei pitäisi tulla. Tämä tontti on vanhaa peltoa. Joitakin puunjuuria voi olla noiden puiden lähellä, mutta nehän saa poikki kirveellä, arkkitehti valisti.

– Minä kaivan yhden kuopan, niin näen, kuinka iso työ noiden putkien upottaminen on.

Markku kävi autostaan lapion ja kaivoi nurkkatolpan kuopan. Arkkitehti ja Ruuskanen seurasivat Markun kaivamista. Kun pintanurmen otti pois, sen alla oli sorainen multa, joka oli varsin helppoa kaivaa. Kun Markku sai mielestään kuopan riittävän syväksi, hän laittoi muoviputken siihen.

– Se on aivan sopivan syvällä. Pidä tätä lähtökohtana. Tässä on peruskorko muille tolpanpohjille. Tähän portin kohdalle tulee betoniset pylväät, ja sähköllä avautuva portti, joka liukuu tänne aitaviereen, mutta katsotaan se viimeiseksi. Näille portin pylväille älä kaiva minkäänlaista kuoppaa.

– Minä aloittaisin nämä kaivuuhommat huomenna. Saadaanko tänne siihen mennessä nämä muoviputket ja hiekkaa.

Olisi hyvä saada putki heti tuettua, kun saa koron kohdalleen, Markku kysyi.

– Kyllä huomisiltaan mennessä ne ovat täällä, arkkitehti Ruutu lupasi.

– Sitten tämä oli kai tässä. Ajelen asunnolleni ja tulen huomenna samoihin aikoihin aloittamaan työt.

– Eipä sitten muuta, kyllä tästä hyvä tulee, isäntä Ruuskanen sanoi.

4

Markku ahkeroi seuraavan viikon kaivuuhommissa. Työ ei ollut raskasta, mutta putkien saaminen tarkasti samaan korkeuteen oli kyllä aika vaikeaa. Hänellä oli kolmen tolpan pituinen lauta, jolla korkeuden tason sääti ja se ei ollut niin helppoa. Sitten hän älysi laittaa hiekkaa kuopan pohjalle, jolloin putken korkeutta voi tarkasti säätää, pyörittämällä putkea hiekkaan.

Jonkin verran hänen työtään häiritsi nuori nainen, joka pienissä bikineissä luki kirjaa aurinkotuolilla. Markku ei tiennyt kuka nainen oli, mutta hänen mielestään tämä oli muotovalio. Näin hän naisen luokitteli mielessään. Oliko nainen lääkäriperheen tytär, sitä hän ei tiennyt. Yhtenä iltana molemmat Ruuskaset tulivat katsomaan, kun Markku kaiveli viimeisiä putkia maahan.

– Kohtahan sinä pääset valamaan, Mikko Ruuskanen sanoi.

– Sovin sen arkkitehdin kanssa, että maanantaina valetaan. En mene silloin sinne rakennukselle.

– Minkä väriseksi tämä aita maalataan? kysyi heidän mukana tullut nuori neiti. Markku ei ollut huomannut koko nuorta naista. Nyt hän huomasi, että tyttö oli aika nuori ilmeisesti parikymppinen.

– Ei tätä maalata ollenkaan. Tämä tehdään ruskeasta kestopuusta. Se sitten ajan kuluessa harmaantuu.

– Sehän lahoaa isä, jos sitä ei maalata, tyttö sanoi.

– Ei se lahoa se on kyllästetty lahoamattomaksi.

– Minusta tähän kävisi valkoinen aita, tyttö jatkoi.

– Niin kävisi, mutta se ei pysy pitkään valkoisena. Joten kyllä tyylikäs harmaakin on hyvä, Aino Ruuskanen selitti.

– Niin sitten, tyttö kuittasi.

He keskustelivat hetken aikaa talonrakennustyömaasta ja Ruuskaset lähtivät pois. Markku päätti kaivaa vielä loppukuopat ja lopettaa sitten työt.

Maanantaiaamuna tuli betoniauto. Sitä ennen Markku oli kantanut joka valuputken luokse tolppien kiinnitysraudat. Valu kävi aika nopeasti koska kiinnitysraudoissa oli laippa, jota myöten ne painettiin valuun. Ainoa toimenpide oli, että ne tulevat keskelle ja vatupassille piti tarkistaa, että raudat tulevat suoraan.

Arkkitehti Ruutu tuli käymään, kun Markulla oli viimeiset valut jäljellä. Arkkitehti mittaili muutamien kiinnitysrautojen suoruuden vesivaa'alla, mutta ei löytänyt mitään huomauttamista.

– Nämähän on hyvin valettu, mutta nyt se alkaa tarkin vaihe, kun asetat nämä pystylaudat näihin vaakalautoihin. Ruutu kävi autostaan kaksi pystytolppaa, joissa oli kannatekoukut vaakalautoja varten valmiina.

– Ja sitten ruuvaat pystylaudat noihin kiinni.

Markku jäi miettimään samalla kun Aino ja Mikko Ruuskanen tulivat paikalle.

Arkkitehti selvitti heille, kuinka pystylaudat nyt laitetaan paikoilleen. Kalikalla asetetaan pystylautojen välit samankokoiseksi.

Markku mietti, että tuohan on jo tyhmyyden huippu. Ei hän niitä lähde yksitellen kasaamaan. Uskaltaisikohan tuolle herralle sanoa suoraan, kuinka hän rakentaa aidan.

– En minä sitä noin monimutkaisesti tee. Tuohan on tosi hidasta puuhaa, eikä tule kunnollistakaan.

– Mitä, se tehdään niin kuin minä sanoin, arkkitehti sanoi hyvin närkästyneenä.

– En ainakaan minä tee noin, Markku vastasi rauhallisesti.

– Miten niin, eikös sinulla ole Mikko sopimus, että se tehdään minun laatimien piirustusten mukaan.

– Näin sitä sovittiin, Mikko sanoi sovittelevasti.

– Se tehdään juuri noiden piirustusten mukaan, mutta me ei sovittu siitä, minkälaisin työmenetelmin aita rakennetaan. Ja minä päätän sen, Markku sanoi suoraan.

– Ei tässä ole muita mahdollisuuksia.

– Kyllä on, jättäkää se asia minun huoleksi. Milloinka nämä tolpat ja lautatarvikkeet ovat täällä. Joko ne ovat huomenna?

– Ei aitaa voi alkaa vielä huomenna kokoamaan, valun pitää antaa kuivaa, arkkitehti sanoi edelleenkin vihaisen oloisena.

– Kyllä minä sen tiedän, mutta pilkkoisin etukäteen laudat sopivan mittaiseksi ja voisitte tulla huomenillalla, vaikka kahdeksalta katsomaan kuinka tämä aita rakennetaan. En viitsi alkaa sitä selostamaan tässä.

– Aidan pitää olla juuri sellainen kuin on tarkoitettu, minä tulen sen tarkastamaan. Minä olen rakennuttanut monta aitaa ja ne on tehty kirvesmiesten toimesta niin kuin minä olen kertonut, Ruutu sanoi.

– Minusta ne miehet eivät ole kirvesmiehiä, vaan tekijä on ollut mies ja kirves ja sillä on suuri ero. Kuten kysyin, onko puutavara ja nuo tolpat huomenna täällä kiinnitysruuveineen? Markkukin sanoi aika tiukasti. Nyt arkkitehti sohaisi Markun ammattiylpeyttä.

Ruuskasta näytti naurattavan ja hän kääntyi selin arkkitehtiin nähden.

– Kyllä ne puutavarat ovat huomenna täällä, Ruutu sanoi aivan asiallisesti. Hän huomasi aliarvioineen Markun ammattitaitoa. Sen hän haluaa nähdä miten kirvesmies homman hoitaa. Mutta tarkistusmittaukset ovat tarkkoja.

– Missä tässä on lähin pistorasia, josta saa sähköä, että osaan tuoda riittävän pitkät sähkökaapelit, Markku kysyi.

– Tuossa autotallin oven vieressä on maadotettu rasia, Mikko sanoi.

– Hyvä minä lähden hakemaan työpöydän tänne valmiiksi huomiseksi. Toivoisin että puutavara puretaan pöydän viereen, Markku sanoi ja käveli autolleen.

Arkkitehti ja Ruuskaset jäivät keskustelemaan.

– Poikahan oli varsin nenäkäs, kun tuntui tietävän asiat paremmin kuin minä. Nuorta miestä rakennuksilla arkkitehdit vielä opettavat, Ruutu sanoi.

– Niin se on nuorilla miehillä. Tämä poika valmistuu kuulemma vuoden päästä rakennusmestariksi. Mutta kyllä hän minusta on ollut tekevä mies. Ei siinä näytä nuhjailtavan, kun se töitä paiskii.

– Meidän tyttö Liina, otti aurinkoa tuossa takapihalla ja hän ihmeteli, miten se jaksaa koko ajan olla työn touhussa, Aino sanoi.

– Pitäähän sitä nuorenmiehen näyttää, kun kaunis nainen ottaa aurinko. Vaikka tulisi vielä tyttöänne tapailemaan.

– Minusta tämä Markku vaikuttaa aika kainolta mieheltä, tuskin se tulee, Aino jatkoi keskustelua.

Markku ajeli takaisin talonrakennustyömaalle ja laittoi peräkärrin autoonsa. Raahasi pitkän työpöydän siihen ja laittoi myös katkaisusirkkelin ja haki kolme jatkojohtoa kyytiin. Sitten hän otti muutamia lautoja ja ohuen neliskulmaisen riman ja lähti takaisin aitatyömaalle.

Kello oli vasta kuusi ja hän päätti valmistella huomista hommaa. Markku veti johdon autotallin luota työpöydän luo ja alkoi pilkkoa sopivan pituisia pätkiä laudoista ja neliörimasta.

29

Arkkitehti Ruutu ja Mikko Ruuskanen tulivat takaisin hänen luokseen:
– Miksi sinä noita silppuat? Ruutu kysyi.
– Valmistelen vähän huomista, Markku sanoi hiljaa. Kohta poltan päreeni. Siksi hän käveli autotallin luo ja irrotti sähköjohdon pistokkeesta ja siirsi johdon niin, ettei se jäänyt ajoradalle. Nyt oli parempi lähteä kotiin. Hän ei selitä mitään. Markku otti reppunsa, laittoi auton takakonttiin ja ajoi pois. Mikko ja Ruutu jäivät vähän hölmönä katsomaan auton perään.

Asunnolle ajaessaan hän mietti tarkkaan, kuinka hän rakentaa työpöydälle jigin, johon aitalaudat ladotaan ja sitten vain ruuvataan ne kiinni. Hän mietti, että yhden pylväsvälin aidan hän tekee kymmenessä minuutissa, kun ensiksi on laudat sahattu oikean mittaiseksi. Markkua vähän keljutti, koska oli meinannut polttaa päreensä arkkitehdille. Ruuskanen näytti jotenkin asiallisemmalta. Ja Ruuskanenhan hänelle palkan maksaisi.

Seuraavan iltana hän tuli aitatyömaalle ja huomasi, että tavarat olivat paikalla. Hän kiinnitti ruuveilla kaksi tolppaa valurautoihin kiinni ja mittaili tarkasti mittoja. Hän ensiksi pätki joukon vaakalautoja, jotka olivat paksumpia ja laittoi ne kiinni tolppiin. Sitten hän katsoi Ruudun piirustusta ja huomasi jotakin outoa. Hän pilkkoi muutamia pystyyn tulevia lautoja. Mallasi niitä vaakalautoihin, ei aidasta tulisi sen näköistä mitä piirustus näytti. Pystylaudat olivat liian lyhyet. Markku tarkisti vielä kuvasta pystylaudan pituuden ja se oli satakaksikymmentä senttiä. Vaakalautojen väli yläreunasta alareunaa oli sama eli satakaksikymmentä senttiä. Hän kiinnitti muutaman laudan ja alkoi rakentaa työpöydälle jigiä. Vähän aikaa rakennettuaan hän huomasi syrjäsilmällä, että

Aino ja tytär Liina tulivat hänen luokse. Markku tervehti heitä nyökkäämällä, mutta Aino sanoi:

– Tässä on meidän Liina tytär ja hän halusi tulla katsomaan miestä, joka koko ajan tekee töitä. Markku pyyhkäisi kättään housun lahkeeseen ja tarttui Liinan ojennettuun käteen ja sanoi:

– Markku, ja jatkoi sitten:

– Ei kai tuosta aidasta pidä tuollaista tulla?

– Onko tuo se lopullinen aita. Tuohan on tosi töpö, Aino sanoi.

– Minusta suorastaan kauhean näköinen, Liina sanoi terävästi.

– Niin minustakin, mutta jos arkkitehdin piirustusten mittojen mukaan tehdään, niin tuollainen siitä tulee, Markku vastasi.

– Ei voi olla totta, minä kutsun Mikon tänne. Aino kaivoi kännykän ja soitti miehelleen ja pyysi tulemaan aitatyömaalle.

– Sinä olet varmaan käsittänyt piirustukset väärin, Liina sanoi Markulle vähän nenäkkäästi.

– Tässä neidille piirustus ja metrimitta sen kun mittaatte, olkaa hyvä, Markku ojensi tytölle piirustuksen ja metrimitan. Tyttö punastui ja peräytyi:

– En minä osaa.

– Sitä mieltä minäkin olen, Markku kuittasi.

– Mikä hätä täällä on? Mikko Ruuskanen kysyi vähän hengästyneenä.

– Ei tässä mitään hätää ole vielä. Mutta jos minä jatkan aidan tekemistä piirustusten mukaisilla mitoilla, oletteko te tyytyväisiä? Tuossa on malli, Markku sanoi ja osoitti kädellään aidan alkua.

– Ei se tuollainen ole siinä piirustuksessa. Nämä pystylaudat menevät yli molemmin puolin poikkilaudoista. Näkeehän tämän sokeakin, Mikko sanoi myös närkästyneenä.

31

– Niin näkee, kyllä minä sen tiedän, mutta kun herra arkkitehti on laudat näin mitoittanut. Enhän minä uskalla niitä muuttaa, hän tuntui olevan kovin tietäväinen ja minun mittapuuni mukaan turhan tärkeä. Me tuolla rakennustyömailla arvostamme jokaisen ammattitaitoa, niin raudoittajien betonimiesten, kuin arkkitehdin ja mestareiden ammattiosaamista.

– Niinhän se on. Yhteistyö on voimaa, Mikko yritti helpottaa tilannetta.

– Oli vähällä, etten pilkkonut koko kasaa satakaksikymmentäsenttisiksi pätkiksi. Tälle olisi tullut aika paljon hintaa.

– Sieltähän se arkkitehti tuleekin, Aino huomasi lähestyvän auton.

– Iltapäivää, joko sitä aitaa syntyy? Ruutu kysyi.

– Ei oikein siltä näytä. Eihän se tuollainen pitänyt olla, Mikko sanoi ja osoitti vuorostaan aidan alkua.

– Mitä, etkö sinä poika osaa lukea piirustuksia ja mittoja, kun tuollaista sutta ja sekundaa teet. Arkkitehti otti piirustuksen käteensä ja katsoi vihaisesti Markkua.

– Näinkö on? Markku sanoi.

– Näkyyhän tämä kuvasta, että pintalaudat menevät yli poikkikannakkeiden. Oletko sinä sokea? arkkitehti ärähti.

– Perkele! Herra arkkitehti tutkii oman piirustuksen ja tarkastaa mittansa. Alakoululainen osasi tuon aidan mitoittaa paremmin, Markulta kiehahti.

– Missä metrumitta. Markku heitti metrimitan arkkitehdille, joka meni mittaamaan aidan mittoja. Markku näki, kuinka arkkitehdin niska alkoi punastua yhä enemmän. Ruuskaset seisoivat hiljaa, mutta Liina hymyili Markulle leveästi. Markku päätti lisätä arkkitehdin tuskaa ja sanoi:

– Minunko olisi pitänyt maksaa nämä lämpökäsitellyt laudat, jos minä olisin pätkinyt kaikki liian lyhyiksi.

– Katos peijooni olen tehnyt virheen. Nuo pystylaudat pitää olla sataviisikymmentäsenttiä pitkiä.

– Herra arkkitehti merkkaa oikean mitan siihen piirustukseen, ettei enää tule sutta ja sekundaa, Markku sanoi.

– Tekevälle sattuu, Mikko yritti laukaista tilannetta.

– Mitä varten nämä palikat on ruuvattu tähän pöytää kiinni? arkkitehti Ruutu sanoi katsoen Markkuun.

– Ne ei kuulu herra arkkitehdille mitenkään. Minä vastaan niistä, Markku sanoi ja alkoi laittaa lisää palikoita pöydälle. Hän mittaili niiden paikat ja jatkoi kiinniruuvaamista. Eikä suostunut sanomaan mitään. Ruuskaset lähti arkkitehdin kanssa kohti taloa ja Markku jatkoi töitään. Eipä herra pyytänyt edes anteeksi, omaa virhettään. Kyllä isolla talotyömailla laitettaisiin tuollainen öykkäri ruotuun, olkoon millainen suunnittelija tahansa.

Markku sai jigin valmiiksi ja hän alkoi käyttää sitä. Ensiksi hän laittoi poikkipuut niille tarkoitettuihin uriin ja sitten pystypuut, joita varten hän oli palikoista tehnyt ohjaimet. Kun kaikki laudat olivat paikoillaan, ei tarvinnut kuin ruuvata laudat sähkövääntimellä kiinni jolloin kaksi ja puoli metriä aitaa oli valmiina. Hän siirsi ne kasaan ja jatkoi seuraavaa aidan pätkää. Kun hän oli saanut kymmenen kappaleita aitapaloja valmiiksi, hän kantoi ne paikoilleen. Aitatolpan kohdalle hän laittoi vielä yhden laudan pystyyn ja ruuvasi ne aitatolppaan kiinni. Nyt aita oli aivan yhtenäinen siinä ei ollut mitään turhia rakoja ja varmasti kaikki lautojen rakovälit olivat yhtä suuria. Olisi se ollut hidasta hommaa, jos hän olisi yhden laudan kerrallaan kiinnittänyt aitaan ja passannut raot samankokoiseksi jollakin palikalla, niin kuin arkkitehti oli vaatinut.

Markku huomasi, että arkkitehti ja Mikko katselivat pihasta valmista aitaa. Markku kasasi työkalut ja meni autoonsa ja ajoi pois. Hän näki koko porukan tulevan valmista aitaa kohti. Siinäpähän ihmettelevät ja etsivät virheitä.

Seuraavana päivänä Markku kertoi isälleen, että oli mennyt sukset arkkitehdin kanssa ristiin. Isä kuunteli ja sanoi sitten:

– Se on kuule niin, että elämän varrella tulee vastaan monenlaista niin sanottua asiantuntijaa, mutta yleensä täällä arvostetaan kaikkia työntekijöitä, sillä jokainen ymmärtää, että yhdessä tekemisellä ne vaikeatkin rakennukset tehdään. Omat virheet pitää aina tunnustaa, mutta toisten virheitä ei tarvitse omalle kontalleen ottaa, olkoon kuinka iso herra tahansa.

– Kyllä minä sen tiedän ja sanoinkin sen hänelle, mutta ei edes pyytänyt anteeksi töppäystään. Niska sillä kyllä punotti ja oli se nolonoloinen. Hänen mielestään aitalaudat olisi pitänyt yksitellen kiinnittää aitatolppien väliin. Rakensin jigin ja mätin siihen laudat, ei se sitäkään ymmärtänyt vaan kyseli mitä ne tukipalikat ovat. En alkanut selittämään.

– Sehän se on, kun jotkut tulevat koulunpenkiltä suoraan töihin, eikä ole käytännön kokemusta. Mutta kyllä niitä miehiä aika yleensä opettaa.

– Saa nähdä alkaako se täällä jotakin pottuilemaan, kun se sai illalla vähän nenilleen. Markku sanoi ja katsoi isäänsä.

– Enpä usko, jos jotakin aikoo, pyydetään jotakin tekemään malliksi, eiköhän se sitä rauhoita.

Markku meni taas illalla aitatyömaalle. Hän oli päässyt jo eteläiselle puolelle tonttia, kun Liina tuli korin kanssa hänen luokseen. Markku vilkaisi syrjäsilmällä tytön tuloa ja ihmetteli mitä sillä oli asiaa.

– Hei! Maistuisiko sinulle kahvi? Liina kysyi ja katsoi Markkua.

Markku vähän häkeltyi, mutta vastasi:

– Ainahan se kahvi maistuu, mutta mistäs hyvästä tämä on?
– Ihan siitä hyvästä, että olet niin ahkera. Eilen tuo Ruutu oli suorastaan törkeä. Moitti sinua, vaikka oli itse töpännyt. Niin ja anteeksi, minäkin olin muka joku asiantuntija.
– En minä sitä sinun asiantuntemusta kovin vakavasti ottanut. Tiesinhän minä, että tuskin sinä näitä töitä olet tehnyt.
– Isä sanoi, että sinä opiskelet teknillisessä oppilaitoksessa. Mikä sinusta tulee, kun valmistut? Liina tiedusteli.
– Rakennusmestari pitäisi tulla, mutta saa nähdä tuleeko, Markku vastasi, kun samalla joi kahvia.
– Sinusta tulee varmasti hyvä mestari, kun uskalsit Ruudulle sanoa suoraan mitä mieltä olet.
– En tiedä hyvyydestä, mutta isän kanssa eilen puhuttiin tuolla teidän talonrakennuksella, ettei toisten tekemiä mokia tarvitse ottaa omalle kontolle.
– Se on ihan oikein, kyllä arkkitehdin olisi pitänyt pyytää sulta eilen anteeksi.
– Ei tuollaiset miehet pyytele keneltäkään mitään. Ne omasta mielestään tietävät kaiken, vaikka eivät tietäisikään.
– Niin taitaa olla, Liina kuittasi.
– Mitä sinä opiskelet, vai oletko vielä lukiossa? Markku puolestaan kysyi. Hän huomasi, että tyttö tuntui ihan mukavalta ja asialliselta kun vähän rentoutui. Alkuun tyttö oli vähän jännittänyt.
– Minä pääsin keväällä ylioppilaaksi. Hain Kuopioon lääketieteelliseen, mutta en päässyt.
– Eli vanhempiesi jälkiä seuraat. Haet ensi keväänä uudelleen. Kyllä se sitten tärppää.
– Niin minä teen, mutta haen kuitenkin Joensuuhun ammattikorkeakouluun terveydenhuoltoalalle. Jos en ensi vuonnakaan pääse niin tuleepahan oltua ainakin alan opintojen parissa. Voin vaikka käydä sairaanhoitajaksi ja sitten yritän uudelleen.

– Sehän on hieno suunnitelma. Sinusta tulee sitten hyvä lääkäri. Kai sinä tulet sitten tekulle tanssimaan, jos sellaiset järjestetään. Meillä on aina tapana ollut järjestää ainakin pikkujoulu, jonne hoitsuopiskelijat kutsutaan, Markku kertoi.

– Saa nähdä, sitten minä voin kertoa tuliko siitä hirsitalosta lämmin, Liina sanoi ja katsoi hymyillen Markkua.

– Epäiletkö sinäkin, ettei me osata rakentaa lämmönpitävää taloa?

– En epäile, mutta tuli vain mieleeni. Mutta nyt minä vien sinun aikaasi?

– Ei minulla ole tässä urakkaa. Vähennän tämän jutteluhetken työtunneistani, oli niin hyvät kahvit ja pullat, joten kiitos paljon. Toivottavasti me tavataan talven mittaan Joensuussa. Markku nousi seisomaan nurmikolta, jossa oli istunut kahvin juonnin ajan.

– Saa nähdä. Hei vaan, Liina sanoi ja lähti korinsa kanssa kohti taloa.

Olisi ihan kiva tyttö, mutta taitaa olla sama kuin sen Pipsankin kanssa. Vanhemmat ovat omasta mielestään parempia ihmisiä, kun ovat rikkaita. Vaikka Pipsa ja tämä Liinakin tuntuivat ihan mukavilta kahden kesken, mutta siellä takana on vanhemmat, jotka sanovat, ettei meidän tytöt seurustele köyhien poikien kanssa. Varsinkin jos vanhemmat ovat tavallisia duunareita. Mistähän tuollainen vanhempien asenne johtuu, kuitenkaan he eivät tulisi juttuun, eikä tämä yhteiskunta pyörisi ilman meitä tavallisia työtekijöitä. Eihän meikäläisillä ole niin paljon rahaa kuin näillä niin sanotuilla parempiosaisilla, mutta ratkaiseeko se raha aina ja tuoko se onnea tullessaan. Taitaa monta nuorta mennä pilalle, kun isä ja äiti täyttävät lasten kaikki toiveet. Siinä äkkiä tulee sellainen tunne, että kaikki pitää saada nyt ja heti. Joku on sanonut, ettei raha tee onnelliseksi, mutta rauhoittaa. Varmasti sellainen ihminen, joka itse hankkii elantonsa ja tavaransa, osaa antaa arvoa sille, mitä onnistuu itselleen hankkimaan.

Markku laski, että tällä viikolla hän saa aidan valmiiksi. Sähköisen liukuportin laittaa kuulemma liike, joka niitä myy ja asentaa. Hänen ei tarvitse sitä tehdä. Hän saa aidan valmiiksi kuukautta aikaisemmin kuin lupasi. Elokuun alkuun oli vielä viikko aikaa. Markku teki töitä illalla yhdeksään ja lähti sitten asunnolleen.

Seuraavana maanantaina oli aidan hyväksyminen. Markku oli keskustellut Mikko Ruuskasen kanssa siitä, että arkkitehti tulee hyväksymään aidan, jotta hän voi viedä tavaransa pois. Markun saapuessa Ruuskasten talolle hän huomasi, että arkkitehti ja molemmat Ruuskaset kulkivat aidan viertä pitkin. Arkkitehdillä näkyi olevan metrimitta kädessään. Tämä näkyi mittailevan aidan korkeuksia ja tarkasteli vatupassilla aidan suoruutta. Markku ei mennyt paikalle, vaan alkoi raahata työpöytää peräkärryyn ja kelasi sähköjohtoja. Mittailkoot rauhassa hän odottaa täällä. Saatuaan kaiken laitettua valmiiksi Markku istuutui peräkärrin aisalle ja jäi odottamaan aidantarkastajia.

Varttitunnin päästä Ruuskaset saapuivat Markun luo. Tervehdittyään Markku kysyi:

– Miten paljon sieltä löytyi korjattavaa.

– Ei löytynyt yhtään, Mikko sanoi.

– No on siellä muutama tolppa vähän vino ja joku laudan väli ylhäältä leveämpi kuin alhaalta, Ruutu sanoi.

– Missä ne ovat minä korjaan?

– Ei niitä korjata, nyt tämä menee minusta hiusten halkomiseksi, Mikko sanoi aika vihaisesti.

– Ei varmasti tarvitse tehdä mitään, Aino Ruuskanenkin sanoi.

– Näyttää nyt herra arkkitehti ne tolpat ja lautojen välit missä on virhettä, Markku sanoi aika tiukasti ja katsoi arkkitehti Ruutua.

– En minä niitä merkinnyt ylös, Ruutu vastasi.

– Johan on piru, te syytätte huonosta työstä, mutta ette osaa sanoa missä ne virheet ovat. Enpä ole ennen tällaista heraa nähnyt.

– Hetkinen, aita on meidän ja minä sanon, että työn jälki on suorastaan loistavaa. Tontin aitahan tämä on eikä mikään huonekalu, Mikko Ruuskanen sanoi ja katsoi nyt suoraan Ruutua.

– Minä olen samaa mieltä, aita on tosi hyvä. Lähetään nyt kahville, Aino sanoi.

Markulla keitti sen verran, että hän päätti kieltäytyä. Häntä vähän huvitti, kun Ruutu katseli Ruuskasia vähän nolon näköisenä.

– Kiitos, mutta minä vien nämä tavarat talonrakennustyömaalle ja sitten minulla on vähän muuta menoa. Tässä on nämä aitaan käytetyt työtunnit. Siinä on joka päivän tunnit erikseen. Ruohonleikkuuajot minä annan teille sitten elokuun lopulla, kun aloitan syyskuussa opiskelun, Markku sanoi ja ojensi Mikko Ruuskaselle paperin.

– Kiitos, mutta mitäs minä teen näille ylijääneille laudoille. Olisiko siellä rinnuksella näille käyttöä?

– Minä voin viedä ne sinne, mutta noilla pätkillä me ei tehdä mitään, Markku vastasi.

Aino Ruuskanen ja Ruutu lähtivät menemään talolle päin. Mikko katsoi heidän jälkeensä, ja kun olivat riittävän kaukana, hän sanoi:

– En minä tiennytkään, että Ruutu on noin pikkumainen mies. Sitä jurppi melkoisesti, kun et suostunut kertomaan kuinka aidan rakennat. Tuohan oli suorastaan loistava tapa.

38

Varmasti lautavälit olivat samankokoisia. Se yritti väkisin etsiä vikoja aidasta, mutta vaimo sanoi jo tuolla aidan luona, että nyt menee saivarteluksi.

– Niinhän tuo on. Mutta kyllä jokainen kirvesmies tekee aidan noin, kun minä tein. Pystylautojen välit olisivat erisuuntaisia, jos ne yksitellen oisi kiinnitetty vaakalautoihin.

– Toivottavasti hän ei siellä rakennustyömaalla käy teille hankalaksi, Mikko sanoi vähän huolissaan.

– Ei isä kuuntele hetkeäkään asiatonta puhetta. Hänellä on kuitenkin niin paljon kokemusta, että asiattomat kommentit loppuvat lyhyeen. Se antaa arkkitehdille kirveen tai muun työkalun käteen ja sanoo, että näytä miten se pitää tehdä. Silloin yleensä turhat puheet loppuvat.

– Tuohan on hyvä konsti, silloinhan se ammattitaito näkyy. Mutta kiitos sinulle, aita on hyvä ja ennen muuta nopeasti tehty. Minä laitan tämän maksuun heti, Mikko sanoi ja lähti kotiinsa päin. Markku ajoi auton peräkärrin rakennustyömaalle ja lähti asunnolleen hyvillä mielin.

5

Markku meni seuraavana aamuna rakennustyömaalle. Isä-Jussi oli laudoittamassa kattoa peltikatetta varten. He olivat saaneet ulkopuoliset hirsiseinät valmiiksi. Edellisenä päivänä oli nosturi käynyt nostamassa takstuolit paikoilleen ja nyt heidän tarkoituksensa oli aloittaa kattoruoteiden naulaaminen. Markku huomasi ylhäältä auton saapuvan pihaan. Hän sanoi:

– Ruuskaset tulivat tänne. Mitähän asiaa heillä on?

– Jospa ne tulivat vain katsomaan, mikä on tilanne.

– Kun sinä Markku et eilen ehtinyt kahville, niin me päätettiin tuoda kahvit teille tänne, Aino Ruuskanen sanoi. Mukana oli myös Mikko ja Liina.

– Kiitos eihän teidän olisi tarvinnut, Markku vastasi.

– Tulkaa juomaan, minä laitan kahvin tähän työpöydälle. Liina ota sinä ne leivonnaiset autosta, Aino pyysi tyttäreltään.

– Tämähän on jo pitkällä, Mikko sanoi, kun oli kiertänyt talon.

– Tarkoitus olisi saada lämmöt päälle ennen syksyn kylmiä. Sitten voi sisätöitä tehdä huonommallakin ilmalla, Jussi sanoi ja jatkoi:

– Meillä olisi sellainen aikataulu, että me saadaan katto päälle ensi viikolla ja seuraavalla viikolla tulevat ovet ja ikkunat. Maalämpömiehet pääsevät sitten sisähommiin. Meillä on tavoite, että ennen Markun koulun alkua saadaan lattiat paikoilleen ja villoitukset. Minä sitten jatkan täällä sisähommia yksikseni. Milloin teidän pitäisi päästä asumaan? Siitä ei tarkemmin sovittu, kun aloitettiin rakentaminen.

– Olisi kiva viettää joulu täällä, Liina innostui.

– Kyllä me saadaan siihen mennessä oma osuutemme tehtyä, jos ei satu mitään sairautta, Jussi vastasi.

– Ai kun kiva, vietetäänhän me joulu täällä isä? Liina sanoi ja katsoi isäänsä.

– No katsotaan sitten.

– Me ei pystytä siihen vaikuttamaan mitenkä kalusteet ja sähkö- ja putkimiehet saavat oman osuutensa tehtyä. Se teidän arkkitehti ei ole käynyt vähään aikaan ja hän sanoi huolehtivansa kaikista materiaalitoimituksista ja aliurakoista. Minä annoin hänelle jo aikaisemmin aikataulun, milloin mitäkin pitäisi saada tänne. Ikkunat myöhästyvät ainakin viikon, mutta me pystymme kyllä tekemään työmme. Kun lattiaa tehdään, niin se ei saa kastua, mutta me laitetaan muovit ikkunoihin, jos sade uhkaa, Jussi selitti.

– Mistä se ikkunoiden viivästys johtuu? Mikko kysyi.

– Ei se herra meille ole kertonut syytä. Mutta se ei haittaa nyt, mutta keittiöön kalusteet, kaapit ja sisäovet pitää kyllä olla täällä silloin kun on sovittu. Markulla on syysloma ja silloin voidaan tehdä sellaisia töitä, joita yksin en saa tehdyksi.

– Minäpä kysyn siltä herralta, mikä on syynä. Jos jotakin hankaluuksia ilmenee, kertokaa minulle, Mikko sanoi ja jatkoi:

– Ei kai se ottanut nokkiinsa, kun se sai Markun tekemästä aidasta vähän nenilleen.

– Minusta se alkoi kyllä turhasta niuhottaa Markulle, kyllä teidän poika teki meille hyvän aidan. Minä meinasin sille riemastua, kun alkoi hiuksia halkomaan, Aino sanoi.

– No joo, sellaista sattuu, Markku kuittasi. Hän huomasi, kun Liina nosti peukun pystyyn ja hymyili.

– Meille saa kyllä asiasta sanoa, mutta turha on tulla asiattomista puhumaan. On niitä arkkitehtejä ja mestareitakin pitänyt joskus opettaa. Ei sitä isolla työmailla tule mitään, jos yhteistyö ei toimi, Jussi sanoi.

41

– Näinhän se on, yhteistyöllä sitä päästään eteenpäin, Mikko kuittasi.

– Kiitoksia kahvista ja kakusta ja tosi hyvistä voileivistä. Meidän taitaa pitää alkaa laudoittamaan kattoruoteita, jotta peltimiehet pääsevät katon tekoon silloin kun sovittiin.

– Kiitoksia vain teille, rakennus edistyy hyvin ja kaikki näyttää tosi hyvältä, Mikko kiitteli.

Ruuskaset lähtivät ja miehet nousivat katolle.

Elokuun lopussa talo oli varsin valmis ulkoapäin. He olivat saaneet ovet ja ikkunat paikoilleen. Samoin lattiat ja yläkerran katto olivat myös valmiina. Väliseinien teko alakertaan jäi isä Jussin huoleksi, mutta sen pystyi tekemään hyvin yksinkin. Markku oli luvannut tulla avuksi, kun keittiön kaappeja laitetaan paikoilleen. Ne oli yksin vaikea laittaa.

Molemmat miehet olivat seuranneet mielenkiinnolla, kuinka maalämpömiehet olivat työnsä tehneet. Jo alkukesästä he olivat seuranneet, kun maahan porattiin kuulemma sadanviidenkymmenen metrin syvyinen reikä, josta lämpö otettaisiin rakennukseen. Isä ja poika olivat keskustelleet, että niinköhän tuo onnistuu, mutta nyt kun ne työt oli tehty, niin talo oli hyvin lämmin. Eikä laitteet vielä pyörineetkään täydellä teholla.

Markun opinnot alkoivat ja hän jäi pois rakennukselta. Marraskuussa Markku kävi kirja kaupassa ja häntä vastaan tuli Liina. Molemmat vähän säpsähtivät, kun tulivat vastakkain kirjakaupan hyllyjen välissä.

– Mitä sinä täältä haet? Markku ehti ensiksi kysymään.

– Etsin aivan tavallisia kynijä ja kumeja, pitää tehdä vähän muistiinpanoja, Liina vastasi hymyillen.

– Eikös sitä nykyään opiskella pelkästään tietokoneen kanssa. Mitä sinä kynillä teet?

– Kyllä meillä kynääkin tarvitaan, ei kaikki ole tietokoneella.

– Jaa, no pitääkö se talo lämpimän sisällä vai kylmääkö siellä? Markku kysyi.

– Ei sitä vielä tiedä, kun ei ole ollut kovia pakkasia. Eikä me tietenkään siellä pysyvästi asuta. Isäsi tekee vielä kuulemma viimeistelytöitä. Minä en ole käynyt muutamaan viikkoon koko talolla.

– Miten on kävisikö sinulle kahvi? Minä voisin tarjota jossakin baarissa, Markku esitti.

Liina vähän aikaa mietti ja sanoi:

– Kiitos vain, mutta nyt en taida ehtiä. Me vietetään mimmien iltaa tuolla kämpällämme. Sovittiin se jo aikaisemmin.

– No, sitten joskus toiste. Älä katkaise kynästäsi lyijyä, kun teet niitä muistiinpanoja. Intoa opiskeluun, Markku sanoi ja heilautti kättään ja meni kirjakaupasta ulos. Olikohan Liinalla ollenkaan mitään mimmien iltaa. Taisi tyttö keksiä koko jutun. Se on hänen asiansa, ei taida olla soveliasta, että duunarin poika tarjoaa tohtorien tytölle kahvikupposta. Mutta mitäs tuosta, on näitä naisia, Markku mietti mielessään.

Syksy eteni kiireisen opiskelun merkeissä. Joulukuun ensimmäisenä perjantai-iltana olivat Ryynäset kutsuneet kaikki rakentajat tupaantuliaisiin. Markku oli isänsä kanssa sopinut, että he vievät yhdessä vain kukkakimpun, eikä mitään lahjaa, koska heidän oli vaikea keksiä muuta viemistä. Kutsu oli ollut avecina, joten Markun äiti Laura oli mukana. Markku oli tapaillut muutamia tyttöjä syksyn aikana, mutta ei hän ketään puoliuttua voinut viedä, joten hän meni vanhempiensa kanssa.

Komeat tervapadat paloivat kuistin pylväiden vieressä ja autoja oli piha täynnä. Perhe Ruuskanen oli vastaanottamassa vieraitaan. Jussi esitteli vaimonsa ja kättelyn jälkeen he menivät sisälle. Markku ei malttanut olla kysymättä Liinalta:

– Onko kynät pysyneet terävinä?

– Kyllä ovat pysyneet, ja hän hymyile leveästi. Markku näki, kuinka vanhemmat vilkaisivat tyttöään ja sen jälkeen häneen. Mutta Markku meni vanhempiensa mukana sisällä ja sai ovella tervetuliaismaljan. Kun kaikki olivat paikalla Mikko Ruuskanen tuli sisälle ja sanoi:

– Tervetuloa kaikki rakentajat. Minä haluan kiittää teitä hyvästä työstä. Täytyy sanoa, että monen alan ammattimiestä se yhden talonkin rakentaminen vaatii. Varsinkin kun se tehdään pyöreästä kelosta. Erityiset kiitoksen minä haluan lausua Jussi ja Markku Katajalle. Oli ilo nähdä, kuinka hirsi muuttuu lämpimäksi seinäksi taitavien kirvesmiesten käsissä. Näinhän talot aikoinaan rakennettiin. On todella hienoa, että tällaisia taitajia vielä löytyy. Luulen, että hirsirakentaminen näillä korkeuksilla on harvinaisempaa. Kyllä Lapissa on monenlaisia hirsimökkejä. Minusta niissä on aina oma tunnelmansa, ja siksi halusin tänne hirsitalon. Kiitoksia vielä kaikille teille, jotka olette tehneet mahdolliseksi tämän talon valmistumisen. Olkaa hyvät ja käyttäkää talon tarjouksia hyväksenne. Kaikki talon huoneiden ovet ovat auki, joten voitte vapaasti käydä niihin tutustumassa.

Markku kierteli huoneissa, vaikka hän tunsi pohjapiirustukset kuin omat taskunsa.

Oli kuitenkin mukava nähdä valmiit kalustetut huoneet. Keittiössä oli kaikki mahdolliset koneet, joita rouva Kataja kovasti ihasteli. Markku löysi sitten yhden huoneen, jonka hän arveli kuuluvan Liinalle. Liina tulikin hänen jäljessään huoneeseen.

– Tämä on varmaankin sinun huone? Markku kysyi.

– Mistä sinä niin päättelet? Liina kysyi hymyillen.

– Tämä on aivan sinun näköinen. Täällä on kokovartalo peili ja meikkaustaso. Muutenkin tämä on niin nuoren naisen värimaailmaan sopiva. Ei tämä sovi vierashuoneeksi.

– Joo, kyllä tämä on minun huone.

– Tämä on heti ulko-oven vieressä, että pojat pääsevät tuosta ovesta puikahtamaan sisään, eikä vanhemmat kuule, Markku vastasi kiusoitellen.

– Enpä tullut tuota ajatelleeksi. Sinun pitää tulla testaamaan. Onnistutko pääsemään minun huoneeseen, etteivät isä ja äiti huomaa.

– Ei sitä tiedä, vaikka tulenkin, Markku vastasi pokkana.

– No minä jään odottamaan ensivierailua.

– Eihän se tietysti onnistu, jos et ole juonessa mukana.

– Minäpä mietin sitä asiaa.

– Tämä on kyllä hienosti kalustettu ja nuo värit sointuvat tosi hyvin yhteen. Itsekö sinä valitsit? Markku kysyi.

– Kyllä minä itsekin olin mukana, mutta kyllä se pikkutarkka arkkitehti vähän antoi suunta viivoja.

– Sinä luet aivan väärälle alalle, sinun pitäisi lukea sisustusarkkitehdiksi.

– Pitää panna mieleen, jos terveysala alkaa ottaa päähän. Kiitos vinkistä, mutta minun pitää lähteä muitakin vieraita juututtamaan. Tavataan taas jossakin. Liina sanoi ja heilautti kättään.

Olisihan tuota likkaa mukava tavata, mutta mitähän ne vanhemmat siihen sanoisivat, jos löytäisivät minut Liinan huoneesta, Markku mietti mielessään. Tosin onhan tuo vielä aika nuori, keväällä lukiosta päässyt.

6

Markku ei tavannut Liinaa syksyn aikana. Mutta perinteinen pikkujoulu olisi heidän oppilaitoksessaan. Se oli vanha perinne, että vuorovuosin pikkujoulun järjestäisivät tekulaiset ja seuraavana vuonna terveysalanopiskelijat omassa oppilaitoksessaan. Markku oli mukana järjestämässä pikkujoulua huvitoimikunnan jäsenenä. Hän meni paikalle jo aikaisemmin järjestelemään tiloja juhlaa varten. Hän mietiskeli tulisiko Liina paikalle. Johonkin aikaan illasta Markku huomasi Liinan saapuvan ja hänen mukanaan oli hyvin tumma tyttö. Tytön vanhemmat eivät ilmeisesti olleet tummia molemmat, mutta varmaankin isä tai äiti olisi täysin tummaihoinen. Ilta kului varsin perinteisesti, pojat esittivät ohjelmaa ja tietysti erilaisiin kilpailuihin haastettiin vieraat. Joulupukkikin kävi. Jokaisen osallistujan oli pitänyt tuoda noin viiden euron lahja. Niitä ei ollut nimetty vaan pukki jakoi sattumanvaraisesti lahjapaketin jokaiselle. Tietenkin oli ostettu jos jonkinlaista tavaraa, varmuusvälineistä pieniin vaatekappaleisiin. Jokainen avasi oman lahjansa heti. Monessa pöydästä kuului melkoista kikatusta. Markku avasi oman lahjansa ja sai varsin pienet naisten aluspöksyt. Siitä riitti kavereilla vinoilua. Joku huusi, että sinun pitää alkaa sovittamaan niitä neideille.

Lahjojen jaon jälkeen alkoi tanssit. Markku kävi Liinan tanssimaan ja kysyi:

– Nyt on ollut pakkasia, onko sinun huoneesi lämmin? Viimeksi kun kysyin, sanoit ettet tiedä, kun ei ole ollut pakkasia.

– Aiotko tulla tarkistamaan, kun siihen minun huoneeseeni pääsee sinun mielestä helposti, ettei isä ja äiti huomaa? Liina vastasi hymyillen.

– En minä uskalla tulla, jos et kutsu minua. Vai tarkoititko, että tänä iltana olisi sopiva yö testaukseen.

– Ei nyt käy, sillä minulla on vieras mukana ja me ollaan tuolla opiskelijakämpässä ensi yö. Huomenna mennään vasta kotiin.

– Ai niin, sinulla oli mukana tumma tyttö. Kukas hän on?

– Hän on vanhempien perhetuttujen tyttö. Me ollaan hyviä ystäviä keskenämme, Liina vastasi.

– Onkos hänkin täällä opiskelemassa? Markku uteli.

– Ei hän täällä ole, Barbara opiskelee Kuopiossa. Mutta kun minä kerroin, että täällä on mukavia miehiä, jotka saattavat meidät tytöt aina asunnolle, niin hän halusi tulla mukaan.

– Eli me on sovittu, että minä saan sinut saattaa kämpällesi. Eikö niin? Markku kysyi.

– Kyllä muuten, mutta Barbarankin on hyväksyttävä sinut.

– Voisitko sinä vähän suositella minua hänelle, jotta en saa rukkasia.

– Kyllä sinun pitää itse kysyä. Sovitaan niin, että minä hyväksyn sinut, mutta se on nyt Barbarasta kiinni. Sinun pitää tanssittaa häntä.

– Puhuuko hän suomea? Markku kysyi.

– Ei puhu, mutta hyvin pärjäät Savon murteella, Liina sanoi nauraen.

– Jaa hän on siis ihan selvä savolainen. Minun pitää sitten käydä häntä hakemassa, mutta mitä minä olen seurannut, niin vientiä hänellä näyttää riittävän.

– Hyvä kun riittää. Olisi ollut pettymys, jos hän olisi jäänyt seinäruusuksi, Liina totesi.

– Mitä, ei meidän pikkujoulussa ketään jätetä yksin istumaan. Me on tehty poikien kanssa sellainen päätös, että kaikkia tyttöjä tanssitetaan tasapuolisesti. Vai onko joku valittanut?

– Tämä kappale loppuu. Nyt minä lähden etsimään Barbaraa, Markku sanoi ja vei Liinan takaisin naisten puolelle.

Markku joutui odottamaan seuraavan kappaleen, mutta sitten hän heti kumarsi tummalle naiselle, kun tämä tuli Liinan viereen.

– Muista Liina mitä lupasit? Markku sanoi Liinalle, kun vei Barbaran tanssilattialle.

– Ai, sinä tunnet Liinan? Barbara sanoi, kun Markku kumarsi.

– Joo, jotenkin tunnen, mutta nyt minulla on sinulle suora kysymys, näin heti alkuun.

– No annappa tulle, Barbara sanoi suoraan.

Markku vähän hämmentyi, sillä nainen näytti olevan sanavalmis. Samalla Markku katsoi tyttöä ja huomasi, että tällä oli tyylikäs keltaruskea mekko, joka sopi tosi hyvin hänen tummaan ihoonsa. Muutenkin nainen oli hyvin sutjakan oloinen.

– Niin se kysymys, mikä se on? Barbara muistutti.

– Joo, minä lupaisin saattaa Liinan asunnolleen, mutta hän sanoi menevänsä sinun kanssa. Ja minä pääsen saatolle, jos sinäkin minut hyväksyt. Kuinkas on? En ole kyllä ennen pyytänyt päästä naista saatolle heti kun ensikerran tapaan, Markku puolusteli.

– Vai sellaista se Liina sinulle lupasi. Mikäs minä olen Liinan ja sinun onnea pilaamaan, vaikka en tiedä edes nimeäsi, Barbara vastasi.

– Anteeksi, minä olen Markku. Olin rakentamassa sitä Liinan perheen hirsitaloa ja silloin muutaman kerran tavattiin. No miten on, pääsenkö minä saatolle kahta kaunista neitiä, Markku tarkensi.

– Tottahan toki. Mistä minä tiedän, pyytäisikö kukaan saatolle, kun en tunne täältä muita kuin Liinan, Barbara vastasi rempseästi.

– Hyvä pidetään sovittuna. Minä yritän teitä tanssitella vuoron perään, ettei kukaan kiilaa väliin.

Markku vei Barbaran Liinan luokse ja pyysi vuorostaan Liinan taas tanssimaan.

– Kuinka kävi, saitko rukkaset? Liina kysyi ja katsoi suoraan Markkua silmiin.

– Hyvin kävi. Sanoi ettei hän halua sinun ja minun välejä rikkoa kieltämisellä ja epäili jäävänsä ilman saattajaa. Joten moneltako lähdetään en tiedä missä sinä asutkaan?

– Minä asun tässä Niinivaaralla Ellin asunnossa. Minulla on yksiö, Liina vastasi ja jatkoi:

– Moneenko nämä kestävät?

– Nämä kestävät kahteen, Markku vastasi.

– Sopisiko yhdeltä? Ehtisi vähän nukkuakin, Liina vastasi.

– Sopii minulle, tavataan kello yksi naulakolla, jos eksytään.

Markku yritti kysellä Liinalta mikä mimmi tämä Barbara oikein on, mutta Liina sanoi, että sinun on parempi kysellä Barbaralta itseltään.

Markku haki vähän ennen yhtä Barbaran tanssimaan. Sen jälkeen he menivät naulakolle, jossa Liina jo heitä odotti. Markku auttoi naisille takit päälle ja otti molempia naisia kiinni käsivarresta ja käveli ovelle. Joku kaveri huusi:

– Ei oo totta. Markku sinulla on hunajaa molemmissa käsivarsissa.

– Entä sitten, älä ole kateellinen, Markku huusi vastaan ja käveli naisten kanssa ulos.

– Vai hunajaa me ollaankin? Liina kysyi nauraen.

– Se on niitä kateellisten puheita, mutta kyllä elämä todellakin nyt tuntuu hunajaiselta. En muista päässeeni koskaan kahta näin kaunista naista saatolle, Markku vastasi ja jatkoi:

– Mihinkä suuntaan me lähdetään?

– Tuota rinnettä ylös sairaalan ohi ja sieltä kaupan luota löytyy melko uusi opiskelija-asuntola. Siellä minulla on pieni yksiö, Liina vastasi.

– Liina käski minun kysyä sinulta Barbara, mitä sinä opiskelet siellä Kuopiossa?

– Minulla on neljäs vuosi lääkiksessä. Minä ootan innolla, että Liina tulee ensi syksynä kanssa sinne. Voidaan vaikka hakeutua kämppäkavereiksi.

– Sittenhän sinä olet kohta valmis lääkäri. Ja pääset parantamaan meitä tavallisia ihmisiä. Minun pitääkin yrittää pitää teitä hyvinä ystävinä, jos joku pöpö iskee niin voin saada vähän alennusta, kun tulen vastaanotollenne.

– Vai sellaista sinä aattelet, mutta kyllä tässä menee ainakin pari vuotta ennen kuin voin alkaa ketään varsinaisesti hoitamaan, Barbara vastasi ja kysyi:

– Mitäs sinä opiskelet ja koska valmistut?

– Minusta tulee vain rakennusmestari keväällä, Markku sanoi vähättelevästi.

– Voi piru sinua, Liina sanoi ja jatkoi:

– Miksi tuo sana vain. Kyllä minä viime kesänä näin kuinka hienosti rakensit isäsi kanssa meille hirsitalon ja yksinäsi sen aidan. Panit arkkitehdinkin hiljaiseksi. Mistä se johtuu tuollainen vähättely?

– Enhän minä ole mitään yliopistoa käynyt, niin kuin te.

– Minähän olen ihan samalla kouluasteella kuin sinäkin. Ja mistä sen tietää pääsenkö ikinä lääkikseen. Barbara on aivan varmasti tuleva lääkäri, Liina sanoi.

– En minä vähättele, sillä tiedän, että pystyn tekemään sellaisia asioita, joihin lääkärit eivät pysty. Mutta kyllähän sinä viime kesänä näit, kuinka se arkkitehti Ruutu yritti nokitella.

– Minusta sitä oli tosi kiva seurata, kun et antanut sen nokkia, vaan osoitit työlläsi osaamisesi. Äiti meinasi polttaa päreensä, kun se Ruutu yritti etsiä vikoja siitä rakentamastasi aidasta. Äiti sanoikin, että tuosta Markusta joku saa hyvän miehen.

– Älä hitossa, nyt minun pitääkin alkaa teitä kosiskelemaan, mutta en nyt osaa sanoa kumpaa enemmän. Olette molemmat niin pirun nokkelia ja viehättäviä leidejä.

– Voi kiitos, molemmat sanoivat yhteen ääneen, johon Barbara jatkoi:

– Kyllä tämä maa tarvitsee kaiken alan ihmisiä. Minun äidin kotimaassa Keniassa ihmiset luokitellaan edelleenkin koulutuksen mukaan eri kasteihin. Kyllä täällä on tasa-arvo aivan eri tasolla kuin siellä.

– Saanko kysyä suoraan sinulta Barbara, oletko kohdannut täällä syrjintää, kun olet kuitenkin tummempi ihoinen kuin me kantasuomalaiset?

– Kyllä peruskoulussa oli joitakin oppilaita, jotka yrittivät minua mollata. Mutta minä olin paljon isompi silloin kuin muut ja panin muutaman pojan hiljaiseksi, joka huuteli neekeriksi. Yhden pojan uitin oikein kunnolla lumihangessa, siitä sain hyvän maineen eikä kukaan tullut sitten haukkumaan minua.

He olivat tulleet keskustellessaan Liinan asuntolan eteen.

– Miten me kiitämme sinua tästä saattoretkestä? Liina kysyi.

– Minulla on kaksi vaihtoehtoa, saatte valita, Markku sanoi ja jatkoi:

– Annatte molemmat pusun tai tarjoatte yöteen?

– Jaa, vai sellaiset vaihto ehdot, Barbara ehti kysymään, kun Liina keskeytti:

– On minulla kolmaskin vaihtoehto, jos tulevalle mestarille käy. Me voimme tarjota sinulle valkoviinipaukun, jos lähdet sisälle.

– Mutta sehän on paras vaihtoehto, en odottanutkaan sellaista.

– Selvä, mennään sisälle, mutta ei kolistella kovin paljon, vaikka kyllä täällä monessa kämpässä vielä valvotaankin, Liina sanoi kaivaessaan avaimia laukustaan.

Markku katseli Liinan yksiötä. Se oli aika pieni, mutta jotenkin hyvin naisellisesti kalustettu. Asunto oli värikäs niin kuin oli ollut Liinan huonekin hirsitalossa. Asunnossa oli alkovi ja pieni keittiö, sekä pari ovea ilmeisesti vessaan ja vaatehuoneeseen. Lisäksi siinä oli kivan näköinen lasitettu parveke. Huoneessa oli pyöreä pöytä ja neljä lepotuolia ja sitten kirjoituspöytä ja siinä työtuoli. Niin kuin odottaa sopi opiskelijalla olevan.

Liina toi keittiöstä kolme lasia ja valkoviinipullon.

– Istutaan tähän pöydän ympärille. Mille kilistetään? Liina kysyi.

– Tietysti kauniiden naisten malja, Markku kerkesi ehdottamaan.

He istuutuivat ja Markku kysyi kääntyen Barbaraan päin:

– Missä sinä olet syntynyt? Kerroit äitisi olevan syntyperältään kenialainen?

– Kyllä minä olen syntynyt aivan sydän Savossa eli Nilsiässä.

– Ai, sinä olet täysin suomalainen neito.

– Niin olen, vaikka harva sitä ensi näkemältä uskoo. Aina herättää vähän hämmennystä, kun joutuu tuntemattomalle ihmiselle kertomaan synnyinpaikkansa.

– Missä sitten isäsi on löytänyt äitisi? Markko jatkoi uteluaan.

– Isä on ollut valmistuttuaan jossakin kehitysmaatehtävässä Keniassa ja siellä se on äidin tavannut. Isä on myöskin lääkäri ja äiti on sairaanhoitaja. Isä on tullut äidin kanssa Suomeen ja aiheuttanut melkoisen hämmingin sukulaisissa.

– Voin kyllä uskoa. Siitä on jo aikaa, kun äitisi on Nilsiään tullut. Ei varmasti siellä ole ollut monta tummaa naista kylän raitilla, Markku jatkoi keskustelua.

– Tosin isä on ollut jonkin aikaa Kysissä ja sitten siirtynyt kunnanlääkäriksi Nilsiään. Minä olen syntynyt siellä. Äiti oli samassa terveyskeskuksessa hoitajana. Joten kyllä olen pesunkestävä savolainen.

– Tämä saattoreissu nousee huimiin sfääreihin, kun olen päässyt kahden lääkäriperheen tyttöjä saatolle. Tämän minä tulen muistamaan koko ikäni, Markku sanoi.

– Sanopa muuta, ei sitä joka pojalle käykään sellaista tuuria, Liina yhtyi leikin laskuun.

– En uskalla alkaa treffejä tekemään kummankaan kanssa. Tietysti me voidaan Liinan kanssa jossakin taas kohdata. Enkä tiedä, vaikka sinullakin Liina on joku mies kierroksessa. Pitäisiköhän minun tästä lähteä. Te tuskin otatte minut tuonne alkoviin teidän väliinne nukkumaan.

– Älä soita liikaa suutasi, sinä et tiedäkään millaisia tyttöjä me ollaan, kun vauhtiin päästään, Barbara sanoi.

– Kyllä minä asunnon haltijana sanon, ettet pääse alkoviin. Kyllä tässä pitää nukkuakin.

– Tiesinhän minä sen. Mutta kiitos kuitenkin viinistä ja ennen muuta ihanasta illasta. Enpä olisi tuonne pikkujouluun mennessä arvannut kuinka kiva ja mielenkiintoinen ilta oli tulossa. Tätä on mukava muistella sitten joskus kiikkutuoli-iässä.

Markku nousi ja laittoi takin päällensä ja sanoi:

– Minä haluaisin teitä halata se kruunaisi koko illan. Naiset tulivat eteiseen ja antoivat rajun ryhmähalin, ja lämpimän suudelman Markun poskelle. Markku ällistyi ja meni hämmentyneenä ulos asunnosta. Kävellessään hän mietti, että olipa mukavia naisia. Noita voisi tavata myöhemminkin, mutta kyllä tästä on päästävä ensiksi oman leivän syrjään kiinni.

7

Kevät eteni ahkeran opiskelun merkeissä. Markku mietti mistä päin alkaisi keväällä hakemaan työpaikkaa. Enää hän ei lähtisi kirvesmieshommiin, vaan hakisi rakennusmestarin paikkaa. Kunnissahan oli rakennusmestarin virkoja, mutta hän arveli, ettei hänen kokemuksensa riittäisi virkaan. Eikä varmaankaan valittaisikaan juuri valmistunutta mestaria.

Kevät eteni vinhaa vauhtia. Markku teki viimeisiä harjoitustöitä ja samalla katseli mahdollisia työpaikkoja koko valtakunnan alueelta. Hänelle olisi aivan sama mistä työpaikan saisi. Ei ollut mitään kiinnityksiä mihinkään paikkakuntaan. Tosin kevään mittaan oli silloin tällöin käynyt mielessä niin Liina kuin Barbarakin. Äiti aina muistutteli tavatessa Emmasta ja kertoi hänen tekemisistään. Äiti-Laura olisi mielellään nähnyt Emman Markun kumppanina, mutta Markulla ei ollut enää mitään mielenkiintoa naista kohtaan. Olipa äiti mitä mieltä tahansa.

Lukukausi alkoi lähetä loppuaan, kun luokkakaveri Janne sanoi Markulle:

– Ilmoitustaululla on sinulle sopiva paikka.

– Miten niin? Markku ihmetteli.

– Sinne on joku tuonut lehtileikkeen, jossa etsitään mestaria hirsirakennustyömaalle. Se on jonkin matkan päässä Tahkovuoresta. Varmaankin rakentavat jotakin lomakeskusta. Sinähän olet tehnyt hirrestä taloja isäsi kanssa.

– Kiitos, minäpä menen katsomaan.

Ilmoitustaululla oli ilmeiseti Savon Sanomissa ollut ilmoitus, varmaankin joku opettaja oli sen sinne tuonut. Markku luki ilmoituksen ja siinä etsittiin uuden lomakeskuksen lomamökkien rakennustyömaalle mestaria. Eduksi olisi, jos on omakohtaista

55

kokemusta hirsirakentamista. Markku kuvasi kännykällä ilmoituksen ja soitti välittömästi pyydettyyn numeroon. Tosin sinne saisi lähettää myös hakemukset, mutta lisätietoja saisi tästä numerosta.

Puhelimeen vastasi mieshenkilö, joka sanoi nimekseen Väänänen.

– Täällä on Markku Kataja, valmistun nyt tämän kuun lopulla rakennusmestriksi. Teillä oli lehdessä ilmoitus rakennusmestarin tehtävistä. Minkälaisesta työtehtävistä on kysymys?

– Te olette juuri valmistumassa, mutta onko teillä aivan omakohtaista työkokemusta hirsirakentamisesta?

– Ei ole rakennusmestarina, mutta olen ollut rakentamassa kyllä hirsirakennuksia. Viimekesänä rakensin isäni kanssa omakotitalon pyöreästä hirrestä, Markku vastasi.

– Meillä on tässä vanha lomakeskus, jossa on lautamökkejä. Me puramme ne ja rakennamme hirrestä uudet. Työ käsittäisi rakentamisen valvontaa ja myöskin yhteydenpitoa hirsirakentajaan, joka tekee mökit. Ne tuodaan valmiina hirsinä ja kootaan täällä paikan päällä.

– Se tuntuisi kyllä mielenkiintoiselta.

– Sitten tarkoitus olisi rakentaa tuonne rantaan melkoisen kokoinen rantasauna ja se tulisi pyöreästä kelosta. Siihen pitää löytää sitten sen alan taitajia. Voisitko tulla käymään, parempi olisi keskustella nenäkkäin, Väänänen sanoi.

– Tietenkin tulen vaikka huomenna. Saan täältä varmasti vapaata, kun on työpaikasta kyse.

– Tulkaa tänne huomenna, vaikka kello kaksitoista niin jutellaan tarkemmin.

Markku sai osoitteen ja ohjeet, kuinka löytäisi lomakeskuksen päärakennuksen, jossa Väänänen odottaisi häntä.

Markku ajeli seuraavana päivänä kohti Tahkovuorta. Vähän häntä jännitti, edessä olisi ensimmäisen kerran varsinainen työhaastattelu. Pienen etsimisen jälkeen hän löysi lomapaikan. Tieviitta näytti, että Tahkolle olisi matkaa seisemän kilometriä. Joten rakennuskohde ei olisi aivan suuren lomakeskuksen vieressä. Tahkon vetovoima oli varmasti niin suuri, että majoitusta voi tarjota menestykkäästi kauempaakin. Lomakeskus oli loivassa rinteessä ja rinteen päällä näytti olevan päärakennus. Rinteessä oli lautamökkejä. Päällepäin näki, että ne eivät olleet kovin hyvässä maalissa. Muutama mökki oli ilmeisesti purettu, koska maassa näkyi rakennuksen pohjavaluja.

Markku meni päärakennukseen sisään ja kysyi Väänästä.

– Etsit siis Jesse Väänästä, vastaanotossa oleva nainen sanoi.

– Niin, minut kutsuttiin haastatteluun, Markku vastasi.

– Tule tänne, niin se johtaja Jesse sanoi, että joku mies tulee tänne.

Markku soitti summeria ja kun se näytti vihreää, hän meni sisälle. Sisällä istui kaksi

miestä. Toisella oli villatakki päällä ja kauluspaita. Toinen mies oli rakennushaalareissa.

– Sinä olet varmaankin se Markku Kataja, joka soitit eilen, samalla hän kätteli Markkua.

– Tämä mies on Lauri Kokkonen. Hän on rakennusmiesten vanhin. Hän on valvonut lähinnä näiden vanhojen mökkien purkamista, mutta osallistuu myös työhön. Meillä oli rakennusmestari, mutta hän muutti perheen mukana Etelä-Suomeen. Joten uusi mestari tarvittaisiin.

Väänänen pyysi Markkua kertomaan itsestään, koulutuksestaan ja työkokemuksestaan. Molemmat miehet kuuntelivat tarkkaavaisesti Markun kertomusta, samalla kun Väänänen katseli Markun koulu- ja työtodistuksia.

– Tämä olisi sinun ensimmäinen rakennusmestarin paikka? Väänänen totesi.

– Niin, nyt koulun jälkeen. Saan paperin kuun lopussa ammattikorkeakoulusta rakennuspuolelta.

– Sinä olet ollut mukana rakentamassa hirsitaloa, niin kuin tästä työtodistuksesta näkyy. Mikäs mies se oli tämä Mikko Ruuskanen, jolle te isäsi kanssa rakensitte talon?

– Hän on lääkäri ja samoin hänen vaimonsa. En usko, että he ammatillisesti pystyvät paljon kertomaan. Mutta voitte te kysyä mitä mieltä he ovat talostaan. Ainakin he järjestivät komeat tupaantuliaiset meille rakentajille, ja sain sen kuvan, että ovat tyytyväisiä. Tässä on hänen korttinsa, jonka hän viime keväänä antoi minulle, kun rakensin heille vielä piha-aidan.

– Tuota noin. Mene kahville tuhon ravintolaan me keskustellaan vähän tämän Laurin kanssa.

– Kiitos, Markku sanoi ja nousi tuolistaan. Hänen tullessa respaan nainen puhui puhelimessa. Hän lopetti ja sanoi Markulle:

– Johtaja sanoi, että sinulle pitää tarjota kunnon kahvit ja pullat, joten ota siitä mitä haluat.

Markku meni kahveineen pöytään ja jäi miettimään, että se arkkitehti olisi varmasti osannut sanoa paremmin, mutta hän oli tullessaan miettinyt, ettei siitä ukosta sano mitään. Se antaisi varmasti hänestä huonon lausunnon. Juotuaan kahvin hän meni johtajan oven lähellä olevaan tuoliin istumaan.

Hetken kuluttua Väänänen kutsui hänet sisälle.

– Milloinka sinä olisit valmis aloittamaan, jos me päästään työsopimukseen? Väänänen kysyi.

– Minä voin tulla vaikka heti vapun jälkeen. En aio pitää mitään lomaa. Jostakin pitäisi asunto saada, mutta asun vaikka teltassa jos en heti asuntoa löydä.

– Siitä minä ajattelinkin kysyä. Et ole kertonut mitään palkkatoivetta. Mitäs sanot, jos saat täältä tuollaisen lautamökin asunnoksesi ja voidaan sopia vaikka, että saat kertapäivään ruokailla tuossa ravintolassa. Siitähän olisi muutakin etua, ei tulisi työmatkakustannuksia. Ja voithan sitten etsiä asuntoa ajan kanssa, jos työpaikalla asuminen alkaa tympiä.

– Tuohan olisi alkuun tosi hyvä ratkaisu. Kyllä minä kahvit ja ilta- ja aamupalan hoidan itse, mutta kertapäivään valmisruoka olisi hyvä ratkaisu, kun ei ole omaa ruuanlaittajaa.

– Eli tällainen järjestely sinulle sopisi. Paljonko sinä vaatisit palkkaa sitten? Väänänen kysyi.

– Minkä verran se asunto ja ruoka maksaisi?

– Siitä asunnosta ei olisi mitään vuokraa, sillä nämä mökit on tarkoitus purkaa lähitulevaisuudessa. Tämä mökki toimisi myös samalla sinun toimistonasi. Hankin siihen kirjoituspöydän ja tuolin niin saat siitä käsin hoitaa työasioita. Puhelin siellä on, mutta saat talonpuolesta kännykän, koska joudut liikkumaan tavarahankintojen vuoksi muuallakin kuin täällä. Ruokaetu taitaa olla seitsemän euroa päivältä, jonka verottaja hyväksyy. Sehän näkyy sitten verotuksessa tulona. Meille et tarvitse maksaa mitään, samoin asunto on vapaa, koska se on samalla sinun toimisto. Saat kerran viikkoon puhtaat lakanat, mutta itse pidät asunnon siivouksesta huolen.

– En osaa oikein sanoa palkkaa, kun tämä tuli näin yllättäen. Mitä te tarjoatte? En osaa ottaa huomioon tuota asunto- ja ruokaetua. Markku sanoi vähän häkeltyen.

– Sinä olet juuri valmistumassa. Kävisikö kolmetuhatta kolmesataa nyt aluksi. Katsotaan kuinka työt lähtevät käyntiin, onhan sitä sitten mahdollista tarkistaa. Minä arvostan sinussa sitä, että olet ollut aivan oikeissa töissä ja nimenomaan olet ollut hirsirakentamisessa mukana. Mitäs sanot? Väänänen lopetti ja katsoi Markkua.

Markku oli itse miettinyt olisiko kolme tonnia sopiva, mutta hän vähän yllättyi Väänäsen tarjouksesta.

– Sovitaan niin, minulle on nyt tärkeintä päästä heti töihin ja saada kokemusta.

– Se on oikein hyvä näkökulma nuorelle miehelle. Minä teen sinulle työsopimuksen vappuun mennessä ja me ehditään sitten se allekirjoittaa. Ja tämä sopimus varmasti pitää, Väänänen sanoi ja ojensi kätensä ja jatkoi:

– Tervetuloa taloon. Lassi pyydä respasta se viitosmökin avain ja anna se Markulle. Käykää katsomassa sitä mökkiä, se pitäisi olla siivottu. Vie mies sen jälkeen syömään ravintolaan ja syö itsekin. Voit muuttaa milloin vain siihen mökkiin, ja tavataan me silloin toinen toukokuuta kello yhdeksän täällä näin. Niin ja minä olen sitten Jesse ja tämä mies taitaa tuntea paremmin nimen Lasse. Meillä ei teititellä.

Markku lähti Lassen kanssa etsimään Jessen mainitsemaa viitos mökkiä. Se oli rinteen puolessa välissä. Lasse avasi oven ja antoi Markulle avaimen:

– Tämä mökki puretaan jossakin vaiheessa, mutta tämä on näistä purettavista mökeistä parhaimpia.

– Kyllä tämä on aivan hyvä minulle. Tässähän on mukava tupakeittiö. Onko täällä suihkuhuonekin ja vessa, tuossa taitaa olla vaatehuonekin. Täällä on kahden maattava alkovi. Tämähän on poikamiehelle unelma-asunto.

– Niin ja tuossa ulko-oven veressä on varastohuone, jossa asukkaat ovat pitäneet suksiaan ja muita ulkoilutavaroita, Lasse sanoi.

– Milloin tänne alkaa tulla ensimmäiset uudet mökit? Markku kysyi.

– Muistaakseni ensimmäinen tulee seitsemäs päivä. Näitä mökkejä on kahden kokoisia. Toisissa mökeissä on kaksi asuntoa yhdessä ja sitten osa on tällaisia yhden huoneen

60

mökkejä. Tässäkin mökissä oli aikoinaan laveri tuossa alkovin yläpuolella, mutta se purettiin joku vuosi sitten pois. Pelotti että lapset putoavat. Niihin olisi pitänyt laittaa korkeat kaiteet, mutta isäntä ei halunnut niihin enää investoida.

– Olen kyllä tosi tyytyväinen tähän ratkaisuun. Minä saatan tuoda tavarani jo ennen vappua. Ei kai siinä ole mitään estettä? Markku kysyi.

– Ei varmastikaan. Tämä on tästä lähtien sinun käytössäsi.

– Täällä on kaikki tarvittavat keittiövälineet, hella uunilla ja mikrokin on varmasti toimiva. Astioitakin näkyy olevan, Markku luetteli, kun availi kaappien ovia.

– Muistaakseni täällä oli nuoripari pääsiäistä viettämässä pari viikkoa sitten, Lasse kertoi.

– Autonkin voi varmaankin jättää tähän eteen. Tämä hietikko on sitä varten, Markku totesi.

– Mennään nyt sinne isännän määräämälle aterialle. Siellä on vielä lounasaika ja itsepalvelu.

Ravintolassa oli muutamia ihmisiä ruokailemassa. Perheitäkin oli pari, olivatko he lomalla vai ohikulkumatkalla ja tulleet ruokailemaan. Aterialla oli myös omia työntekijöitä. Markku ja Lasse kävivät ruokaa, siellä oli kalaa, lihapullia, perunamuusia ja monenlaisia vihanneksia. He istuutuivat pöytään ja Lasse sanoi:

– Nyt on vähän hiljainen aika. Ei ole paljon asukkaita. Laskettelukausi on loppunut ja yöpyjät ovat lähinnä satunnaisia matkustajia. Kesällä täällä on aika paljon lomalaisia ja lapsiperheitä. Silloin tässä ravintolassa käy melkoinen vilske.

– Oletko sinä kauan ollut täällä töissä? Markku kysyi.

– Olen ollut jo yli kymmenen vuotta. Tulin tänne remonttimieheksi, mutta teen täällä monenlaisia töitä aina tarpeen mukaan.

– Sinä olet sitten viihtynyt, kun noinkin kauan olet ollut.

61

– Tämä on ollut minulle hyvä talo. Omistajat ovat reiluja, kun tekee työnsä huolella. Eivät turhaa nipota, Lasse selitti.

– Onko tässä useampia omistajia?

– En tiedä ihan tarkkaan, miten omistus jakaantuu. Väänäset ovat pääomistajia, mutta ilmeisesti muitakin sijoittajia tässä on.

– Missä sinä asut, vai oletko täällä jossakin mökissä? Markku uteli.

– Minulla on omakotitalo tuossa muutaman kilometrin päässä. Vaimoni on myös täällä töissä keittiöllä.

– Sitten teillä on asiat hyvin? Kun on sama työnantaja.

– Lapset vielä ovat koulussa, mutta ei me tarvita niitä enää kotona päivystää.

– Onko ongelmia, kun molemmat olette täällä koko ajan? Markku kyseli.

– Ei me täällä juuri nähdä. Hänen työnsä on ajallisesti vaihtelevaa. Joskus hän tulee tänne seitsemäksi ja joskus kahdelta päivällä. Keittiön on pyörittävä myös iltaisin, kun ruokailijoita on illallakin.

Lasse esitteli vielä Markulle respassa ja kassalla olevat henkilöt, mutta heidän nimet eivät jääneet hänen mieleensä.

8

Markku ajeli mietteissään takaisin Joensuuhun. Hän oli suorastaan loistavalla päällä, kaikki oli ratkennut hyvin. Sain asunnonkin, vaikka tavallaan työhuoneessa asuminen voisi pitkän päälle rassata, mutta voisihan sitten muuttaa muualle asumaan, jos työ alkaa kaatua liiaksi päälle. Hän päätti käydä matkalla kotonaan kertomassa työpaikastaan. Isä oli ollut vähän huolissaan, saako poika koulutustaan vastaavaa työtä.

Markun ajaessa kotinsa pihaan siellä seisoi hänen vanhemman sisarensa miehen auto. Ikkunasta hän näki, että sisar Tuuli oli mukana. Tuulin mies oli Jaakko Koski ja he olivat molemmat peruskoulun opettajia. Markku ei oikein tullut juttuun Tuulin kanssa ja vielä vähemmän tämän miehen Jaakon kanssa. He olivat Markun mielestä jotenkin omasta mielestään parempia kuin muut. Uskonto heille tuntui olevan elämän keskipiste niin kuin hänen äiti-Laurallekin. Hänen mennessään sisälle Tuuli heitti heti herjana:

– Tulitkos äidiltä ja isältä rengin paikkaa kysymään?

– Mitäs tänne tarvitsee enää renkejä. Sinä varmaankin olet jo saanut täältä piian paikan ja Jaakko on vienyt sen rengin paikan, Markku heitti takaisin.

– Mistä sinä ajelet? Joko koulu loppui? isä-Jussi kysyi.

– Ei vielä, pari viikkoa olisi vielä oltava läsnä.

– Mikä se sellainen koulu on, jotta voi keskellä päivää ajella, Jaakko heitti vähän pisteliäästi.

– Mitäs ne kansankynttilät täällä tekevät keskellä päivää? Eikös sitä pitäisi jakaa tietoa lapsille? Markku kuittasi samalla tavalla.

– Olkaapa nyt kunnolla. Mistä sinä tulet? äiti-Laura kysyi rauhallisesti.

– Kävin töitä kyselemässä tuolta Savosta.

– Et tainnut saada, kun olet noin näreissäsi, Jaakko nokitteli.

– Väärin, sain heti ensi yrittämisellä. Ja aloitan heti vapun jälkeen.

– Sehän mukava kuulla, mistä firmasta? isä selvästi kiinnostui.

– Se viime kesän hirsitalon rakentaminen taisi ratkaista paikan saannin.

– Kerro ihmeessä, Tuulikin innostui.

Markku kerto koko tarinan miten oli saanut paikan ja oli varma, että Ruuskanen oli antanut hyvän lausunnon ja se oli osaltaan vaikuttanut valintaan.

– No lupasiko ne sinulle palkkaakin, Jaakko piikitteli.

Markku katsoi lankoaan ja sanoi:

– Saan parempaa palkkaa kuin sinä.

– Sitä ei usko kukaan, että joku kouluasteen suorittanut saa enemmän palkkaa kuin yliopistossa loppututkinnon suorittanut, Jaakko kehaisi.

– Paljonko sinä saat palkkaa? Markku kysyi.

– Tällä tuntimäärällä vähän alle kolmetuhatta kolmesataa.

– Tiedänhän minä ne teidän palkat. Turha sitä on istua viittä vuotta koulussa, kun kolmellakin vuodella saa saman palkan, Markku heitti.

– Minä saan tasan kolmetuhattakolmesataa.

– En oikein usko, mutta jos saat niin ei se ihme ole, että asunnot ovat niin kalliita, Tuula sanoi.

– Sehän se nostaa asuntojen hintoja, jos kirvesmiehelle maksetaan tuollaisia palkkoja, Jaakko yhtyi päivittelemään.

– Tietysti pitää maksaa kirvesmiehellekin enempi kuin jollekin kynän pyörittäjälle tai lasten kaitsijalle, Markku ärsytti tahallaan ja jatkoi:

– Minä en ole kirvesmies vaan rakennusmestari.

– Ole mikä tahansa, mutta käsittämättömiä palkkoja, Jaakko jatkoi selvästi närkästyneenä. Markku katsoi siskoaan ja lankoaan ja päätti vähän lisätä tunnelmaa tupaan:

– Niin en muistanutkaan kertoa, että minun palkka todellisuudessa on paljon suurempi.

– Miten niin? isä kysyi ja katsoi hymyillen poikaansa.

– Niin minä saan asunnoksi lomamökin, josta en tarvitse maksaa mitään. Ja kertapäivään saan käydä syömässä lomakeskuksen ravintolan seisovastapöydästä.

Isä Jussia huvitti, nyt poika rassasi siskonsa ja hänen miehensä mielenrauhaa oikein tosissaan. Mutta itsehän he olivat alkaneet Markun työtä vähättelemään

Tuulin ja varsinkin Jaakon niska punotti uhkaavasti.

– No onneksi olkoon, että olet saanut työtä. Ole kiitollinen, kun noin hyvin on käynyt, äiti onnitteli.

– Nyt sen ymmärtää miksi asunnot ovat noin kalliita, Jaakko jatkoi samasta aiheesta.

– Mitäs tuossa valitat. Teillähän molemmilla on kesät vapaat, sen kun etsitte tontin ja rakennatte itse talon. Kyllähän se varmasti yliopiston käyneiltä onnistuu, kun se meikäläiseltäkin onnistuu. Minä voin kyllä suunnitella ja piirtää rakennuspiirustukset. Lupaan hyvän alennuksen työstäni. En minä siskolta peri täyttä hintaa, Markku ärsytti.

– Meidän pitää lähteä opettamaan. Meillä oli hyppytunti, Tuuli sanoi ja nyökkäsi miehelleen.

Kun ovi sulkeutui, isä Jussi pyrskähti nauramaan ja taputti poikaansa selkään.

– Miksi sinä aina kinastelet Tuulin ja Jaakon kanssa, vaikka selvästi äidistä näki, että hänkin oli mielissään Mikon hyvistä uutisista.

– Kuule äiti, en minä alkanut mitenkään vähättelemään heitä. Mutta varmasti tulee takaisin, jos tuolla lailla alkavat halventamaan. Minä tapasin pikkujoulussa kaksi lääkärin tyttöä. Toinen oli Ruuskasen Liina ja toinen oli hänen kaverinsa, joka opiskelee lääkäriksi. Kyllä he ymmärsivät molemmat, että tämä maa ja yhteiskunta tarvitsee monenlaisia ammattilaisia. Ei kukaan yksin pärjää.

– Niin se on, minä olen aina sanonut, että ei pidä riitoja rakentaa, mutta jokaisen on oltava sen verran ammattiylpeä, että nenille ei kannata antaa kenenkään hyppiä, isä totesi.

– Juotko kahvia, tuohon pannuun jäi, kun juotiin Tuulan ja Jaakon kanssa.

– Kiitos voin ottaa kupillisen. Oli minulla vähän asiaakin. Joutaisiko isä sinulta peräkärri? Veisin tavaroita sinne työpaikkani asuntoon.

– Joutaahan se ota se pienempi kuomukärri. Kai ne tavarasi siihen mahtuvat. Se on tuossa vajassa.

– Kyllä ne siihen mahtuvat, ei minulla niitä niin paljon ole.

Markku vei tavaransa asuinmökkiinsä ennen vappua. Vapun Markku vietti Joensuussa. Vapun aattoiltana hän käveli kaupungilla ja vastaan tuli Liina. Hän oli ilmeisesti menossa jonnekin juhlimaan.

– Hei, kiva nähdä sinuakin, Markku sanoi.

– Heipä hei! Mitä kuuluu? Liina vastasi iloisesti.

– Sinulla on varmaankin kiire, mutta tuossa olisi sopiva paikka simalle ja munkille, Markku ositti avattua ulkoterassia.

Liina vilkaisi kelloaan ja sanoi:

– On minulla tässä puolisen tuntia, menen tuonne yhden tytön tupareihin. Mennään vain simalle.

He istuutuivat pöytään ja tilasivat simat ja munkit.

– Mitäs sinulle kuuluu, joko olet päässyt lääkäriksi opiskelemaan? Markku kysyi.

– Ei, ne kokeet ovat vasta kesäkuulla. Menen reppauskurssille sitä ennen Helsinkiin. Entä sinä, eikös sinulla ole jo koulu loppunut?

– Loppui tänään ja heti vapun jälkeen aloitan työt.

– Hienoa ja onnittelut. Nyt sinä olet sitten mestarismies, Liina jatkoi.

– Kiitos paljon.

– Mistä sinä sait työpaikan ja minkälaista työtä? Liina uteli.

– Menen yhtä lomakeskusta rakentamaan lähelle Tahkovuorta.

– Ai niin, isä sanoi, että joku johtaja oli soittanut ja kysellyt sinusta. Sanoi antaneensa hyvän lausunnon.

– Kiitä puolestani vanhempiasi. Minä luulen, että se soitto saattoi ratkaista koko työn saannin.

– Mitä työtä sinä teet?

– Menen valvomaan hirsimökkien rakentamista. Seitsemän kilometrin päässä Tahkosta on Koivulammen lomakylä. Siellä puretaan vanhoja lautamökkejä ja kootaan höylähirsistä uusia.

– Sepä sattui, se lomakylähän on Nilsiässä.

– Miten niin sattui? Markku ihmetteli.

– Siellähän on lääkärinä edelleenkin Barbaran isä. Ja Barbarakin käy siellä usein. Minäpä vinkaan hänelle, että käy sinua tapaamassa. Missä sinä asut?

Markku kertoi koko tarinan, kuinka oli työpaikan saanut ja myös asumisjärjestelyt.

– Minä soitan Barbaralle, että käy luonasi kylässä. Sitä ei tiedä, vaikka se olisi sinuun vähän ihastunut, sen pikkujouluillan seurauksena.

– Älä viiti naurattaa, kyllä sitä tällaisen opistoasteen juntin ei kannata elätellä toiveita lääkärien tytöstä. Otin siskoni miehen kanssa yhteen, kun sanoin saavani parempaa palkkaa kuin peruskoulun opettaja. Siltä meni kuppi nurin, kun se tajusi asian näin olevan. Se on kuulemma suuri vääryys, ettei yliopistotutkintoa arvosteta enempi kuin opistotutkintoa, Markku kertoi.

– Johan on sinulla lanko. Kyllä minä katsoin sinun työntekoa viime kesänä ja minusta ihmiselle pitää maksaa sen mukaan mitä saa aikaan. Kuule me tämän päivän naiset arvostamme enempi miestä kuin tutkintoja. Saanko kertoa Barbaralle, että olet siellä? Liina vielä kysyi.

– Tietenkin saat. Se mökki missä asun on numero viisi.

– Mutta nyt minun pitää lähteä, Liina sanoi ja nousi ylös, kun he olivat kadulla, Liina pussasi Markkua suoraan huulille.

– Kiitos ja siinä sinulle muistutus lääkärin tyttäreltä, Liina sanoi ja meni nauraen pois.

Markku ei osannut sanoa mitään, kun Liina jo häipyi kadun vilinään. Vai tällaisiakin lääkärin tyttäriä on olemassa. Kaikki kävi niin nopeasti, ettei juuri kukaan huomannut mitään. Markku mietiskeli ja jatkoi torin väkijoukkoon.

9

Markku ajoi vappupäiväniltana työpaikalleen. Hän osti kaupasta kaikenlaista tavaraa ruuasta vessapaperiin. Illalla hän lämmitti ostamaansa pitsan ja söi sen hyvillä mielin. Elämä tuntui tosi kivalta, vaikka töiden aloittaminen jonkin verran jännitti. Hän päätti olla huomenna virkeänä.

Aamulla Markku meni johtaja Väänäsen oven taakse ja painoi summeria. Valon muuttuessa vihreäksi hän meni sisälle. Väänänen tervehti vielä kädestä pitäen ja toivotti tervetulleeksi. Väänänen kertoi talon toiminnasta ja omistussuhteista. Hänen perheensä omisti yli seitsemänkymmentä prosenttia ja loput olivat kahdella sijoittajalla, joista toinen oli Kuopiosta ja toinen Joensuusta. Mutta sen tarkemmin hän ei kertonut ketä he olivat.

Sitten he lähtivät kierrokselle. Samassa rakennuksessa oli talouspäällikkö Katri Kettunen. Nainen oli noin viisissäkymmenissä ja tälle Väänänen pyysi Markkua tuomaan vero- ja tilitietonsa. Nainen vaikutti varsin pätevältä ja varmasti hän tulisi tämän kanssa hyvin toimeen. Sitten hänelle esiteltiin kaikki muutkin työntekijät, jotka olivat silloin paikalla. Työmaa kierroksen he aloittivat purkutyömaalta, jossa kolme miestä purki vähän isompaa mökkiä. Miehet tervehtivät ja esittelivät itsensä. Mukana oli myös Lauri Kokkonen.

Sitten he menivät rakennuspohjalle, jossa oli pohjavalu tehty. Veranta oli tolpilla, mutta muu mökki oli valettu umpisokkeliin.

– Tässä on sitten ensimmäinen kohde johonka hirret tulevat seitsemäs päivä.

Tähän tuleva mökki on pystyssä nyt hirsirakennuspaikalla. Käydään iltapäivällä siellä katsomassa, millainen se on.

69

Siinähän on vain seinät, mutta muu puu ja kattomateriaali tulee irtotavarana.

– Miten villat tulevat? Markku kysyi.

– Ne tulee leikattuna rullana. Niitä ei ole laitettu hirsien väliin, koska ne rikkoutuisivat purettaessa.

– Tähän tulee sauna ja pesuhuone, joten viemäritkin on asennettu paikoilleen. Toisin sanoen kunnallistekniikka on valmis jo monen mökin kohdalla. Käydään syömässä ja lähdetään sen jälkeen käymään siellä hirsiveistämöllä. Minulla olisi sellainen pyyntö, että ravintolaan ei mentäisi työhaalareissa, sillä siellä on monesti matkailijoita myös aterialla. Talouspäälliköltä saat tarvittavat työvaatteet, mutta niitä sinä et tarvitse siellä hirsityömaalla. Sovitaanko, että lähdetään kolmen vartin päästä. Minä ajan auton sinne mökkisi eteen.

Markku kävi syömässä ja ehti vähäksi aikaa majapaikkaansa, kun Jesse Väänänen tuli paikalle.

– Tässä on uuden rakennuksen piirustukset, voit niihin tutustua sen jälkeen, kun palaamme takaisin.

Johtajalla oli komea maasturi Volvo, sillä on varmasti hyvä ajaa huonoonkin paikkaan.

– Tuolla autovajassa on Toyota Corolla, jolla voit liikkua, kun tarvitset lähteä jotakin asiaa hoitamaan ulkopuolelle. Ei tarvita mitään kilometriseurantaa. Se varmaankin sinulle sopii. Pyydä myös Katrilta sen avaimet, Jesse Väänänen kertoi ajaessaan. Heidän tultuaan hirsirakennuspaikalle Jesse esitteli:

– Tässä on meidän uusi mestari Markku Kataja, joka tulee hoitamaan rakennus-
töitä tuolla meidän päässä. Ja hän on hirsimestari ja omistaja Jukka Paarma. Miehet kättelivät. Paikalla oli toinenkin mies ja miehet esittelivät itse itsensä.

– Tässä tämä on, joko olette hirret numeroinut? Jesse kysyi ja katsoi Jukkaa.

– Tuolla takaseinässä on jo aloitettu. Seinät erotellaan kirjaimella ja hirret numerolla alhaalta alkaen, Jukka Paarma sanoi ja meni takaseinän taakse näyttämään.

– Miten ovet ja ikkunat? Markku kysyi.

– Ikkunatehtaalta ne tulee rekalla ja niitä tulee kerralla kuuden mökin tarpeet. Ei kannata yhtä mökkiä varten erikseen tuoda. Teidän pitää ne varastoida siellä sopivasti. Viikkoa ennen kun ilmoitatte sinne, ne ehtivät tehdä valmiiksi.

– Missä vaiheessa sinulla on seuraava mökki? Jesse kysyi.

– Tuolla on hirret valmiina. Alamme heti sovittamaan niitä, kun saadaan tämä pois.

– Hyvältähän tämä näyttää, ota yhteyttä suoraan Markkuun, jos on jotakin kysyttävää. Hänellä on entinen kännykän numero. Me lähetään katselemaan purkutilaa, minne hirsikuorma puretaan.

Autossa Markku sanoi Jesselle:

– Varmaan kannatta rakentaa muutama mökki ja saada vesikatto päälle ja sitten laittaa ovet ja ikkunat paikoilleen.

– Minä ajattelin, että tehdään kolmen mökin sarjoissa ja sitten vasta laitetaan ikkunat ja ovet. Sen jälkeen päästään tekemään sisustustyöt. Ikkunat ja ovet säilyvät kyllä taivasalla, ne on niin hyvin pakattu. Tarkista vaan, että pakkaukset ovat ehjiä, kun tavara tulee. Tämä kolmen miehen ryhmä, jonka aamulla tapasit, tekevät mökit vesikattoon saakka. He laittavat myös ikkunat ja ovet paikoilleen. Sisustustyöhön tulee pari miestä erikseen, sähkö ja putkimiehet tulevat eri firmoista. Kaikki on jo sovittu, kun vain aikataulu saadaan täsmäämään, Jesse kertoi ajaessaan.

Iltapäivän Markku laitteli miesten kanssa hirsienpurkupaikkaa kuntoon. Hirret laitettaisiin niin, että ne olisi helppo nostaa paikoilleen. Saman seinän hirret purettaisiin sen seinän viereen, johon ne nostettaisiin. Hirsirakennuksen seinäthän nousivat joka puolelta samassa tasossa. Hirrestä ei voinut tehdä yhtä seinää kerrallaan.

Ilalla Markku alkoi tutkia saamiaan piirustuksia. Hän huomasi joskus seitsemän jälkeen vielä katselevan niitä. Silloin hän havahtui, että hän teki talon töitä, vaikka oli vapaalla. Tämä olisi se vaara, että työ- ja vapaa-aika sekoittuvat. Kun työpiste oli omassa asunnossa. Tällaisesta tavasta hänen olisi luovuttava. Kun työaika päättyisi sen jälkeen hän ei tekisi myöskään paperitöitä. Helpommin sanottu kuin tehty, hän huomasi taas loppuviikolla.

Hirsikuorma tuli seisemäs päivä ja he pääsivät tositoimiin. Apuna heillä oli pieni sähköinen nosturi, jolla raskaammat hirret oli helppo nostaa. Työ eteni varsin reippaasti ja seinät nousivat tasaista tahtia. Kun he olivat saaneet ensimmäisen mökin ikkunan yläkorkeuteen, yksi miehistä ihmetteli, miksi ikkuna aukko oli niin korkea. Hän sanoikin:

– Tässä on nyt tullut virhe. Tähänhän tulee standardi ikkunat ja tämä ikkuna aukko on liian korkea. Markku mittasi ikkunanaukon ja sanoi:

– Se on aivan oikean kokoinen.

– Eikä ole, tämä on liian korkea, mies väitti.

Markku huomasi kun kahta muuta miestä vähän nauratti.

– Oletko sinä ennen ollut hirsirakennusta tekemässä? Markku kysyi.

– En ole, mutta olen edelleenkin sitä mieltä, että tässä on virhe.

– Ei ole. Ota huomioon, kuinka paljon hirsirakennus painuu, kun se on jonkin aikaa paikallaan. Jos ikkuna ja oviaukot tehdään niiden korkuisiksi. Hirret jäävät aukon päältä kantamaan ja tähän ikkunan viereen tulee hirsien väliin rako.

72

Vaikka me kuinka tapitamme hirret kiinni toisiinsa, niin ne painuvat ajan oloon tiukempaan.

– Onko näin, Reino Kaasinen kysyi.

– Ei tämä hirsiveistämö tee ensimmäistä taloa. Kyllä ne tietävät paljonko siihen on rakoa jätettävä. Sehän täytetään vuorivillalla. Eikä rakoja tule ikkunoiden viereen, Lauri Kokkonen valisti nuorempaa miestä ja jatkoi:

– Sinä Reino taidat ollakin ensikertalainen hirsirakentamisessa.

– Niin olen, mutta minusta talo ei painu niin paljon, Reino sanoi ja lähti hakemaan uutta hirttä. Muita miehiä nauratti.

Rakennusprojekti eteni suunnitelmien mukaan ja johtaja Väänänen kävi muutaman kerran katsomassa ja oli ainakin päällepäin hyvin tyytyväisen oloinen.

10

Muutama viikko kului ja Markku oli lauantaina ruokaostoksilla marketissa Nilsiän kirkolla. Hän keräsi lähinnä ruokatavaroita koriinsa hyllyjen välissä. Äkkiä hän huomasi hyllyrivin toisessa päädyssä tumman naisen. Hän melkein jo nosti kätensä pystyyn, sillä nainen näytti aivan pikkujouluiltana tapaamaltaan Barbaralta. Mutta sitten hän huomasi, että nainen oli aivan musta. Hän jäi hetkeksi tuijottamaan naista, joka katsoi myös häntä. Tarkemmin katsoessaan Markku näki, että nainen oli kyllä aivan Barbaran näköinen, mutta vanhempi. Nainen jatkoi ostoksiaan ja Markku omiaan. Hän oli aivan varma, että nainen oli Barbaran äiti. Ei Nilsiässä varmastikaan montaa täysin tummaa naista ole ja varsinkaan Barbaran näköistä. Markun mennessä kassalle nainen oli jo siellä maksamassa. Hän kuuli, kun kassanainen kysyi, oliko sairaalassa tungosta. Johon nainen vastasi, että muutama potilas oli ylipaikoilla. Silloin Markku muisti, että Barbaran isähän oli täällä lääkärinä ja äiti sairaanhoitajana. Joten tämä nainen on varmasti rouva Karhunen. Pieni oli maailma. Hehän asuvat täällä, joten jonakin päivänä hän voisi täällä törmätä, vaikka Barbaraan. Muistaisiko ja tunnistaisiko likka enää häntä. Aikaahan oli kulunut jo yli puolivuotta. Pieni oli maailma ei voinut muuta kuin ihmetellä. Markkua asia kiinnosti niin paljon, että hän seurasi terveyskeskukseen osoittavia kylttejä ja löysi paikkakunnan terveysaseman. Täällä siis Barbaran vanhemmat olivat työssä.

Ajellessaan asunnolleen hän mietti, että olisihan kiva tavata Barbara uudelleen. Markulle oli jäänyt sellainen muistikuva Barbarasta, että hän oli jotenkin reilu ja sanavalmis nainen. Liinahan oli vappuna kertonut, että hän vinkkaa

Barbaralle, että käy minua moikkaamassa. No se nyt oli vain Liinan heittoja, jota ei kannata ottaa kovin vakavasti.

Toukokuun lopulla Markku sai ensimmäisen mökin harjakorkeuteen. Miehet saivat kuvioidut kattopellit paikoilleen. Kahvitauon lähestyessä Jesse Väänänen ja talouspäällikkö Katri Kettunen tulivat rakennustyömaalle korin kanssa ja Jesse huudahti jo kauempaa:

– Tulkaapa pojat kahville. Pitää sitä tämän verran juhlistaa ensimmäisen mökin harjaan saamista. Jesse nosteli työpöydälle kuohuviinipullon ja muovi- ja pahvimukit sekä komean kakun, jossa koristeena oli hyvin sommiteltu mökin kuva. Talouspäällikkö kaateli muovimukeihin kuohujuomaa ja mukeihin kahvia.

– Tämä on alkoholitonta Lehtijuomaa ja otetaanpa ensimmäisen hirsimökin harjakaisiksi, Jesse sanoi ja nosti muovimukiaan.

Kaikki istuutuivat hirsien päälle kahville.

– Tämähän on hyvän näköinen ja varmaankin myös valoisampi kuin nuo vahat lautamökit, Katri kehaisi ja jatkoi:

– Tuleekos näihin minkälaiset pesutilat?

– Näihin uusiin mökkeihin tulee kaikkiin sähkösauna ja erillinen pesuhuone jossa on vessa. Lisäksi kaikissa mökeissä on myös pesukone ja kuivauskaappi, Jesse selitti.

– Milloinka tänne voidaan ottaa ensimmäiset asukkaat? Katri jatkoi kyselyä.

– Me tehdään kolme mökkiä ensiksi tähän vaiheeseen, jonka jälkeen tulevat sisustajat, Markku sanoi.

– Tämä oli suunnitelma, mutta sisustajat voivat tulla aikaisemminkin, kun saavat nykyisen urakkansa Kuopiossa valmiiksi. Meillä on tarkoitus aloittaa näiden kolmen mökin varausmyynti heinäkuun alusta. Silloinhan alkaa lomakausi, Jesse selitti.

– Minä tilasin ovet ja ikkunat siten, että ne tulevat kuun vaihteessa, että työt eivät ainakaan niiden takia keskeydy, Markku kertoi.

– Se on hyvä, että tavarat tulevat sopivasti.

– Pesukoneet ja kiukaat tulevat kanssa ennen juhannusta ja ajattelin ne laittaa tähän ensimmäisen mökin verannalle, niin eivät ole sateen armoilla, Markku kertoi suunnitelmistaan.

– Sinä olet hyvin oivaltanut aikataulut ja tosiaan niillehän on hyvä paikka verannalla, Jesse kehaisi.

Katri ja Jesse lähtivät pois ja miehet menivät valmistelemaan seuraavan mökin hirsikuorman tuloa, joka pitäisi iltapäivällä saapua.

Ilalla Markku huomasi taas tutkistelevan seuraavan mökin piirustuksia. Se olisi kahden asunnon mökki. Hän vilkaisi kelloa ja huomasi sen olevan kuusi illalla. Hän oli taas tehnyt kaksi tuntia tavallaan ylitöitä, mutta niistä ei kannattaisi lähteä kyselemään lisäkorvauksia. Kyllä minun pitää pystyä tekemään paperityötkin työpäivän aikana, Markku mietiskeli. Mutta hänestä tuntui vaikealta mennä asuinkämppäänsä tekemään niitä. Markulle tuli tunne, että hän menee asunnolleen laiskottelemaan. Tähän vaikutti varmasti se, että aikaisemmissa töissä tällaisia piirustusten tutkimuksia ja tilaustöitä hän ei ollut tarvinnut tehdä. Nyt hänen piti tilata kaikki muu materiaali muualta mikä ei tullut hirsikuorman mukana. Tosin Jesse oli sopinut liikkeiden kanssa mistä mitäkin tavaraa tilattiin. Hän oli myös sopinut hinnat valmiiksi, joten Markun ei tarvinnut kuin viedä talouspäällikölle rahtikirjat, kun tavara oli tuotu paikalle. Laskutus meni Katrin kautta. Se helpotti hänen työtään ja vapautti vastuusta mitä tuli tuotteiden hintoihin.

Markku päätti lähteä lenkille. Lomakeskuksen ympärillä oli merkittyjä lenkkipolkuja. Juostessaan hän keksi, että hän sanoo miehille, suoraan menevänsä paperihommiin tai tekemään tilauksia. Markun tullessa lomakeskukseen päin, häntä vastaan tuli kaksi naista. Toisen hän kauempaa tunnisti talouspäällikkö Katriksi, mutta toinen nainen näytti selvästi nuoremmalta. Hän nosti kättään Katrille ja samassa hän tajusi, että toinen nainen oli jotenkin tuttu. Asunnolleen tultuaan hänelle välähti, että se nainen oli muutaman illan tanssikaveri Pipsa, Pipsa Salo. Se Tuusniemen tyttö. Johan tämä nyt on ihmeellistä, Markku oli aivan varma, että hän oli tavannut Barbaran äidin ja nyt Pipsan. Oliko nainen viettämässä jotakin lomaa, vai oliko hän jotenkin Väänästen tuttuja. Vieläkö hän jossakin vaiheessa törmää täällä Liinaan ja Barbaraankin. No Pipsa ei varmaankaan täällä monta päivää vietä. Enkä lähde kyselemään minne nainen häipyi silloin viime kesänä. Liian iso kala minulle, parempi laskea irti, Markku päätteli.

Seuraavana päivänä Markku meni tapansa mukaan ruokailemaan. Hän kävi aina heittämässä työvaatteensa asuntoonsa ja laittoi villatakin poolopaidan päälle. Häntä ei äkkinäinen erottaisi muista lomalaisista. Markku keräsi ruokatarjottimen ja istuutui ikkunan viereiseen pöytään. Häneltä oli pudota haarukka kädestä, kun vasta päätä häntä istuutui Tuusniemen tyttö Pipsa, ruokatarjottimen kanssa ja sanoi:
– Hei, sinäkin olet täällä.
Vähän aikaa Markulla löi tyhjää ennen kuin toipui hämmennyksestään ja vastasi:
– Heipä hei! En nyt osannut sinua täällä odottaa, vaikka ilmeisesti tulitkin illalla vastaan juoksulenkilläni. Mitä sinä täällä teet?

– Ihan samaa kuin sinäkin. Olen täällä töissä, Pipsa vastasi huvittuneena, kun huomasi Markun hämmennyksen.

– Mitä pirua sinä rikkaan talon kielitaitoinen tyttö täällä korvessa teet. Kun sinun vanhemmillasi tuntui olevan iso yritys siellä Tuusniemellä, Markku äimisteli.

– Hitto, että minä tykkään tuosta sinun suorasanisuudestasi. Ei jää mitään epäselväksi mitä tarkoitat, Pipsa sanoi nauraen.

– Minun hommissa kun ei oikein pärjää kielikuvilla. Sitä pitää selvästi sanoa mitä tarkoittaa. Minä luulin, että olet lomalla. Aiotko viipyä pitkäänkin?

– En nyt lupaa tässä vaiheessa täältä jääväni eläkkeelle, mutta loppupäästä ei ole mitään sopimusta tehty, Pipsa vastasi.

– Ei tuosta sinun puheestasi selvinnyt mitä teet?

– Minä olen tuolla respassa ja yritän luoda yhteyksiä ulkomaisiin lomailijoihin. Tämän firman tarkoitus on satsata ulkomaalaisiin, niin kesällä kuin talvellakin. Joten tee niistä hirsimökeistä lämpimiä, että Etelä-Eurooppalaisetkin tarkenevat talvipakkasilla.

– Mistä sinä minun työtekemiset tiedät? Markku kysyi.

– Katsos, kun minulla on suhteita tuonne firman johtoon, joten kyllä minä suurin piirtein tiedän, mitä kukin tekee.

– Jaha, olet siis jotakin sukua johtaja Väänäselle?

– En ole, mutta en pidä sinua jännityksessä, sillä isän firma omistaa tästä lomakeskuksesta osan.

– Nyt minä ymmärrän. Kyllä se johtaja Jesse sanoi, että muitakin omistajia on kuin hän, mutta ei sanonut ketä? Ja minä munasin heti itseni firman toisen johtajan silmissä, kun kyselin mitä pirua täällä teet. Anteeksi.

– Kuule, minä olen jo saanut sinusta niin hyvää palautetta, ettei haittaa. Niin kuin sanoin pidän suorasta puheesta.

Minähän tässä olen anteeksi pyynnön velkaa, kun hävisin sinun seurasta viime kesänä, Pipsa vastasi.

– Niin mitäpä sitä niin huonolla autolla ajavalle miehelle tarvitsee mitään selitellä, Markku vastasi. Ei hän ala nöyristellä.

– Kyllähän minä sen sinulle sanoin, mutta ilmeisesti en osannut sanoa niin suoraan kuin sinä. Minähän kerroin, että minun pitää saada ensiksi jalat pois isän pöydän alta. Nyt minä en ole riippuvainen isästä, vaan toimin täysin oman pääni mukaan. Tietysti yhteistyössä Jessen ja kolmannen omistajan kanssa.

– Huh, huh, olipa tämä nyt sattuma. En osannut arvata, että täällä kohdataan. Minun pitääkin tästä lähteä työmaalle, että en anna huonoa kuvaa tekemisestäni. Tiedä milloin tulet ja annat potkut, sitä tässä pitää nyt pelätä.

– Kuule minä olen oppinut, että hyvistä työtekijöistä on pidettävä kiinni. Olivatpahan ne millä oksalla tahansa. Hyvä työpoprukka on jokaisen firman tärkein omaisuus. Huonolla porukalla ei tule kuin sutta ja sekundaa. Pikkulinnut ovat laulaneet, että mökit valmistuvat ripeästi.

– Millähän oksalla ne pikkulinnut istuvat.

– Minä tulen joku ilta sinulle kertomaan mikä se oksa on. Sinähän asut siinä vanhassa viitos mökissä. Pipsa sanoi, kun Markku nousi pöydästä ylös.

– Enpä sano muuta kuin tervetuloa, Markku sanoi ja poistui pöydästä.

Asunnolle mennessään hän jäi ihmettelemään, kuinka elämä kuljettaa. Hän oli jo unohtanut Pipsan ja Emman, nyt Pipsa ilmestyi paikalle. Vähiten hän oletti, että Pipsa olisi suorastaan hänen esimiehensä. Tosin eiköhän se Jesse enempi hoida näitä rakennusasioita.

Markku ei oikein osannut iltapäivällä keskittyä työhön. Sen verran naisen ilmestyminen samoihin maisemiin oli mielessä. Nyt piti laittaa vähän suuta soukemmalle ja hänen pitää tehdä itselleen selväksi, että nainen on asemassa, jolla on sanansijaa hänenkin työskentelyyn. Tosin hän tiesi itsestään, ettei hänestä ole makeilijaksi. Asiasta sanon oman näkemykseni, mutta muu flirttailu on nyt unohdettava. Se on tavallaan minun pomo ja ei se minun koukku ole yhtään lujempi kuin viime kesänäkään.

Kuitenkin tapaamisella oli sellainen vaikutus, että hän siivosi kämppänsä perusteellisesti ja laittoi vaateensa henkareihin ja vaatehuoneeseen. Illalla hän ajeli vielä markettiin ja kävi Alkosta ostamassa muutaman valko- ja punaviinipullon. Lisäksi hän osti jenkkikaapin pakastimeen tuoretta pullaa ja muutaman paistettavan pitsan

Seuraavana päivänä Jesse tuli Pipsan kanssa rakennustyömaalle. Uusi mökki oli jo lähellä ikkunan yläreunaa. Markku kuuli, kun Jesse sanoi Pipsalle:

– Tässä on tämä uusin mökkirakennustyömaa. Minä esittelen sinulle meidän uuden mestarin, muuthan sinä tunnetkin viime kesältä.

– Ei sinun tarvitse, minä olen tavannut Markun myöskin viime kesänä, Pipsa sanoi.

Jesse kurtisti kulmiaan ja katsoi kysyvästi Markkua ja sitten Pipsaa.

– Me tanssittiin viime kesänä Hojo Hojossa Tuusniemellä. Ja oli se Markku muutaman kerran saatollakin.

– Ai, teillä on oikea romanssi takana. Tämähän mielenkiintoista. Tästähän voi muodostua mielenkiintoinen kesä. Jesse sanoi ja hymyili leveästi. Markku ei oikein osannut sanoa mitään, mutta rohkaisi sitten mielensä ja sanoi:

– Niin ei siitä mitään tullut, kun minulla on vain tuollainen vanha auton rottelo. Ison talon leidille pitäisi olla jotakin uutta ja virtaviivaista.

– Elä viiti, kyllä minä sanoin jo silloin, että en minä katso miehen autoa vaan miestä, Pipsa heitti.

– Niinhän sinä sanoit, mutta eiköhän tämä asia ole jo loppuun käsitelty, Markku vastasi vaivautuneena. Pipsa hymyili Markulle leveästi, mutta ei sanonut mitään.

Markku kertoi siten heille aikataulun, jolla tarkoitus olisi mökkejä rakentaa.

– Minä tulen näitä kuvaamaan, kun saatte valmiiksi. Laitan kuvia mainosesitteeseen. Varsinkin ulkomailla arvostetaan tällaista lomakohdetta, jossa on maalaamatonta hirttä sisutuksessa näkyvissä, Pipsa kertoi.

Jesse ja Pipsa lähtivät jo harjassa olevaa mökkiä katselemaan. Kun he olivat puheen kuulumattomissa rakennusmiehistä, Lasse sanoi:

– No niin, nythän sinulla onkin toinen työmaa, kun kengität tuon tytön omaan käyttöön. On kaunis ja sutjakka, lisäksi ei ole mikään köyhä likka, kun isä omistaa osan tästäkin lomakohteesta.

– Niin, käy vaan kimppuun kuin sika limppuun. On tosi hyvän näköinen nainen.

– Ai te aiotte alkaa minua naittamaan. Kyllä se pojat asiat ovat niin, ettei tällaisen tyhjätaskun kannata elätellä mitään toiveita naisista, joiden isällä on maallista mammonaa, vaikka kuinka paljon.

– Älä nyt heti heitä rukkasia tiskiin. Kyllä ne rikkaidenkin isien tytöt miestä kaipaavat. Kun oikein hyvin asiat hoitelet, niin suorastaan tulevat kotoa hakemaan, Lasse sanoi.

– Kyllä se on niin, että vaikka tuollaisen tytön onnistuisikin vikittelemään, niin viimeistään siinä vaiheessa, kun menen tapaamaan hänen isäpappaa ja äiti muoria, he sanoo, ettei meidän tyttö lähde tuollaisen pojan mukaan, Markku vastasi.

– Niinkin se voi olla, mutta pidä huoli, että tytöllä on sopiva taakka mukana. Silloin vanhemmat järjestävät oikein kunnon häät ja nopeasti.

– Nyt lopettakaa, ei ne tuollaiset naiset heti ole pöksyjään riisumassa, vaikka kuinka lemmestä lurittelisi. Nykynaiset tietävät mitä tekevät. Joten tämä asia on loppuun käsitelty. Aletaan laittamaan noita pitkiä hirsiä ikkunan päälle.

Pari viikkoa meni ja Markku tapasi Pipsan muutaman kerran ja vaihtoi jonkun sanan tämän kanssa. Perjantai-iltana hän luki kirjaa alkovissaan, kun joku koputti ovelle. Kukahan tänne osaa tulla? Markku mietti ja meni ovelle ja aukaisi sen.

– Terve, Pipsa sanoi reippaasti ja työntyi Markun ohi sisälle kori käsivarrellaan.

– No terve. Mistäs sinä siihen tupsahdit, Markku sanoi ihmeissään.

– Tuolta minä ylhäältä tulin. Kun en nähnyt sinua tänään ruokailemassa, ajattelin tuoda sinulle muutaman voileivän ja kahvia. Samalla voin itsekin juoda.

– Se on kyllä kauniisti tehty, minä kävin Kuopiossa vähän tavaratoimituksista sopimassa. Ja siellä haukkasin yhden piirakan.

– Tämähän on ihan viihtyisä kämppä. Kyllä tähän voisi vielä lomalaisia majoittaa, Pipsa sanoi ja katseli ympärilleen.

– Ei tässä mitään vikaa olekaan. Ja tämä on viimeisiä, joita puretaan. Näin olen Jesseltä ymmärtänyt.

– No oletko sinä viihtynyt tässä?

– Ei majoituksessa ole mitään vikaa. Näin on hyvä, mutta työnvieressä ja tavallaan omassa työhuoneessa asuminen on pitkän päälle rassaavaa, Markku vastasi.

– Miten niin? Pipsa kysyi.

– Minun työaikahan päättyy illalla neljältä. Mutta monesti olen huomannut, että kuuden aikaan vielä levittelen piirustuksia tai teen jotakin aikataulua. Ei niitä voi ylitunneiksi laskea.

– Miksi sinä sitten teet?

– Se on hyvä kysymys, kun ne piirustukset ovat tuossa pöydällä ne on niin helppo ottaa käteen ja jäädä miettimään jotakin yksityiskohtaa ja siinä unohtuu äkkiä aika.

– Pitäisikö minun yrittää keskustella Jessen kanssa, että saat toimiston jostakin muualta, Pipsa esitti.

– Ei, ei missään tapauksessa. Varmaankin tiedät, että kun tämä on tavallaan minun työhuone, niin en tarvitse maksaa mitään vuokraakaan.

– Sehän on vähintä mitä firma voi tehdä. Ei kukaan täällä työhuoneestaan maksa vuokraa. Ymmärrän kyllä tuon vaikeuden, kun työ on siinä paikalla, niin varmasti sitä helposti jatkaa työntekoa. Minä asun tuossa kolmenkilometrin päässä, ajatus katkeaa matkan aikana ja pääsee paremmin irti työstä.

Markku huomasi katselavansa sivusilmällä Pipsaa. Tällä oli jonkinlainen lenkkipuku päällä ja pakko oli todeta, että se teki naisen vartalolle oikeutta. Pusero ja housut olivat aika tiukat ja korostivat sopivasti ja sopivista kohden häntä.

– Lenkkeiletkö sinä paljon? Pipsa kysyi.

– Kyllä minä käyn pari kertaa viikossa jossakin päin juoksemassa. Täällä on niin hyvät maastot.

– Voitaisiinko lähteä joskus töiden jälkeen yhdessä lenkille? Pipsa ehdotti.

– Sehän olisi mukavaa, mutta mitäs se porukka sanoo, jos me yhdessä lenkkeillään. Kyllä juttu alkaa nopeasti kiertää, että mitäs se tuo mies oikein aikoo.

– Ai, sinun maine menisi jos meikäläisen kanssa olet juoksemassa? Ja mitäs se kenellekään kuuluu, kenen kanssa kukin lenkkeilee, Pipsa sanoi hymyillen.

– Ei minun maine mene, mutta sinun maineesi voitaisiin kyseenalaistaa, kun jonkun työmiehen kanssa yhdessä liikut. Tuolla miehet jo vinoilivat minulle. Sanoivat suoraan, että on niin hyvän näköinen nainen, että alahan mies terhistäytyä.

– Vai sellaistako ne sinun porukkasi puhuu. Ja sinä säikähdit heidän puheitaan.

– En minä säikähdä sitä, mutta olen minä aika varovaiseksi tullut. Tunteva ihminen sitä minäkin olen, ja viime kesänä tuli tunne, että taisin polttaa näppini. Ei se kivalta tuntunut, kun en saanut sinuun yhteyttä. Kyllä meihin miehiinkin sattuu, jäi sellainen tunne, että kuinkahan pahasti minä olen sinua loukannut. Olisi ollut mukavampaa, jos olisit sanonut suoraan, että elä kurkottele kuuseen, Markku puri vähän tuntojaan.

– Ihanko totta. Minähän vihjasin, että tavallaan olen kotoa pahasti riippuvainen, Pipsa vastasi.

– Kuule meille tekniikan junteille pitää sanoa suoraan asioita, me emme osaa rivien välistä lukea, mitä joku nainen tarkoittaa. Meidän koulutus jo käsittää, että mitä me teemme niin se on oltava selvää ja suunniteltua. Olen minä elämässäni nähnyt useita tapauksia, kun hyvän näköinen nainen haluaa leikkiä miehen kassa, ja mies saa kynsilleen oikein kunnolla. Niin kuin minä sanoin, kyllä miehilläkin on tunteet ja meihinkin sattuu, vaikka tuntuu, että monet naiset siitä viis välittää.

– Mitenkähän minä voisin hyvittää sen viime kesän. Huomaan, ettet oikein luota minuun. Ja kyllä minä ymmärränkin sen. Onhan se vanha sanonta, että luottamuksen rakentamiseen voi mennä vuosia ja sitten sen voi menettää sekunnissa, Pipsa sanoi.

– Sinulla on tässä niin maukkaita voileipiä, että voitaisiin ottaa viiniä näiden kassa. Minulla on jääkaapissa valko- ja punaviiniä kävisikö neidille lasillinen. Ja kumpaa paremmin.

– Sehän olisi mukavaa, jos me sillä onnistuisimme rakentamaan uutta luottamusta. Punaviini näiden kanssa kävisi hyvin, Pipsa sanoi

Markku otti punaviinipullon ja kaatoi kahteen lasiin ja kohotti lasiaan ja sanoi:

– Uuden luottamuksen alkamiseksi, ja kilisti lasia Pipsan kanssa.

– Onpa hyvää, Pipsa sanoi.

– Onhan siinä toinenkin näkökulma. Sinä olet tavallaan minun esimies ja se voi herättää joissakin ihmisissä pahaa verta, Markku jatkoi.

– Nyt lopeta. Minä en ole sinulle esimiesasemassa. Jesse on sinun esimies. Minä sain sinusta viime kesänä sellaisen kuvan, että et vähästä hätkähdä. Joten lopetetaan nämä puheet. Sinä saat varmasti palkkaa sen verran kuin minäkin tai kenties enemmänkin. En ole katsonut. Sopiiko, että maanantai-iltana käydään lenkillä. Tästä Nilsiän kirkolle päin noin kilometrin päässä on levenne. Ja siitä lähtee mukava lenkki, joka kiertää erään lammen ympäri. Otetaan kahvia ja voileipiä mukaan niin samalla tehdään eväsretki. Voidaan paistaa vaikka makkaraakin. Mitäs sanot, kelpaako ehdotus? Pipsa sanoi.

– Pakkohan se on kelvata, kun johtaja käskee, Markku sanoi hymyillen.

– Minä näytän sinulle vielä johtajan. Osta sinä makkarat minä tuon kahvin ja voilevät. Sopiiko kello kuusi herra mestari, Pipsa vastasi.

– Hyvin sopii neiti johtaja. Ja kiitos tästä tarjoilusta. Tämä oli hauska yllätys.

Pipsa oli kerännyt astiat koriinsa. Hän lähti ovelle päin, mutta palasi Markun luo ja sanoi:

– Kiitos vain itsellesi herra mestari ja halasi Markkua lämpimästi ja aika pitkään. Meni ulos ja nauroi ilkikurisesti.

Mitähän tästäkin tulee, omistajan tyttö tuo kahvia ja pyytää yhteiselle lenkille. Polttaako hän taas näppinsä saman likan kanssa. Hän ei oikein ymmärtänyt mitä tytöllä oli takana. Olenko minä vanhanaikainen, kun mietin tuollaisia. Me ollaan varmaankin aika samanikäisiä, jospa minä olenkin tehnyt häneen sellaisen vaikutuksen, että hän haluaa tutustua paremmin. Älä turhia kuvittele, isojen firmojen tytöt eivät halua muuta kuin leikitellä meidän junttien kanssa, Markku toppuutteli mielessään.

Maanantaina hän näki kerran Pipsaa, joka hukkasi ohi mennessään:
– Älä unohda.
Markku nosti vain peukkuaan pystyyn. Hän päätti käydä kaupassa illalla lenkille mennessään. Hän osti hyvää grillimakkaraa ja pienen purkin sinappia sekä keittiöpaperia muutaman rullan. Aikoi ostaa ensiksi kaljaa, mutta koska he molemmat ovat autolla, niin hän etsi alkoholitonta kaljaa.
Ilta oli kaunis, kun Markku ajeli kohtauspaikalle. Hän oli huomannut sen tien levennyksen jo aikaisemminkin. Siinä oli muutama auto pysäköitynä ja Pipsa näkyi juuri saapuvan paikalle ja parkkeerasi autonsa toisten viereen.
– Tulithan sinä, Pipsa sanoi, kun Markku nousi reppuineen autosta.
– Ei sitä uskalla jättää tulematta, kun neiti käskee, Markku sanoi ja halasi Pipsaa kevyesti.
– Onpa kiva ilma. Luonto on ennen juhannusta kauneimmillaan. Ja ilma on melko tyyni, Pipsa sanoi.
– Niin on. Saa vain nähdä onko täällä minkä verran ötököitä jo tähän aikaan.
– Niitähän on aina, varsinkin kun tässä muutamassa kohdassa on kosteaa suota ja kuusikkoa.

He lähtivät polkua pitkin kulkemaan. Välillä polku oli niin leveä, että siinä sopi kulkemaan rinnakkain, mutta välillä se kapeni ja silloin piti kulkea peräkkäin.

– Minä ymmärsin Jessen puheesta, että sinä olet ollut täällä aikaisemminkin töissä viime kesänä, Markku sanoi.

– Olin viime kesänä kuukauden, tuurasin lähinnä respassa, kun ihmiset olivat lomilla.

He kulkivat peräkkäin, kun yhtäkkiä aivan polun vierestä hyppäsi maasta ukkometso lentoon, niin läheltä Pipsaa, että tämä kaatui taaksepäin Markun syliin ja samalla kirkaisi.

– Mikä se oli, voi että minä säikähdin.

– Se oli komea metso, ei sitä kannata pelätä, jos se ei ole soitimella. Silloin se voi käydä, vaikka kauniiden naisten kimppuun, Markku vinoili, vaikka itsekin säikähti melkoisesti.

– Kyllä se lähelle päästi. Onkohan tässä jossakin metson pesä. Tosin tämä oli ukkometso, joten ei se haudo.

– Komea lintu se on, sen kerkesin huomata, mutta lähti se melkoisella rytinällä lentoon.

– Kun maasta lähtee, se tarvitsee kyllä ilmaa siipiensä alle melkoisesti. Mutta onko tässä laavua tai muuta valmista makkaranpaistopaikkaa? Markku kysyi.

– Noin kilometrin päässä on pieni laavu ja siinä on metallinen grilli ja valmiiksi tuotuja puita. Kunta pitää tätä reittiä kunnossa.

He saapuivat grillipaikalle aivan lammen rantaan. Paikka oli oikein kaunis ja ympärillä oli tasasta mäntymaastoa. Muutama vesilintu uiskenteli lammessa. Markku sytytti nuotiota, metsän reunaan oli rakennettu pieni puusuoja, jossa oli valmiiksi pilkottuja klapeja. Paikalla oli myös kelosta rakennettu pöytä- ja istuinryhmä.

– Hei kato, Pipsa kuiskasi ja osoitti lammelle. Sorsa ja noin monta poikasta. Osa on emän selässä.

– Niinpäs on, ainakin seitsemän poikasta.

– Mikä sorsalaji se on, minä en tunne juurikaan lintuja? Pipsa kysyi.

– Minusta tuo on Isokoskelo, kun sillä on tuollainen takatukka ja on aika iso. Muut sorsalajit ovat pienempiä, Markku vastasi.

– Onpa se herttaisen näköinen perhe.

He paistoivat makkaraa ja samalla katselivat lammelle, kuinka sorsaemo kaitsi poikasiaan. Välillä poikaset tulivat uimaan ja siiten taas kiipesivät emon selkään.

Heidän aterioidessaan Markku kysyi Pipsalta:

– Millainen on Tahkovuoren juhannus?

– Sitä voi viettää monella tavalla. Siellä on kolmen päivän festarit, mutta voi sinne mennä muutenkin. Siellä on hieno leirintäalue ja voi mennä mihin itse haluaa. Minä en välitä monen päivän festareista, olen käynyt kerran matkailuautolla veljen ja hänen vaimonsa kanssa. Kyllä yhden vuorokauden kestää, mutta kolme on liikaa.

– Miten on, onko meillä kenties yhteinen juhannus? Markku kysyi suoraan.

Pipsa empi hetken mutta sitten sanoi:

– Olisihan se ihan mukava, mutta meillä on järjestetty sellainen perhetapaaminen kesämökillä. Kokoonnumme nytkin sinne jo aattona.

– Se on varmaankin sellainen pieni harmaa mökki, jossa on ulkovessa, Markku sanoi hymyillen.

– Voi sinua, voin sanoa, että kyllä se on ihan kookas huvila, jossa on kaksikin sisävessaa. Minusta tuntuu, että sinua häiritsee, että vanhemmillani on menestyvä kuljetusliike, tosin se on veljen ja vanhempien hallinnassa.

– Jos tarkoitat, että olen kateellinen, olet väärässä. Minä olen kai vähän vanhanaikainen. Vanhempani ovat tavallisia työläisiä, mutta silti me lapset olemme saaneet kohtuullisen

88

koulutuksen. En osaa ajatella, että saisin jotakin noin vain itselleni tekemättä sen eteen työtä.

– Tuo asenteesi on ihanteellinen ja varmasti saat tyydytystä, kun näet konkreettisesti mitä olet saanut aikaan, Pipsa vastasi.

– Kyllä, minusta on nytkin kiva katsella, kun kolmas mökki saadaan ensi viikolla harjakorkeuteen ja katto päälle, Markku sanoi.

– Tuo on totta, että meikäläinen ei aina näen sitä mitä on tehnyt.

– Turhauttaako se? Markku kysyi.

– Kyllä se turhauttaa joskus, mutta pitäisikö meidän jatkaa lenkkiä. Tästä on pari kilomeriä jäljellä, Pipsa sanoi, kun keräili tavaroita reppuunsa.

He kävelivät peräkkäin kapeaa polkua. Illan viiletessä oli paikka paikoin paljon hyttysiä. Polku kulki hetteisen notkelman kautta ja siinä heidän oli pakko lepänoksalla hätistää hyttysiä pois. Kun polku taas leveni ja he voivat kulkea rinnakkain, Pipsa kysyi:

– Joko se ensimmäinen mökki on valmis?

– Onhan se ollut jo jonkin aikaa. Siellä on kaikki kalusteetkin paikoillaan. Huomenna varmaan toinenkin mökki valmistuu. Tosin ajattelin, että yhteen mökkiin kasataan vuodevaatteita. Niitä tulee kymmentä mökkiä varten.

– Minäpä tulen huomenna kuvaamaan mökkejä. Haluan myös kuvan, jossa rakentajat ovat mukana.

– Pitääkö panna puku päälle ja kravatti kaulaan, että tulee hyvä kuva?

– Älä pelleile, minä haluan aidon kuvan, kun työtä tehdään, ei mitään filmausta, Pipsa valisti.

He olivat keskustellessaan tulleet parkkipaikalle. Siellä ei ollut enää kuin heidän autot.

– Oliko se nyt tämä lenkki niin kauhea ja moniko ihminen meidät näki? Pipsa kysyi.

– Tämähän oli tosi kiva retki. Oli kaunis ilma ja kaunis neito seurana. Mutta ei tässä kyllä kunto paljon kohentunut, kun kävelimme ja söimme varmasti paljon enemmän mitä kulutettiin.

– Kiva kuulla. Tehdään loppuviikolla juoksulenkki, mutta tehdään se siellä lomakeskuksen maastossa, Pipsa ehdotti.

– Sopii minulle, ilmoita vaan ilta, milloin sinulle käy. Minulla ei ole mitään menoja, Markku vastasi.

Markku halasi lämpimästi ja kiitteli Pipsaa hienosta retkestä. Pipsa kiitteli myös ja antoi Markulle pusun poskelle.

Seuraavana päivänä Pipsa kävi kuvaamassa mökkejä ja myöskin miehiä työn touhussa.

Hän ei pyytänyt rakentajilta muuta kuin tekevät normaalisti työtään. Pipsan tarkoitus oli saada niin luonnonmukaisia kuvia kuin mahdollista.

Torstai-iltana Pipsa ja Markku tekivät juoksulenkin. Oli suorastaan helteinen sää. Kun he tulivat takaisin, kumpainenkin oli niin hikinen, että he moikkasivat toisilleen ja menivät suihkuun.

11

Barbara istui opiskelijakämpässään, kun hänen puhelimensa soi. Barbara huomasi, että soittaja oli Liina. Hän sanoikin suoraan:
– Milloin sinä tulet?
– Keskiviikkona olisi se pääsykoe. Minulla on jo nyt vatsa sekaisin, kun jännitän niin kovasti, Liina vastasi.
– Älä turhia jännitä, kyllä sinä pääset läpi. Tule tiistaina minun luo niin vietetään rento ilta.
– Minä kyllä ajattelin, että sinä tenttaat minua vielä silloin illalla.
– En varmasti tenttaa. Siitä ei enää tässä vaiheessa ole mitään hyötyä. Käydään vaikka lenkillä ja otetaan ilta rennosti. Jos viimeisen illan yrität paahtaa kirjojen parissa, olet seuraavana aamuna ulkona kuin lumiukko.
– Onko näin? Liina kysyi.
– Varmasti on.
–Vaihdetaan sitten puheenaihetta. Joko sinä olet ottanut yhteyttä siihen Katajan Markkuun, niin kuin minä sinua pyysin, Liina uteli.
– En ole. Mitä minä sanoisin, jos menisin hänen luonaan käymään. Enkä tiedä missä hän asuukaan, Barbara ihmetteli.
– Minäpä tiedän. Kun sen esimies oli soittanut isälle ja kysynyt millainen mies se Markku on. Isä oli antanut hyvän lausunnon ja Markku on valittu Koivulammen lomakeskukseen rakentamaan hirsimökkejä.
– Missä hän asuu? Barbara kysyi.
– Minä soitin sinne respaan ja tekeydyin rakennusfirman sihteeriksi ja kyselin, voisinko saada hänen osoitteensa. Sain, Markku asuu yhdessä mökissä siinä lomakeskuksessa. Mökin

numero on kuulemma viisi. Mehän voitaisiin käydä häntä tapaamassa. Minä palaan vasta seuraavana päivänä.

– Oletko sinä häneen rakastunut, kun olet tapaamisen suunnitellut? Barbara kysyi.

– En minä vaan sinä. Markkuhan laittoi sinulle terveisiäkin. Ja silloin pikkujoulussa sinä olisit laskenut hänet viereesi, mutta minä estin.

– Kyllä se oli pelkkää huulenheittoa. Taidettiin olla vähän juhlatuulella. Minusta hän vaikutti tosi herrasmieheltä.

– Mietitään sitten kun tulet, Barbara vastasi.

– Sillä lomakeskuksella on tosi hyvät internetsivut. Sehän järjestää läpi vuoden majoitusta. Minä tulen silloin tiistaina hyvissä ajoin. Oletko sinä kotona?

– Minulle on se tiistai vapaa, mutta seuraavan päivän olen töissä. Millä sinä tulet?

– Lainaan isän autoa ja sillä ei ole mitään kiirettä, voin olla parikin päivää Kuopiossa.

Naiset juttelivat vielä tovin ja Barbara yritti rauhoitella Liinaa, sillä tämä tuntui olevan melko jännittynyt.

Markku oli suihkussa ja hyvällä mielellä, nyt oli kolmannessakin mökissä katto päällä. Oli ollut lämmin päivä, vaikka hän ei suoraan rakennustöihin osallistunut, mutta oli kuitenkin koko ajan ulkona. Seuraavaksi heidän pitäisi tarkastaa tulevien mökkien perustukset. Osa niistä pitäisi tehdä kokonaan uudelleen.

Hän laittoi iltapalaa itselleen, kun kuuli jonkun koputtavan oveen. Markku kiskaisi paidan päälleen ja avasi oven.

– Terve, tultiin sinua moikkaamaan, kun sinusta ei ole kuulunut mitään, Liina sanoi ja halasi Markkua.

– Minä kanssa, takana seissut Barbara sanoi ja halasi tiukasti miestä.

– Mistä te siihen lensitte? Markku ihmetteli vähän häkeltyen.

– Tultiin Kuopiosta ja käytiin Barbaran kotona. Minä olin niissä pääsykokeissa, Liina vastasi.

– Ja hyvin meni, onnittelut lääkärin alku, Markku vastasi.

– Älä onnittele, ei sitä vielä tiedä.

– Minä voin vakuuttaa, että hyvin on mennyt. Kuuntelin niitä sinun vastauksiasi ja varmasti pääset läpi, Barbara lohdutti ja iski Markulle silmää.

– Hei tulkaa nyt sisälle tähän minun yhden miehen linnaan, Markku sanoi ja ojensi kätensä mökin tupaan päin.

– Sinullahan on oikein mukava asunto, Barbara sanoi.

– Tämä on minun asunto ja samalla toimisto. Kun käytän tätä toimistona, niin en tarvitse maksaa vuokraa.

– Sehän on kätevää.

– Ei välttämättä. Tahtoo työnteko jatkua illalla, vaikka pitäisi olla vapaalla. Kyllä tämä vähän aikaa menee, mutta pitkän päälle työpaikalla asuminen alkaa rassata.

– Hei me ostettiin tällaista kuohujuomaa, kun arveltiin että onkohan sinulla mitään alkoholitonta. Kun tarkoitus on ajaa vielä Kuopioon. Barbaralla on töitä huomenna, Liina kertoi.

– Missä sinä olet töissä Barbara? Markku kysyi.

– Olen Kysissä sydänosastolla. Olen jonkinlainen apulaislääkäri. Minua kiinnostaisi aikanaan erikoistua kardiologiksi.

– Se on varmasti ala, josta työt eivät lopu. Meillä taitaa olla sydänpotilaita riittävästi joka sairaalassa.

– Se on aika surullista, mutta kun ihmiset eivät usko. Tämä kansa on aivan liian lihavaa, ja sitten ruoka- ja juomatavat ovat kaikkea muuta kuin terveellisiä. Makkara ja kalja kyllä maistuu, Barbara painotti.

– Nyt tuli huono omatunto. Muutama päivä sitten tein pienen retken, ja yhdellä laavulla paistoin makkaraa ja join pullon kaljaa, tosin kalja oli alkoholitonta, kun olin autolla. Minä laitan kahvia tulemaan, minulla on tuolla joitakin keksejä, jos arvon neideille käy. Ja samalla avaan tämän tuomanne pullon. On tosi kiva, kun tulitte käymään.

– Yksinkö sinä olit siellä retkellä? Liina kysyi ja katsoi hymyillen Markkua, joka selvästi punastui.

– Yksin tietenkin, minulla on ollut kova ikävä teitä, mutta ujona poikana en ole uskaltanut edes soitta kummallekaan.

– Vai ujona, sinähän oisit jäänyt pikkujouluiltana meidän viereen yöksikin, mutta tuo Liina torppasi sinun hyvän yrityksen.

– Niin vieläkin harmittaa, kun en saanut jäädä, Markku vastasi pokkana ja jatkoi:

– Nyt olisi arvon neidit kuohujuomaa ja kohta kahvia.

Markun asunnossa oli viinilasit ja niistä hän tarjosi juoman. He skoolasivat laseja.

– Otetaan nyt tulevien lääkäreiden kunniaksi.

– Otetaan vaan tälle tummalle kaunottarelle. Hänestä varmasti tulee lääkäri, mutta minulle on turha kilistellä liian aikaisin, Liina totesi.

– Minä sitä muuten tapasin tai näin sinun äitisi tuolla Nilsiän kirkonkylän kaupassa.

– Miten niin? Barbara kysyi.

– Oli vähällä, että en nostanut kättäni ja sanonut hei Barbara. Kyllä oli niin sinun näköinen nainen. Yhtä tyylikäs ja kaunis kuin sinäkin. Lähempää huomasin, että on hän vähän sinua vanhempi. Päättelin siitä, että ei Nilsiän kirkolla voi olla kahta sinun näköistä naista. Hän oli sinua tummempi, mutta todella tyylikäs, Markku kehui.

– Kyllä se äiti sitten on ollut, kaikki sanovat, että olen äitini näköinen. Olisit käynyt juttelemassa, Barbara sanoi.

– Kyllä sinä olet todella äitisi näköinen, Liinakin vakuutti.

– Ei sitä näin ujo poika voi mennä vierasta naista juttuttamaan, Markku sanoi.

– Äiti kyllä juttelee ihan tuntemattomienkin kanssa. Olen minäkin perinyt häneltä saman ominaisuuden. Eihän mekään ole tavattu kuin kerran ja nyt minä olen täällä sinua tapaamassa.

– Se on eri asia, meinasit ottaa jo tämän miehen viereesi ensikerralla. Piti olla esiliinana, Liina vinoili.

– Minäpä olenkin vapaa nainen, minulla ei oli poikakaveria niin kuin sinulla, Barbara sanoi.

– Älä viiti puhua satuja, jos minulla olisi todellinen poikakaveri, niin tuskin minä juhannukseksi tulisin sinun luoksesi.

– Sinä varmaankin yrität tehdä pojan mustasukkaiseksi ja esität vaikeasti saavutettavaa. Teillä kantasuomalaisilla naisilla on melkoinen helmasynti, te yritätte saada miesystävänne mustasukkaiseksi. Tuolla äidin kotimaassa, jos nainen nähdään jonkun miehen mukana, sitä naista ei enää kukaan tavoittele.

– Senkö vuoksi meillä on niin paljon väkivaltaa lähisuhteessakin? Markku sanoi ja jatkoi:

– Voin sanoa teille, että vaikka oisin jonkun naisen kanssa naimisissa ja löytäisin vaimoni sängystä toisen miehen kanssa, niin en vaimoani pahoinpitelisi. Miehelle voisin kyllä antaa köniin, jos se ei olisi hyvin paljon suurempikokoinen.

– Tuopa muistetaan Liina. Minä olen aina pelännyt, että joku mies pahoinpitelee, jos sattuisi muodostumaan jonkun miehen kanssa lähempi suhde, Barbara sanoi.

– Nyt sinä löysit miehen joka todistajien läsnä ollessa lupasi, ettei naista pahoinpitele. Joten pidä tämä Markku mielessäsi. Nyt löytyi mies, jota et tarvitse koskaan pelätä, Liina kertasi.

He joivat kahvia ja tarinoivat monesta asiasta, mutta kun naiset tekivät lähtöä, Markku kysyi?

– Kuinkas te juhannusta vietätte?

– Siitä ei ole sovittu mitään tarkempaa. Tulen tänne Kuopioon, Liina sanoi.

– Ei niin, onko sinulla joku ehdotus? Barbara kysyi.

– Mennään Tahkolle, siellä on kuulemma monenlaista menoa. Ei sieltä enää majoitusta saa, mutta minulla on uusi teltta. Laitetaan se leirintäalueelle pystyyn ja katsotaan sitten mitä tehdään, Markku ehdotti.

– Tuohan voisi olla mukavaakin, muitta uskallatko sinä lähteä telttailemaan kahden naisen kassa, Liina sanoi.

– Minä huudan apua, jos en yksin pärjää, kyllä me saadaan toinenkin mies jostakin samaan telttaan.

– Ei käy, me halutaan pitää sinut yksin, jos tänne tullaan, Barbara sanoi.

– Onko teillä makuupusseja, vai ostanko pari lisää? Markku kysyi ja jatkoi:

– Vaikka ei me tarvita niiden sisällä nukkua, mutta niistä saa hyvän alustan ja peiton.

– Minä voin tuoda, meillä on niitä useampikin. Saan varmasti äidin auton ja otan sinut Barbara tullessani, Liina sanoi.

– Minä tulen jo aikaisemmin tänne kotiin, joten tule sinne suoraan, et tarvitse Kuopion kautta kiertää, Barbara sanoi.

– Pidetäänkö tämä sovittuna? Markku kysyi.

– Kyllä minun puolestani. Me tullaan Liinan kanssa tähän sinun luo puolenpäivän jälkeen, Barbara lupasi molempien puolesta, mutta jatkoi vielä:

– Ostetaan jotakin ruokaa ja juomaa oman harkinnan mukaan. Sieltäkin varmasti jotakin saa.

– Mutta nyt meidän pitää lähteä, Liina sanoi ja halasi tapansa mukaan Markkua. Samoin teki myös Barbara.

Markku vei naiset autolle ja vilkutti heille.

Sisällä Markku jäi miettimään, että mitähän tässä tuli luvattua. Eipä tässä nyt mitään rakkausdraamaa saa

96

tekemälläkään. Hyvin heillä juttu luistaa kaveripohjalta. Tosin hän ihmetteli kuinka hyvin he ovat löytäneet voimakkaan ystävyyden tunteen, vai oliko siinä mukana ihastumista puolin tai toisin. Pakko hänen oli tunnustaa, että jotenkin tämä tumma tyttö aiheutti tiettyä tykytystä. Eikä Liinakaan olisi hassumpi likka, vaikkakin vanhemmat saattaisivat sanoa jotakin, jos hän alkaisi Liinaa tapailla.

Markku tutki tulevien mökkien perustusten pohjia, ja kutsui Jessenkin paikalle. Hänen mielestään ainakin yhden vanhat mökin perustukset on työnnettävä kaivinkoneella pois ja tehtävä alusta saakka uudet. Se oli niin huonokuntoinen. Juhannukseen oli aikaa runsas viikko. Markku kävi Pipsan kanssa kerran juoksulenkillä lomakeskuksen maastossa.

Paluumatkalle osan matkasta he kävelivät. Oli niin turkasen kuuma.

– Minne sinä menet juhannusta viettämään? Pipsa kysyi.

– Menen tuonne Tahkolle. Otan teltan mukaan, jos haluan jäädä leirintäalueelle yöksi. Ei ole mitään sen tarkempia suunnitelmia, Markku vastasi.

– Kai sinulla on joku seuralainen, ei kai nuori mies yksin vietä juhannusta.

– Ei ole ketään, kun sinäkin menet sukujuhliin. Vai lähdetkö mukaan, Markulta lipsahti.

Mitä hittoa hän sanoo, jos Pipsa sanookin lähtevänsä. Kyllä kolme naista on jo liikaa.

– En minä ainakaan tänä juhannuksena lähde. Sovin jo suvun kanssa tulevani mökille, Pipsa sanoi ja jatkoi:

– Haluatko nähdä ne valokuvat, jotka otin?

– Olisihan se mukavaa nähdä. Mennään tuohon päätaloon, minä näytän ne sinulle.

Aulassa oli pöytä ja Pipsa levitteli valokuvat pöydälle.

– Mitäs pidät?

Markku selasi kuvia ja sanoi:

– Kuvathan ovat hyvin otettuja, mutta mallit ovat tosi surkeita. Ei meistä ole valokuvamalleiksi.

– Älä höpötä, nämä kuvat ovat juuri sellaisia mitä halusinkin niiden olevan.

– Älä syytä meitä, jos näitä laitat johonkin esitteeseen eikä yksikään ihminen tule tänne lomailemaan, varsinkaan ulkomaalaiset.

– Minulla on alustava suunnitelma millaista mainoslehtistä teen. Minä näytän sen sitten sinulle, kun saan sen painokuntoon. Saatte sitten koko rakennusporukka sanoa mielipiteenne. Mutta nyt minä lähden suihkuun ja kämpälle. Hyvää illan jatkoa, Pipsa sanoi ja meni sisätiloihin.

– Samoin, Markku sanoi.

Juhannusviikolla tuli lomakeskukseen bussilastillinen matkailijoita. Markku näki, että mökkialuetta esitteli Pipsa. He kiertelivät uusissa mökeissä ja tutustuivat koko alueeseen. Ilmeisesti he eivät majoittuneet, vaan lounastivat ravintolassa. Markku meni ruokatunnin loppupuolella mökkiinsä, ja heti joku koputti ovelle. Oven takana Pipsa oli keski-ikäisen miehen kanssa. Mies esitteli itsensä Ikoseksi.

– Tällä miehellä olisi vähän asiaa sinulle. Minä menen lounaalle.

Markku ihmetteli mitä asiaa tällä on. Hän pyysi miestä istumaan.

– Sinä olet kuulemma rakennuttanut nämä uudet hirsimökit. Tuo opas kertoi äskettäin ja olette kuulemma rakennusmestari.

– Niin on päässyt käymään, Markku vastasi.

Mies kaivoi taskujaan ja otti jonkin paperin taskustaan ja levitti sen eteensä pöydälle ja alkoi puhua:

– Minulla on tässä sommitelma kesämökistä, jonka haluaisin rakennuttaa, mutta kun jonkun pitäisi tehdä tästä piirustukset, jotta voisin hakea kunnalta lupaa. Tuo nuori neiti sanoi, että sinä pystyisit varmasti sellaisen tekemään. Tietenkin minä maksan käyvän hinnan.

– Jaa, että sellaista asiaa, Markku sanoi ja otti ruutupaperille piirretyn kuvan käteensä. Sen näki, ettei se ollut missään mittakaavassa. Tästähän saisi varmasti pientä liksaa ja illatkin menisivät rattoisammin.

– Missä päin tällainen tontti on?

– Se on tuossa Kaavin puolella. Täältä on matkaa alle neljäkymmentä kilometriä.

Mies selitti mitä mikin kohta piirroksessa tarkoitti, vaikka Markku kyllä ymmärsi mitä mies oli tarkoittanut.

– Milloin tämän pitäisi olla valmis?

– Ei nyt mitään pakkokiirettä, mutta jos tänä suvena saisi luvat ja pohjan tehtyä, Ikonen esitti.

– Kyllähän minä voisin tämän piirrellä, minulla on tuossa koneessa sellainen ohjelma, jolla piirustukset voisi tehdä.

– Voidaanko sopia nyt, että teette piirustukset?

– Tuota, ei ihan nyt. Mutta jos jätät puhelinnumeron, niin minä soitan ihan pikaisesti. Sillä minun pitää nykyiseltä työantajaltani saada lupa, voinko tehdä sivutöitä vapaa-ajallani.

– Omalla ajallahan te teette, jos iltaisin piirtelette?

– Kyllä monessa firmassa on tiukka kielto omien bisnesten tekemiseen. Sillä siinä on se vaara, että tehdäänkin firman työaikana omia hommia, ja se on kiellettyä.

– Tee viikonloppuisin tai iltaisin, Ikonen jänkkäsi.

– Jättäkää puhelinnumeronne ja osoitteenne tähän. Saako tämä paperi jäädä minulle? Ja ennen kuin alan tekemään mitään, minun pitää käydä siellä tontilla, Markku vastasi.

– Milloin saan tiedon, pystytkö tekemään piirustukset.

– Varmasti ennen juhannusta.

Mies kiitteli Markkua ja lähti pois.

Tästähän voisi saada tosiaankin lisärahaa, kun nämä illat ovat vähän tylsiä. Auto pitäisi päästä vaihtamaan, se alkaa olla aika lopussa. Pitää kysyä Jesseltä mitä mieltä hän on. Siitä hän pitää huolen, että työt eivät kärsi.

Markku meni heti Jessen luokse ja esitti asiansa. Ja perusteli sillä, että hänelle jää vähän liikaa luppoaikaa nuoreksi mieheksi.

– Ei minulla ole mitään sitä vastaan, jos pidät huolen, ettei mökkisuunnittelu haittaa vakinaista työtä.

– Ihan varmasti ei haittaa, sen minä voin luvata.

– Kuule minulta yksi kaveri kanssa kyseli mökin piirustusten tekijää. Voinko sanoa, että ottaa yhteyttä sinuun.

– Kiitos ensiksikin luvasta. Voithan sinä sanoa sille kaverillesi, katsotaan mitä osaan tehdä. Eihän tuollaista mökkiä monta iltaa piirtele nykyisillä piirustusohjelmilla, kun varmasti monella on oma pohjakuva mietittynä, Markku vastasi.

Markku soitti illalla Ikoselle ja he sopivat seuraavana iltana käynnin tontilla.

Heidän tultua tontille Markkua ihmetytti, kun rakennus oli hänen mielestään väärinpäin. Ilta-aurinko ei paistanut olenkaan mökin verannalle. Ikosen vaimo tarttui asiaan ja vaati mökin kääntämisen niin päin kuin Markkukin tekisi. Markku lupasi piirustukset jo kesäkuun aikana, ja siitä perhe oli tosi iloinen.

12

Juhannusaattoaamu valkeni helteisenä. Selvästi tunsi, että ilmassa oli ukkosta. Säätietelijätkin varoittivat rajuista ukkosista. Markku ei antanut sen häiritä, hän kävi aamulla kaupassa ja osti ruokatarvikkeita ja juomia. Hän varasi mukaansa myös alkoholittomia juomia. Jos auton kanssa on liikkeellä, pitää varautua myös ajamaan. Eikä hän muutenkaan tykännyt juoda itseään känniin. Varsinkin kun mukana oli vielä kaksi nuorta naista, joita ei kovin hyvin vielä tuntenut. Liina ja Barbara olivat luvanneet tulla puolenpäivän aikaan. He olivat soitelleet vielä toisilleen ja Markku uskoi, että neidit tulevat. Markku kantoi teltan, makuupussin, reppunsa ja kylmälaukun ulos. Hän oli laittanut vaatepuuhun suorat housut ja paidan. Lisäksi hänellä oli toiset kengät mukana. Kun hän oli saanut tavarat ulos tuli Pipsa ravintolasta päin häntä kohti.

Samassa Liina ajoi auton pihaan. Molemmat tytöt tulivat ulos autoista. Markun oli pakko todeta, että olipa naiset makeen näköisiä. Molemmilla naisella oli päällä melko lyhyet sorsit, ja aika tiukka t-paita. Barbara nousi autosta ja halasi Markkua ja heti perään Liina. Markku huomasi, että Pipsa oli pysähtynyt puoleen väliin rinnettä.

– Nyt me tultiin, Liina sanoi.

– Niinhän me sovittiin, Markku vastasi.

– Onpa komee ilma, kyllä nyt teltassakin tarjetaan, Barbara sanoi aika kuuluvasti.

– Laitetaan tavarat minun autoon.

– Ei me aleta autoa vaihtamaan. Meillä on tanssivaatteet minun autossa. Kannetaan sinun tavarat takakonttiin, kyllä ne sinne sopivat, Liinakin sanoi aika äänekkäästi.

Markku tajusi, että tytöt olivat huomanneet Pipsan. Samoin kuin Pipsa oli hämmästynyt Barbarasta ja Liinasta.

Markku meni istumaan takapenkille ja nosti kätensä Pipsaan päin ja sanoi:

– Hyvää juhannusta.

– Samoin sinulle, Pipsa vastasi.

Kun auto kääntyi varsinaiselle maantielle, Barbara sanoi heti:

– Kukas se tuo nainen on?

– Se on minun pomo. Omistaa tästä osan tai en tiedä onko omistaja hänen isänsä.

– Oho, onpa sinulla melkoinen pomo. Milloin tuon ikäiset ja näköiset ovat päässeet rakennusmestarin esimieheksi, Liina tiukkasi.

– Tai ei hän nyt suoraan minun pomo ole, minun esimies on Jesse Väänänen, joka omistaa tästä yrityksestä suurimman osan. Mutta tämä Pipsa on tekemässä täällä jotakin markkinointiin liittyviä tehtäviä.

– Joo, joo kyllä me uskotaan. Mitä enempi selität, sitä vähemmän uskomme. Kun ei olisi ihan meillä kilpailija, Barbara sanoi.

– Sanos muuta. Nyt teidän pitääkin pitää minua hyvänä, että Pipsat häviää mielestä, Markku sanoi ja hymyili leveästi.

Liina ajoi rauhallisesti kohti Tahkovuorta. Liikennettä oli aika paljon, sillä monella oli varmasti sama määränpää kuin heilläkin.

– Mennäänkö me suoraan leirintäalueelle? Liina kysyi.

– Eikös se olisi viisasta. Varmaan päästään vielä valitsemaan hyvä telttapaikka. Siellä voi olla tungosta, Markku pääteli.

– Saattaa meillä olla teltassa lämmintä, kun nyt on näin kuumaa ulkona, Barbara sanoi.

– Sehän on vain mukavaa, kun teillä ei ole villahousuja jalassa, Markku vinoili.

– Vai villahousuja. Ootahan, kun me laitetaan pienet bikinit päälle niin meillä ei ole yhtään kuumaa, Barbara vastasi.

– Ai kun kiva. Toivottavasti te ette iske sieltä jotain rantaleijonaa ja jätä minua teltan ulkopuolelle.

– On siinä uimapaikka ihan leirialueella. Kyllä sinne pääse viilentymään, Liina sanoi.

– Ei me jätetä. Me sovittiin Liinan kanssa, että tämä juhannusaatto me ollaan sinun kanssa. Ole huoletta. Me ollaan sanamme pitäviä likkoja, Barbara vakuutti.

– No kiva, minä sitten kiikkutuoli-iässä muistelen kaiholla, kun minulla oli näin ihana juhannus.

– Niin varmaan, Liina kuittasi.

Liina ajoi leirintäalueen portille ja Markku kävi maksamassa yöpymismaksun. Naiset olisivat maksaneet osan, mutta Markku ei antanut.

He löysivät omasta mielestään hyvän telttapaikan. Autoa siihen viereen ei saanut. Mökkien vieressä oli autopaikat, mutta muiden matkailijoiden piti jättää auto parkkiin. Erikseen siellä oli matkailuautoille ja perävaunuilla omat alueet.

– Laitetaan ensiksi teltta pystyyn, jotta saadaan sinne tavarat sisään, Markku sanoi.

– Millainen tämä sinun teltta on? Liina kysyi.

– Se on neljän hengen kupoliteltta. Nopea pystyttää ja pysyy pystyssä, vaikka ei kiinnittäisi maahan tai puihin.

– Sittenhän me mahdutaan, jos sinne sopii neljä henkeä.

Kun he saivat teltan pystyyn ja ahtautuivat kaikki sinne sisään, jäi vielä tavaroillekin tilaa.

– Miten me tässä nukutaan, Barbara kysyi.

– Tietysti minä keskellä ja te molemmin puolin. Niinhän me tullessa sovittiin.

– Sovittiinko me? Liina epäili.

– Minähän sanoin, että muistelen sitten vanhana tätä juhannusta, kun on hunajaa molemmilla puolella.

– Sopii se minulle, Barbara lupasi.

– Avataan nämä makuupussit kokonaan auki. Kun kaksi laitetaan alle, silloin on pehmeämpi ja yksi riittää peitoksi, jos sitä nyt tarvitaan.

– Ei varmasti paljon tarvita, Liina arveli.

– Kävisikö neideille kahvi ja leivokset. Minä laiton termariin kahvia, ja nyt se on vielä kuumaa, Markku sanoi ja kaivoi kylmälaukusta tavarat esille. Hänellä oli myös kertakäyttömukeja ja lusikoita. Leivokset olivat jokainen omassa rasiassaan.

– Ovatpa hyviä. Minun ensimmäinen mansikkaleivos tänä kesänä, Barbara hehkutti.

– Niin minunkin, Liina vastasi ja jatkoi:

– Mitä me nyt tehdään.

– Käydäänkö tutustumassa vähän ympäristöön. Kierrellään jotta tiedetään missä on mitäkin.

– Tehdään niin, mutta minä haluan sen jälkeen uimaan ja ottamaan aurinkoa, Barbara sanoi.

He kiersivät koko alueen. Siellä oli erikseen huoltorakennus, jossa oli vessat ja suihkut. Lisäksi siellä oli kioski ja pieni ravintola, josta sai myös ruokaa. Listalla näkyi olevan ainakin pitsaa. Kun he palasivat teltalle, Barbara sanoi:

– Nyt et tule telttaan, me vaihdetaan Liinan kanssa bikinit päälle. Minusta on mukavampi vaihtaa teltassa kuin tuolla yleisessä vaihtopaikassa. Otetaan pyyhkeet mukaan ja jäädään uinnin jälkeen aurinkoon.

– Minä voisin tulla auttamaan, siinä vaateiden vaihdossa, Markku esitti.

Liina näytti Markulle kieltään, kun naiset menivät telttaan ja vetivät oven vetoketjun kiinni.

– Oho, Markulta pääsi. Muuta hän ei sanonutkaan. Naisilla oli oikein värikkäät ja pienet bikinit. Ja pakko oli myöntää, että olivatpa he hyvännäköiset. Molemmat olivat sutjakoita ja sopusuhtaisia naisia. Ei mitään hirmumuodokkaita mutta kaikki kaaret näyttivät olevan oikeassa paikassa.

– Me mennään jo rannalle, tule sinä perästä, Liina sanoi Markulle, joka meni hakemaan uimahousujaan ja pyyhettään.

Kun Markku tuli paikalle naiset levittivät toisilleen aurinkovoidetta. Markulla oli aurinkovoiteena sumutettava pullo, josta oli helppo levittää öljyä ihon pintaan. Tytöt ihastelivat Markun pulloa ja aikoivat ostaa myös itselleen samanlaiset. Markku huomasi kuinka moni katseli heitä. Kyllä naiset olivat sen verran näyttäviä. Varmaankin harvoin oli täällä nähty yhtä tyylikästä tummaa tyttöä kuin Barbara.

He kävivät pari kertaa uimassa ja kuivattelivat itseään auringossa.

Barbara kysyi Markulta:

– Kuinka sinä iltojasi vietät, kun yksin olet illat?

– Mistä me tiedetään, onko hän yksin. Kyllä se Pipsako hänen nimensä oli, näytti aika vampilta, Liina sanoi.

– Kyllä minä aika paljon olen ollut yksin. Mitä Pipsaan tulee, minä tapasin hänet viime kesänä Hojo Hojon tansseissa. Ja silloin sain selville, että hänen vanhemmillaan tai oikeastaan nykyisin hänen veljellään on menestyvä kuljetusliike. Voitte olla huoletta, ettei meikäläisen näpit pidä tuollaisiin rahakkaiden vanhempien tyttäriin, Markku kertoi avoimesti.

– Mitäs he vanhempien rikkaudet tyttären poikakavereihin kuuluu, Liina sanoi.

– Kyllä se meillä on monesti niin, että rikkaat naivat rikkaita ja muut vertaisiaan.

– Jättikö se sinut sitten? Barbara kysyi suoraan.

– Ei suorastaan jättänyt, vaan hävisi. Mutta se siitä nyt nautitaan tästä hetkestä. Tosin minulla on nyt ihan ansiotyötäkin iltaisin.

– Mitä, tytöt sanoivat yhteen ääneen.

– Tuolla kävi joku porukka tutustumassa lomakeskukseen, ja kun Pipsa oli mökkejä esitellyt, niin yksi mies tuli kyselemään, että piirtäisinkö minä hänelle kesämökin piirustukset. Ja nyt minun pitäisi jo toisenkin mökin piirustukset tehdä.

– Eli sinä saat lisää liksaa niistä, Barbara totesi.

– Ei niillä rikastu, mutta ainahan sitä jotakin saa. Nyt on Pipsa kysellyt, että suunnittelisinko minä heidän yritykselleen ison autohallin ja huoltotilan kuorma-autoille.

– Suostutko sinä? Barbara kysyi.

– En ole vielä sanonut mitään. Ensiksi pitää nähdä paikka ja keskustella teettäjän kanssa mitä ne haluavat. Se on kuitenkin paljon isompi projekti kuin joku kesämökki.

– Mikä tuo oli? Liina kysyi hätkähtäen.

– Se oli ukkonen. Säätieteilijät ennustivat koviakin ukkosia ensi yöksi, Markku sanoi.

– Lähetään teltalle. Kaikki täältä näkyy lähtevän pois, Liina sanoi.

– Mennään suihkun kautta, saadaan tämä aurinkoöljy pois, Barbara ehdotti.

Kaikki kävivät suihkussa. Naisilla oli ollut ohuet pitkät housut mukanaan ja he menivät telttaan. Aurinko oli mennyt ohuen pilven taakse ja ukkosen kumua kuului kaukaa.

Markku ei tiennyt osasivatko naiset yhdistää sen ukkoseen, mutta ei Markkukaan heitä alkanut pelottelemaan.

– Nyt voidaan ottaa pienet päivänokoset, Markku ehdotti.

Kaikki olivat hetken hiljaa, sitten Barbara kysyi:

– Kuule Markku, sinähän voisit antaa isälle ja äidille asiantuntijan neuvoja. He haluaisivat kesämökille sellaisen ulkoruokailupaikan.

– Jaa, osaankohan minä mitään neuvoa antaa. Minä voisin piirrellä kyllä sen, mutta heidän pitäisi itse miettiä mitä he haluavat, Markku vastasi.

– Jaaha, Liina sanoi moniselitteisesti.

– Mitä niin? Barbara kysyi.

– Totta kai Markku auttaa ja varmasti tekeekin sen, minä voin todistaa, että tämä mies osaa ja on ahkera. Sinun pitää varmasti käydä katsomassakin sitä.

– Kyllä minä tuon yskän ymmärrän mitä sinä vihjaat. Totta se on, jos jotakin aikoo suunnitella, on siellä paikalla käytävä. En minä suunnittele mitään näkemättä paikkaa.

– Suostuisitko sinä piirustukset tekemään? Minä en oikein ymmärrä niistä mitään.

– Kyllä minä tietenkin autan, jos osaan. Rakensinhan minä sinullekin Liina aidan teidän tontin ympärille.

– Vai aidan, koko talonhan sinä teit.

– Kiva, minä juttelen vanhempien kanssa. Joka kesä he haikailevat, kun vieraita käy, eikä ole oikein sellaista paikkaa, jossa voisi ulkona syödä, Barbara innostui ja katsoi suorastaan säteillen Markkua.

Samassa jyrähti oikein pitkä ukkonen ja molemmat tytöt selvästi säikähtivät.

– Eihän tuonne ulos voi minnekään mennä, jos ukkostaa, Liina sanoi selvästi pelästyneenä.

– Minä käyn katsomassa, miltä ilma näyttää, Markku sanoi ja meni ulos.

Hän tuli hetken päästä pois ja sanoi:

– Taivaanranta on kyllä pahan näköinen ja sieltä kuuluu jatkuva kumu. Jos pilvi tulee tuon järven yli, ukkonen on kova. Markku näki, että molemmat tytöt pelkäsivät.

– Voidaanko me jäädä tähän telttaan? Barbara kysyi.

– Tietysti voidaan, mutta voin kyllä kokemuksesta sanoa, että kovalla ukonilmalla ei ole mukavaa olla teltassa. Minulla on kokemusta muutamasta yöstä jo pienenä poikana. Jos koko yön sataa ja ukkostaa se ei ole kivaa.

– Minne me voidaan mennä? Liina kysyi pelästyneenä.

– No ensiksi meidän on päätettävä, jäädäänkö vai lähdetäänkö. Jos lähdetään me keritään minun asunnolle. On se varmasti mukavampi olla siellä kuin täällä, Markku selitti.

– Lähdetään sinne. En minä halua jäädä telttaan tämähän voi vuotaakin, Liina sanoi pelokkaana.

– Minä olen samaa mieltä. Ehditäänkö me purkaa teltta, Barbarakin sanoi selvästi peloissaan.

– Ehditään, ukkonen on noin kymmenen kilometrin päässä, Markku yritti rauhoitella.

– Mistä sinä sen tiedät, Liina sanoi.

– Minä kerron autossa. Nyt pannaan kamppeet kasaan nopeasti, Markku sanoi.

Eikä siinä mennyt kuin vajaa kymmenen minuuttia, kun he olivat autossa.

– Aja sinä Markku, minulla voivat alkaa kädet vapista, jos salama iskee lähelle.

– Silloin on parempi pysähtyä, jos alkaa niin kovasti pelätä. Tämähän on automaatti. Tätähän on helppo ajaa. Näkyy täältä moni muukin lähtevän, Markku sanoi, kun käynnisti auton.

He ajoivat jonkin matkaan hiljaa, mutta sitten Barbara kirkaisi:

– Hui, salama.

– Se on noin neljän kilometrin päässä, Markku sanoi hetken päästä.

– Mistä sinä sen tiedät? Liina kysyi.

– Laske aika salaman ja äänen välillä. Tuossa oli aikaa vähän yli kymmenen sekuntia. Ääni kulkee ilmassa vähän yli kolmesataa metriä sekunnissa. Joten tuo oli noin neljän kilometrin päässä.

– Olihan siitä puhetta fysiikan tunneilla, mutta en minä muistanut, Liina sanoi.

– Alkaako sataa ennen kuin ollaan asunnollasi? Barbara kysyi.

– Saa nähdä, tuolla näkyy jo saderintamaa, mutta kyllä me ollaan ennen kuin pilvi on aivan päällä, Markku totesi ja painoi vähän kaasua lisää.

Kun auto kääntyi Markun mökin eteen, muutama sadepisara putosi. He ehtivät saada juuri tavarat sisälle, kun vesiryöppy alkoi.

– Hui, ehdittiin sisälle, Barbara huokasi.

Samassa välähti ja melkein heti pamahti. Barbara tarttui Markusta kiinni ja oli kalpean näköinen.

– Se oli maasalama, iski ilmeisesti johonkin lähelle puuhun. Mutta ei teidän kannata pelätä, tämä mökki on aika matala ja alarinteessä. Kyllä salama etsii yleensä korkeita paikkoja. Mutta tuleehan vettä. Olisi saattanut teltta uida, jos oisi sinne jääty, Markku yritti rauhoitella, sillä hän huomasi molempien naisten pelkäävän. Kaikki istuivat hiljaa. Markku keskeytti hiljaisuuden:

– Syödäänkö jotakin, nyt ei oikein kannata laittaa sähkölaitteita päälle. Minulla on kyllä kylmiä ruokia, vai veikö ukkonen ruokahalut?

– Voitaisiin jotakin ottaa ja minä otan ainakin yhden oluen, Liina sanoi.

– Minulle kanssa, Barbara jatkoi.

Minä laitan tähän pöytään, sama se on, vaikka syödään tai juodaankin, ei sille kuitenkaan mitään voida, Suomen kesä on tällaista. Täällä on aika lämmintä, mutta ei oikein kehtaisi ikkunakaan avata.

He istuutuivat pöytään ja välillä tuntui, että sade loppuu mutta pian se ryöpsähti uudelleen. Jyrinä kuului koko ajan, joku terävä isku kuului, mutta ei niin rajua, kuin heidän tulessaan mökkiin. Pelkotila selvästi helpottui, kun viinipullo, jonka Markku oli avannut, alkoi olla lopullaan. Barbara haki laukustaan toisen pullon ja illan ehtiessä myöhemmäksi sisällä alkoi olla jo riehakas tunnelma. Kellon lähetessä puolta yötä Liina sanoi:

– Kuinkas me nukutaan minua alkaa väsyttää. Ei me Barbara lähdetä enää teille ajamaan tänä iltana.

– Mitä sinä puhut? Markku ihmetteli.

– Ei tästä kovin pitkä matka ole sinun kotiisi, Liina sanoi ja katsoi Barbaraa.

– Sinun autonavaimet ovat minun taskussa ja varmasti et niitä saa ennen aamua ja aamullakin katsotaan sinun kunto, ennen kuin annan ne sinulle, Markku sanoi.

– Et sinä ole ajokunnossa, Barbarakin yhtyi Markun näkemykseen.

– Ai niin. Taisinhan minä ottaa muutaman lasillisen viiniä, Liina havahtui.

– Kokeillaan mahdutaanko tuohon sänkyyn, Barbara sanoi.

– Kyllä me mahdutaan. Se on satakuusikymmentä senttiä leveä. Siinä on kullekin yli puoli metriä tilaa. Ja minä nukun keskellä, Markku sanoi ja rojahti sänkyyn.

– Ja minä menen tuonne seinän viereen ja Liina nuku sinä siinä reunalla.

– Tässä on kyllä tänään vaihdetut lakanat, kun minulla kävi aamulla sellainen tunne, että me nukutaan täällä tämä yö. En tiedä mistä se tunne tuli. Tehän voitte laittaa yöpaidat päällenne, jos haluatte ja mennään sitten peiton sisälle, Markku ehdotti.

– Ei minulla ole mitään yöpaitaa, kyllä minä nukun näissä vaateissa, jotka ovat päällä.

– Niin minäkin. Täällä saattaa kyllä tulla kuuma, mutta vähennetään vaatetta, Barbara sanoi.

– Pitäisiköhän vääntää tuo sähköpatteria aivan täysille, jotta varmasti ne vaatteet vähenevät yön aikana, Markku vinoili.

– Ei tarvitse, voi tulla tarve vähentää nytkin, sillä täällä on aika lämmintä, Barbara sanoi, kun ryömi Markun yli seinän viereen.

– Ai kun kiva, Markku sanoi ja Barbara muksasi nyrkillä Markkua kylkeen.

He vaihtoivat muutaman sanan, mutta ukkosen ääni vaimeni, vaikkakin satoi vielä rankasti. Markku tunsi kuin Liina vavahti muutaman kerran ja vaipui uneen. Markku kääntyi Barbaraan päin ja sanoi hiljaa:

– Liina nukkuu.

Barbara kurkisti Markun yli ja huomasi Liinan nukkuvan. Hän kääntyi Markkuun päin, otti Markkua kasvoista kiinni ja painoi pitkän suudelman Markun huulille ja sanoi hiljaa:

– Hyvää yötä. Sitten hän kääntyi selälleen, otti Markkua kädestä kiinni ja tuli tiukasti miehen kainaloon. Markku ei yllättynyt. Hän oli jotenkin tajunnut koko illan, että heidän välilleen voisi syntyä jotakin. Mutta nyt oli oltava hiljaa, sillä Liinakin oli aivan lähellä häntä ja Liinan käsi oli Markun toisessa kädessä kiinni. Vähitellen Barbarakin vähän vavahti ja puristus kädestä pehmeni. Markku valvoi pitkään, hän oli melkoisessa tunnetilassa. Jotenkin hän oli jo niissä tekun tansseissa tajunnut, että tuon naisen kanssa voisi jotain kehittyä. Mutta ei hän osannut aavistaa, että he kohtasivat näin toisensa. Vai oliko Barbara tuntenut samoin ja halusi Liinan kautta saada häneen yhteyttä.

Tiedä häntä, mutta nyt kesä tuntui entistä mielenkiintoisemmalta. Kyllähän Pipsa oli ihan fiksu nainen, mutta jotenkin hän ei osannut luottaa tähän. Mitäs tässä antaa ajan kulua, Markku pääteli ja nukahti vihdoin itsekin.

Johonkin aikaan yöstä hän kuuli ukkosen jyrähdyksen. Kerran hän heräsi, kun Liina potki housujaan jalasta. Ja Barbarakin oli riisunut puseronsa pois ja oli pelkissä rintsikoissa. Markkukin varovasti heitti paidan pois, sillä hänelläkin oli hiki. Se mitä hän näki, oli mielenkiintoista. Liinalla oli varsin naisellinen takapuoli ja Barbarallakin näytti olevan ryhdikkäät rinnat. Kyllä se vähän nuorat miestä virkisti, mutta hän kuitenkin vielä nukahti.

Aamulla Markku heräsi ensin, hän katsoi Barbaraa, tällä ei ollut kuin pienet mustat housut jalassa ja samanväriset rintaliivit. Hän kääntyi Liinaan päin ja tämä oli samassa asussa, mutta vaatteet olivat viinin punaiset. Häntä vähän hymyilytti, mitähän neidit sanovat, kun heräävät. Ensiksi heräsi Liina ja kun huomasi asunsa hän hyppäsi pystyyn, otti laukkunsa ja juoksi suoraan suihkuhuoneeseen. Barbara heräsi ja Markku sanoi:

– Huomenta kultaseni.

Barbara venytteli ja sanoi:

– Huomenta. Ai minä olen tällaisessa asussa, eikä sen kummemmin reagoinut.

– Minä riisuin teidät yöllä, kun huomasin, kuinka kuumissanne olitte.

Liina tuli pesuhuoneesta ja hänellä oli mekko päällä.

– Et varmasti ole minua ainakaan riisunut. Eikä sinullakaan ole kuin housut jalassa.

– Kyllä minä riisuin sinut ja olisin heittänyt loputkin pois, mutta en uskaltanut.

– Eihän meidän asuissa ole mitään ihmeellistä. Pienemmäthän ne meidän bikinit ovat kuin nämä vaatteet, Barbara sanoi rauhallisesti ja jatkoi:

– Sinä olet laittanut mekon, minäkin taidan laittaa, kun ostettiin vielä molemmat aivan uudet. Täytyyhän ne juhannuksena uudistaa. Saanko minä mennä suihkuun.

– Mene ihmeessä minä käyn sitten. Avataan ikkuna, jotta täällä vähän viilenisi, Markku nousi boksereissaan, ja avasi ikkunan.

– Minä taidan laittaa kahvin kiehumaan, että herätään, Liina sanoi ja katseli keittiöstä kahvinkeitintä.

– Ei keitetä mitään, vaan mennään aamupalalle tuonne ravintolaan. Minä maksan te olette minun vieraana, Markku sanoi. Naiset katsoivat hetken toisiaan:

– Me sanotaan sitten kiitoksia paljon, Barbara sanoi.

Heidän tullessaan ulos, ilma oli vielä sateinen, mutta hyvin lämmin. Ukkonen oli ollut ankara, mutta kovin paljon se ei ollut viilentänyt ilmaa. Maa oli varmasti ollut lämmin ja nyt sadevesi oli nostanut kosteutta ilmaan. Jostakin kuului vielä vaimeaa jyrähtelyä, mutta näytti kuitenkin siltä, että vähitellen selkenisi. Markku tervehti ravintolan henkilökuntaa, joista osa seurasi Markun tuloa mielenkiinnolla. He valitsivat tarjottimelle haluamaansa ruokaa ja menivät ikkunan viereiseen pöytään. Kun kaikki olivat istuutuneet, Markku sanoi:

– Kyllä seuraavana arkipäivänä minä saan monta huomautusta.

113

– Täällä on äidin työkaverikin töissä, minä en häntä tunne, mutta heillä on jokin jumppaharrastus, jossa molemmat käyvät. On kiva kuulla mitä hän kertoo äidille.

– Mitäs tässä, kun ollaan kolmistaan, mutta oottakaa kun kahdestaan täällä liikutte, niin varmasti juttu lentää. Kun lomafirman rakennusmestari on iskenyt terveyskeskuslääkärin tumman tytön, Liina vinoili.

– Entä sitten. Minua ei pätkääkään kiinnosta mitä ihmiset sanovat. Minä olen vapaa nainen ja sen ikäinen, etten tarvitse isän tai äidin lupaa, jos jotakin teen. Eikä tuo Markkukaan ole vielä minua pyytänyt lenkille, Barbara sanoi.

– Sinä olet niin kaukana Kuopiossa töissä, että lenkistä tulee paremminkin autolenkki kuin hikisellainen, Markku vastasi.

– Onhan Barbara pyhänseudut täällä, kun sinulla ei ole sunnuntaisin töitä. Sinun pitää Markku sopia Barbaran kanssa tapaamiset viikonlopuiksi, Liina esitti.

– Kiitos vinkistä Liina, minä laitan tämän muistiin. Kuinka usein sinä vietät viikonloput kotonasi? Markku kysyi.

– Kesä aikaan olen melkein joka pyhänseutu. Talvella en käy niin usein. Me ollaan aika usein mökillä, isä on innokas kalastamaan ja minä saan toimia soutajana.

– Milloinka sinä Liina menet Viinijärvelle?

– Lähden nyt heti, kun vien Barbaran kotiin. Jos keksisi jotakin menoa illaksi, Liina vastasi.

– Eli kiire on nyt poikaystävän luokse, Barbara sanoi.

– Vai sillä lailla. Sinähän aivan punastut, Markku kiusasi.

– Vähemmästäkin kun satuja puhutte. Mutta nyt minä haluan lähteä, minulla on aika pitkä matka edessä. Kiitos vaan ihanasta aamupalasta ja muutenkin tästä juhannuksesta. Vaikka ei tästä ihan tullut sellaista mitä minä odotin. Mutta oli niin turvallista olla Markku sinun kainalossa, kun ukkonen pelotti, Liina sanoi.

– Eikös ollutkin turvallinen olo, vaikka ajoittaan meinasi konseptit seota, kun vieressä oli kaksi varsin niukkapukeista naista. Kyllä tätä juhannusta on mukava muistella eläkkeellä. Kiitos teille molemmille oli kiva aatto, vaikka tuo ukkonen vähän sotkikin.

He tulivat Markun mökille ja tytöt tekivät lähtöä. Liina ja Barbara halasivat Markkua ja Barbara katsoi Markkua silmiin ja kuiskasi:

– Soita minulle.

– Varmasti, Markku vastasi.

Kun auto kääntyi pihasta maantielle Markku vilkutti, kunnes auto hävisi tien mutkaan

Kun naiset olivat päässeet paremmalle tielle, Liina kysyi Barbaralta:

– No mitä mieltä olet meidän juhannusaaton vietosta?

– Eihän se mennyt niin kuin oli tarkoitus, mutta ei se mitenkään ollut Markun vika. Kyllä Markku teki aivan oikein, että tultiin hänen kämpälleen. Oli se niin kova ukkosilma.

– Mitäs sinä muuten tykkäät miehestä? Tehän olette melkein samanikäisiä.

Barbara oli vähän aikaa hiljaa ja näytti miettivän.

– En tiedä, minusta hän on ainakin herrasmies. Ei yrittänyt mitenkään lääppiä, vaikka oltiin aika pienissä vaateissa. Joku muu olisi voinut yön aikana jotenkin lähennellä.

– Sinä taidat olla vähän pihkassa herra rakennusmestariin? Liina kysyi hymyillen.

– Minusta tuntuu, että sinä taidat paremminkin olla hänestä kiinnostunut. En minä aio sotkeutua teidän väleihin.

115

– Minun tunteet Markkua kohtaan ovat kuin hän olisi veljeni. Olisi mukava, kun olisi tuollainen veli. Voisi pyytää apua jonkun homman tekemiseen tai ainakin neuvoa. Joten minä toivotan vain onnea ja menetystä, jos virittelet verkkoja Markun ympärille.

– En minä virittele mitään, jos mies ei ole mitenkään kiinnostunut. Mietin sitäkin, mikä se Pipsa oikein on, onko hän kuvioissa mukana, Barbara vastasi.

– Selvästi kuulostaa, että olet vähän mustasukkainen. Minulla on kyllä Markusta sellainen kuva, ettei hän pidä mitään haaremia. Jos hänellä Pipsan kanssa on jotakin sutinaa, niin ei se sinua silloin tavoittele. Enhän minä tunne miestä tarkemmin, mutta minun vaisto sanoo, että Markku on yhden naisen mies.

– Näinköhän on. Se mikä minusta oli positiivista miehessä, että hän sanoi julkisesti, ettei käy naiseen kiinni väkivaltaisesti. Tuolla äidin kotimaassa on nainen suorastaan miehen omaisuutta sen jälkeen, kun on avioitunut. Naisella saa teetättää mitä vain ja hakatakin vaikka kuinka, ei siellä kukaan tule apuun.

– Kyllä Suomikin on väkivaltaisimpia maita Euroopassa, mitä tulee lähisuhdeväkivaltaan. Mutta kyllä minä pitäisin mahdottomana sitä, että Markku olisi missään tilanteessa väkivaltainen. Kyllä hän illalla otti jonkin verran alkoholia, mutta ei minkäänlaista elettäkään tehnyt esimerkiksi meidän lähentelyyn, Liina aprikoi.

– Se on totta, minä odotin kyllä hyvänyönsuukkoa häneltä, mutta itse piti hänelle suukko antaa, Barbara tunnusti. Hän ei olisi tätä sanonut, jos Liina olisi jotenkin esittänyt kiintymistä Markkuun.

– Mitä? Tekö siellä pusuttelitte koko yön. Oho, ja minä nukuin miehen kädestä kiinni pitäen. Olisi pitänyt valvoa.

Olen minäkin Markulle antanut yhden pusun kiitokseksi, kun hän tarjosi minulle simat Joensuun torilla vapunaattona. Minähän kerroin sinulle, että käytiin simalla.

– No niin sieltä se paljastuu? Mistä minä tiedän mitä teerenpeliä sinä olet miehen kanssa pitänyt siellä kotikulmillasi.

– En ole pitänyt mitään peliä. Olin vähän vapputunnelmissa. Minä menin omiin bileisiin ja Markku käveli torin vilinään. Yksin hän oli ja kertoi tästä työpaikastaan samalla. Joten uros on minun puolelta täysin vapaata riistaa. Alat vain ampua.

He ajoivat Barbaran kotiin. Barbara pyysi häntä sisälle ja esitti, että nukuttaisiin vähän ennen kuin Liina lähtee ajamaan kotiinsa. Mutta Liina sanoi olevan aivan virkeä ja sanoi nukkuvansa kotonaan, jos hän illalla menee vielä jonnekin. Barbara meni kotiinsa ja siellä ei ollut ketään, kun vanhemmat olivat menneet kesämökille. Hän ei osannut oikein päättää mitä tekee, mutta päätti ensiksi nukkua pari tuntia.

Markkukin mietiskeli mitä tekisi loppu juhannuksen. Tämä ei nyt mennyt niin kuin hän oli kuvitellut. Hän päätti ottaa pienet nokoset ja katsoa mitä sitten tekisi.

Kuinka kauan Markku oli nukkunut sitä hän ei tiennyt, kun heräsi puhelimen pirinään. Hän huomasi soittajan olevan Liinan:

– No terve, joko olet kotona?

– Jo olen ja kiitos ihanasta juhannusaatosta, vaikka se ukkonen sitä sotkikin. Ja vielä isompi kiitos, kun veit meidät mökillesi. Karjalaisessa on oikein etusuvun juttu, kuinka paha ukonilma on ollut Pohjois-Savossa. Sillä leirintäalueella missä oltiin, on telttoja ja retkituoleja lennellyt ja kaatunut. Onneksi mitään vakavaa ei ole sattunut, mutta ensihoitajia on käynyt yön aikana hoitamassa pienempiä vammoja ja kolhuja. Olit kultainen mies, kun veit meidät turvaan.

– Ihan totta pitääpä käydä lukemassa Savon Sanomat tuolla respassa. Kyllähän se oli kova ilma.

– Niin on mulla toinenkin asia. Soita sille Barbaralle se on fiksu tyttö ja saattaa olla kiinnostunut sinusta, jos sinä olet Barbarasta.

– Mistä sinä sellaista päättelet?

– Ei Barbara ole mitään kertonut, mutta kyllä minä naisen vaistolla osaan jonkinlaisia johtopäätöksiä tehdä. Ja hyvää loppujuhannusta. Barbara on yksin kotona, jos ei ole ehtinyt mennä mökilleen vanhempien luokse.

– Vai niin tietäjänoita. Hyvää juhannuksen ja kesän jatkoa myös sinulle ja kiitos, Markku sanoi ja sulki puhelimen.

Markku meni respaan ja luki lehdestä myrskyn aiheuttamista tuhoista. Lehdessä oli myös kuvia juuri Tahkon leirintäalueelta. Ajoteillä oli isoja lammikoita ja telttoja oli siirretty kuiviin paikkoihin. Tuhoja oli muuallakin. Yksi asuinrakennus oli syttynyt tuleen ja puita kaatunut teille. Siitä hän sai hyvän syyn soittaa Barbaralle. Markku meni kämpälleen ja soitti Barbaran numeroon. Sieltä vastasi unisen oloinen ääni:

– Barbara.

– Täällä Markku. Anteeksi jos herätin. Mutta oletko lukenut lehden? Liina soitti minulla ja kertoi lehtijutusta.

– En, mitä siinä on.

Markku kertoi ukkosen tuhoista mitä oli lehdestä lukenut. Mutta sen jälkeen hän kysyi:

– Kuinka sinä aiot viettää loppujuhannuksen? Vai menetkö sinä vanhempiesi mökille.

– Olen tässä miettinyt itsekin mitä tekisin. Miten sinä aiot viettää iltaa?

– Uskallanko minä pyytää, että olisiko meillä vielä yhteinen ilta, kun se eilinen meni vähän poskelleen.

118

– Niinhän se meni. Minä nyt odotan, uskallatko sinä esittää mitään, Barbara sanoi nauraen.

– No hyvä. Minä kerään kaiken rohkeuden ja valmistaudun myös karmeaan pettymykseen mitä vastaat. Lähetäänkö yhdessä jonnekin, vaikka lavatansseihin. Kai jossakin tanssitaan tänäänkin.

– Kyllä sinä olet rohkea mies. Minä jo pelkäsin, että minkälaisen kauhukuvan olet minusta saanut, kun pitää oikein kerätä rohkeutta pyytääkseen minua tanssimaan. Kuule kyllä vastaus on iso kyllä. Lähdetään jonnekin. Ja minä autan sinua, että tule tänne meille, vaikka seitsemäksi. Katsotaan sitten mitä keksitään.

– Kiva. Putosipa iso taakka sydämeltä, etten saanut nenille tohtorin tytöltä. Mistäs minä sinut löydän?

– Tule meille. Isä ja äiti ovat mökillä ja tämä meidän talo on kolmas talo eteenpäin terveyskeskuksesta. Tiedätkö sinä terveyskeskuksen?

– Kyllä minä tiedän. Minkä värinen se talo on? Etten mene väärään taloon.

– Se on kaksikerroksinen talo ja väri on kananpojan keltainen. Varmasti löydät tai jos eksyt soita minulle, Barbara valisti.

– Minä sitten kerään lopun rohkeuteni ja olen siellä kello seitsemän. Näkemiin siihen saakka, Markku sanoi.

– Ei kun pikaisiin näkemiin rohkea mies, Barbara sulki puhelimen nauraen.

Saapahan nähdä mitä tästäkin illasta tulee. Olisiko se tyttö kiinnostunut, antoihan se eilen illalla oikein kunnon suudelman. Kai hänellä jotain tunteita on minua kohtaan. Mutta toisaalta Barbara on kohta valmis lääkäri ja se voi olla melkoinen este seurustelulle. Mutta miksi minä sitä mietin, eihän tämä ole mitään vakavaa. Jättihän se Pipsakin hänet ja aina sitä löytyy toinen, jos yksi jättää. Otetaan ilta sellaisena kuin se tulee. Markku

119

katseli vaatteitaan ja päätti laittaa värikkään kauluspaidan ja suorat siniset housut. Ei nyt takkeja tarvitse edelleenkin on niin lämmintä, vaikka aurinko ei suoraan paista.

Markku kävi suihkussa ja laittoi omasta mielestään itsensä ihan hyvän näköiseksi. Mennessään autolleen hän huomasi yhden vanhan mökin seinustalla juhannusruusun kukkivan. Markku otti pihdit auton takakontista ja katkasi yhden moni-kukkaisen ruusun oksan ja otti sen mukaansa. Ajellessaan hän mietti, että eikös sitä tytölle voi aivan hyvin viedä ruusua. Markku löysi Barbaran kotitalon, se oli kaksikerroksinen kor-kea talo. Hän ajoi pihaan, jolloin Barbara huusi parvekkeelta:
– Tule vain sisään minä avaan oven.
– Kiitos minä tulen. Hän otti ruusunoksan ja meni ovea kohden. Barbara tuli ovelle ja Markku ojensi ruusun oksan naiselle.
– Voi kiitos kuinka kaunis ruusu ja veti miehen sisälle. Kun ovi sulkeutui, Barbara halasi Markkua ja sanoi:
– Tervetuloa.
– Kiitos. Markku puristi naisen tiukasti itseään vasten ja sa-malla suuteli Barbaraa.
Eikä Barbara mitenkään vastustellut. Markku päästi irti ja kat-soi naista:
– Johan sinä olet tyylikäs.
Barbaralla oli kukikas kesämekko, joka teki naisen vartalolle oikeutta. Nyt kun nainen oli
oikein laittautunut hän oli todella vetävän näköinen.
– Kiitos. Tule mennään parvekkeelle laitoin sinne kahvia, ja mietitään mitä tehdään.

He menivät toiseen kerrokseen. Huoneet, joiden läpi he kulkivat, olivat viihtyisästi kalustettu, mutta ei mitään yli-määräisiä prameuksia Markku havainnut. Parvekkeella oli korituoleja ja samaan kalustukseen kuuluva pöytä. Pöydällä oli kaksi kahvikuppia ja kaksi korkeaa lasia.

– Minulla tässä on pieni kuohujuomapullo. Tässä ei ole juuri alkoholia, joten otetaan juhannuksen kunniaksi. Minun piti tämä eilen tarjota siellä leirintäalueella, mutta se ukkonen sotki.

Markku otti kuohujuomalasin käteensä ja nousi seisomaan. He kilistivät laseja ja Barbara sanoi:

–Tulevaisuudelle. Toivottavasti se tuo tullessaan jotakin kivaa, hetken päästä Markku jatkoi:

– Teillä on tässä kaunis talo ja lähellä vanhempiesi työpaikkaa.

– Heidän mielestä liian lähellä. Ei kuulemma pääse työajatuksista eroon matkan aikana.

– Se on varmasti totta. Minäkin olen miettinyt, että ennen talvea yritän löytää jostakin kauempaa asunnon.

– Tästähän Nilsiän keskustasta voisit löytää. Täällä on muutamilla ihmisillä vuokrattuja asuntoja. Vai ajattelitko ostaa oman? Barbara kysyi.

– En vielä, kun en tiedä kuinka kauan olen nykyisessä työpaikassa. Ei se varmasti ole mikään eläkepaikka. Mutta nyt olen tyytyväinen siihen.

– Tulekin tänne, niin voidaan tavata useammin.

– Minäkö saan sinua tavata tulevaisuudessakin? Markku kysyi ja katsoi suoraan silmiin.

– No mikä ettei. Kyllä minä viihdyn seurassasi hyvin.

– Kiva kuulla, Markku sanoi ja nosti Barbaran tuolista ja suuteli tätä. Barbara työnsi Markun pois parvekkeelta ja sanoi:

– Ollaan liian hyvällä näköalapaikalla. Mennään sisälle.

Kun tunnelma alkoi tiivistyä Barbaran mielestä liikaa, hän sanoi:

– Eiköhän lähdetä jonnekin tanssimaan. Vaikka oletkin mukava mies, niin ei ihan tätä vauhtia. Hiljennetään vähän.

– Olen samaa mieltä, mutta kyllä sinä olet sen näköinen nainen, että vaikea on pitää kätensä irti. Anteeksi, jos olin liian tungetteleva.

– Kuule kyllä minä sanon aivan suomeksi, että missä on raja.

– Siitä minä tykkään. Että pelisäännöt ovat selvät.

– Sinä sait meiltä Liinan kanssa täydet pisteen viime yöstä. Me saimme rauhassa nukkua, vaikka oltiinkin vähissä vaatteissa.

– Oliko se jokin testi. Kyllä siinä piti pitää silmät kiinni, kun molemmilla puolen nukkui vähäpukuiset amatsonit. Minne me mennään tanssimaan?

– Tuossa on muutaman kilometrin päässä tanssilava. Siellä on eilen ollut Unelmavävyt esiintymässä. Se on ollut varmasti täynnä. Nyt siellä esiintyy joku paikallinen orkesteri ja naislaulusolisti. Mennäänkö sinne?

– Minulle sopii mikä vain, kun vaan sinä olet mukana.

Heidän lähdettyä ajamaan Barbara kysyi:

– Voisinkos minä pyytää sinulta tanssien jälkeen pientä palvelusta?

– Aivan varmasti ja yritän sen täyttää mahdollisimman hyvin.

– Kun tullaan pois, minä vaihdan vaatteet ja veisit minut sitten meidän mökille. En viitsi isää pyytää hakemaan, kun siellä on vieraina hänen veljensä vaimoineen. He ovat voineet ottaa muutaman kaljan.

– Minä luulin, että sinä pyydät minut mörönsyötiksi ensi yöksi tänne kotiisi, Markku vastasi.

– Siihen sinä olisit kyllä hyvä. Me Liinan kanssa oltiin molemmat sitä mieltä, että sinun vieressäsi oli turvallista olla. Ja kuinka hyvin hoidit meidät pois ukkosen kynsistä. Liinakin kiitteli sinua aamulla siitä.

– Liina soitti minulle ja kiitteli oikein henkilökohtaisesti. Onko Liinalla muuten vakinaista poikakaveria?

– Kuules mies, sinä taidat ajatella Liinaa koko ajan. Tämä alkaa käydä kiusalliseksi, Barbara sanoi kurtistaen kulmiaan.

– No en ajattele. Minä pidän Liinaa paremminkin siskonani kuin tyttöystävänä. Mutta jos sinä annat minulle kenkää, niin voin minä soittaa Liinalle.

– Vai niin. Tosi huvittavaa, kun minä kysyin Liinalta, miten paljon hän on sinuun kiintynyt. Niin hän vastasi aivan samoin, kun sinä. Olet kuulemma hänelle kuin isoveli, jolta on hyvä kysyä neuvoa ja tarvittaessa pyytää apua jonkun työn tekemiseen.

– Minut on sitten käyty läpi, millainen olen. Varmaan Liina kysyi sinulta mitä mieltä olet minusta? Mitä vastasit.

– Enpä kerro ja kyllä Liina antoi hyviä neuvoja, mutta niistäkään en sano mitään.

He olivat keskustellessaan tulleet lavan pihaan. Siellä oli jonkin verran autoja, mutta varmasti sopisi hyvin tanssimaan. Lava oli avolava ja sen vuoksi siellä oli viileämpi tanssia. He tanssivat muutaman kappaleen ja Markku huomasi, että moni katsoi heidän peräänsä. Se varmasti johtui Barbarasta. Hänellä oli aika lyhyt mekko ja muutenkin hän oli näyttävä ilmestys. Toisaalta saattoi olla niin, että monet tunsivat Barbaran terveyskeskuksen lääkärin tytöksi. Kyllä hän oli niin tummana naisena todella viehättävä ilmestys.

– Haluaisitko jotakin juotavaa? Markku kysyi.

– Limskaa voisin lasillisen ottaa, kahvia ei tee mieli, kun kotona juotiin.

– Mennään tuonne ulkopöytään siellä voidaan paremmin jutella.

– Mistä sinä haluat keskustella? Barbara kysyi, kun istuutui pöytään.

– Täällä on kyllä monta kateellista miestä?

– Miten niin?

– Pitäisikö minut viedä sinut kokovartalopeilin luo. Näkisit miksi miehet ovat kateellisia.

– Nyt lopeta, tai minä kohta muksaan sinua nyrkillä.

– Hyvähän sinun on minua muksia, kun tiedät etten takasin lyö.

– Se on yksi syy, miksi olemme yhdessä. Sinun olemus on sellainen, että sinä et todellakaan lyö ketään. Et ainakaan naista. Täällä on muutamia koulukavereita ja lähinaapureita. Kyllä meidät äidin kanssa tunnetaan. Isä on kertonut, millaista oli silloin, kun he äidin kanssa tulivat tänne. Ihmiset tuijottivat äitiä, ja heistä tuntui, että moni ihminen käveli meidän kodin ohitse nähdäkseen äidin. Terveyskeskuksessa oli ollut äidin alkuun vaikea työskennellä, koska moni luuli, ettei äiti osaa työtään. Hän kuulemma joutui työllään ensiksi todistamaan, että on pätevä.

– Entä kiusattiinko sinua?

– Yläkoulussa muutama poika huuteli neekeriksi. Mutta minä olin silloin isompi ja uitin muutaman pojan kunnolla. Se loppui siihen. Tuosta lyömisestä on sen verran kokemusta, minulla oli yksi poikakaveri lukiossa, me jonkin verran kuljettiin yhdessä. Mutta se johti siihen, että kerran koulun bileissä hän vahti minua. Ja kun lähdettiin pois, hän kävi käsiksi ja sanoi, etten minä saa kenenkään pojan kanssa keskustella Hän väänsi minua kädestä ja sanoi katkaisevansa sen, sillä minä kuulun yksin hänelle.

– Miten sinä siitä selvisit?

– Minulla oli hyvä ystäväjoukko sekä tyttöjä että poikia. Tytöt olivat kertoneet tämän muutamalle pojalle, ja pojat olivat ottaneet tämän kaverin keskusteluun. Mitä he olivat tehneet sitä minä en tiedä. Mutta poika oli hiljainen monta päivää ja sitten se tuli pyytämään anteeksi. Ei meidän välit kyllä parantuneet entiselleen.

– En millään puolustele kaveria, mutta ymmärrän sitä jotenkin?

– Miten niin.

– Turha sinun on väittää, ettetkö ole ollut monen pojan lämmin uni.

– Voi sinua, kyllä sinä jaksat kehua. Minä olen ihan tavallinen savolainen tyttö.

– Se sinussa onkin iso plussa. Sinun asemassa voisi nainen olla hyvinkin omahyväinen.

– Nyt mennään tanssimaan.

Orkesteri soitti hidasta valssia, ja he molemmat tunsivat kuinka hyvin heidän askeleensa ja kemiansa sopivat yhteen. Muutaman kappaleen jälkeen he päättivät lähteä pois. Tunnelma oli heidän välillä lämmin, mutta muuten koko lavalla oli sellainen jälkilämmittelyn maku. Aatto oli varmasti ollut tunnelmallinen, mutta nyt oli moni väsyneen näköinen.

– Saanko minä tosiaankin luvata isälle, että sinä teet ne ulkokeittiön piirustukset.

– Totta kai saat ja voin tehdäkin sen. Kuinka sinä aiot kertoa vanhemmillesi mikä mies minä olen?

– Minä olen jo kertonut, kenen kanssa me aiotaan Liinan kanssa mennä telttailemaan. Kyllä äiti oli sinusta kuullut ihan hyviä juttuja. Olet hyvin rakentanut lomakeskuksen mökkejä. Ja Liina kehui, myös heidän taloaan, jonka olet isäsi kanssa tehnyt. Äidillä on joku jumppakaveri siellä lomakeskuksessa töissä. Hän on äidille kertonut sinusta.

– Nyt sinä loit paineita minulle. En varmasti uskalla keskustella kenenkään naisen kanssa, sillä äitisi saa siitä heti tiedon.

– Varo vaan, minä heti soitan sinulle ja tivaan mistä on kysymys, jos alat jonkun naisen kanssa tuttavalliseksi, Barbara sanoi naurahtaen.

– Joo joo, niin varmaan, Markku kuittasi.

He tulivat Barbaran kotiin ja menivät sisälle. Kyllä ilta oli ollut sen verran kiihkeä, että suutelusta ei meinannut loppua tulla. Vihdoin Barbara ryhdistäytyi ja sanoi:

– Minä laitan verkkapuvun päälle, jos viet minut sinne meidän mökille.

– Voinko tulla auttamaan, Markku kysyi.

– Et vielä, ehkä joskus, Barbara sanoi ja meni huoneeseensa.

Hänen tullessa pois, Markku sanoi:

– Minä haluan nähdä sinun huoneesi.

– Tässä tämä on, se on vähän sekaisin. Olen täällä vain viikonloput.

Huoneessa oli runkopatjasänky, kirjoituspöytä, oma televisio, kirjoja ja varsin iso peili komeron ovessa. Markku otti Barbaraa kädestä kiinni ja veti peilin luokse.

– Kato nyt, olet todella hurmaava lenkkipuvussakin.

– Senkin imartelija, mutta suuteli miestä ja sanoi:

– Nyt lähdetään, tässä tulee kohta itsellekin vaikeuksia.

He menivät autoon ja Markku kääntyi kohti Tahkovuorta. Tie eroaa heidän mökilleen Tahkovuoren tiestä.

– Kuulehan Barbara, sinunkin pitää ymmärtää yksi asia. Kun saan sinut syliini, niin tiedoksi, että kyllä silloin alkaa minunkin järki hämärtyä

– Kyllä minä ymmärrän, mutta eikös se ole aivan normaalia, että kahden ihmisen välillä syntyy jännitteitä. Ja meidän on yhdessä ne hallittava.

– Tämä ilta päättyy kohta, onko minulla ja koska mahdollisuus tavata sinua. Vai oliko tämä tässä, Markku sanoi ja vilkaisi Barbaraa.

– Ei ole tässä. Kyllä minä haluan tavata sinua jatkossakin. Minä tulen keskiviikkona käymään täällä. Isä tulee Kuopioon ja minulla on iltavuoro torstaina, joten silloin keskiviikko iltana voitaisiin tavata.

– Missä?

– Oisiko täällä lenkkipolkua jossakin?

– Tässä on noin kilometrin päässä tiessä levenne. Siitä lähtee noin viidenkilometrin pituinen lenkki. Siellä on lammenrannassa laavu ja siinä voitaisiin syödä eväitä tai paistaa makkaraa. Vai oletko sinä vegaani.

– En ole. En syö paljon punaista lihaa, mutta makkara käy silloin tällöin.

– Tässä onkin se levenne, Markku sanoi, kun tulivat siihen kohtaan ja jatkoi:

– Tähän voi jättää auton ja tuosta alkaa se polku. Tulenko minä sinut hakemaan?

– Minä pyydän isältä auton, et tarvitse hakea. Sovitaanko puoli seisemältä tässä.

– Se sopii hyvin. Minä tuon retkieväät.

– Tuo sinä kahvia ja makkaraa, minä tuon jotain leivonnaista. Tuosta seuraavasta tienristeyksestä käänny vasemmalle. Mennään pari kilometriä tätä kylätietä ja vajaa kilometri metsätietä mökin pihaan.

– Mutta enhän minä voi yöllä tulla vanhempiasi häiritsemään.

– Autojen pitopaikalta on noin viidenkymmenen metrin polku mökille. Jätä minut siihen. Ei mennä nyt mökille sisään. Sinä saat tulla pian tapaamaan meitä täällä mökillä, jos teet sen keittiöpiirustuksen.

Markku ajoi auton parkkiin. Barbara suuteli pitkään Markkua ja sanoi:

– Kiitos kulta tavataan keskiviikkona.

– Kiitos vaan itsellesi.

Barbara sulki oven ja juoksi mökille päin, joka näkyi puiden lomasta.

Markku ajeli sekavin tuntein asunnolleen. Olipa Barbara melkoinen nainen, joka oli laittanut hänen mietteliääksi.

13

Keskiviikkoiltana Markku ajeli mieluisin miettein tapaamaan Barbaraa. Sää oli viilentynyt jonkin verran juhannuksesta, mutta oli kuitenkin varsin lämmin. Barbara odotti jo häntä, vaikka Markkukin oli etuajassa. Paikalla oli pari autoa ja muutamia ihmisiä. Nämä olivat ilmeisesti jo tulleet lenkiltä. Barbara halasi Markkua, mutta vieraiden ihmisten vuoksi halaus oli varsin toverillinen.

– Ei kun menoksi, Markku sanoi ja laittoi reppua selkäänsä. Polku leveni ja he sopivat rinnakkain kulkemaan. Barbara sanoi Markulle:

– Minä puhuin isälle siitä mökin ulkokeittiön rakentamisesta. Hän ei oikein osannut sanoa mitään. Mutta kun äiti kuuli, hän sanoi, että ilman muuta sinä saat tulla heitä opastamaan.

– Osaankohan minä mitään ohjeita antaa. Kyllä se teidän itsenne on tiedettävä, millaisen haluatte. Mökkilehdissähän on monenlaisia ulkokeittiöitä.

– Äiti olikin hankkinut jo muutaman lehden. Mutta niissä oli niin monenlaisia ratkaisuja, että ei ainakaan äiti osannut mitään päättää.

– Onkos siitä teidän mökiltä näkyvyys järvelle ja aukeako rannasta iso selkä.

– Siinä on muutamia puita ja järvi näkyy hyvin, mutta selkä ei ole suuri, siinä on saaria edessä.

– Tuuleeko mökillenne kovasti?

– Kyllä siihen tuulee, mutta joskus on aika kuumaa, kun tuuli on mökin takaa.

– Kyllä minun pitäisi nähdä se paikka.

– Sitä minä tarkoitinkin, kävisikö sinulle tulla ensi lauantaina käymään siellä. Me menisimme jo perjantaina illasta myöhään, kun päästään töistä.

– Ei minulla ole mitään, moneltako minä voisin tulla?

– Jos olet siellä kymmeneltä, vai onko se liian aikaisin.

– Se sopii hyvin. En minä nuku kuin korkeintaan kahdeksaan.

He olivat tulleet laavulle ja Markku sytytteli tulta. He paistoivat makkaraa ja joivat kahvit. Sama sorsaperhe souteli lammessa kuin aikaisemmalla Markun ja Pipsan lenkillä, mutta nyt poikaset olivat jo isoja eivätkä enää kiivenneet emon selkään.

– Kuinka sinä selvisit juhannusillasta, kun menit niin myöhään mökille?

– Ei siinä ollut mitään. Minä kerroin, että käytiin tanssimassa ja sinä toit minut siihen parkkipaikalle.

– Kyllä minua vähän jännittää tulla sinne teidän mökille. Minä en ole tottunut juurikaan tapaamaan tyttöystävän vanhempia.

– No minä pidän sinua kädestä kiinni, jos niin kovasti pelkäät.

Polulla tuli vastaan paljon ihmisiä, joten heillä ei ollut oikein mahdollisuutta jäädä jonnekin hempeilemään. Parkkipaikalla Barbara antoi nopean pusun ja sanoi, että lauantaina tavataan.

Markku ajeli lauantaina kohti Karhusten mökkiä. Barbara oli kertonut, että hänen isänsä nimi oli Matti ja äiti Fanni. Kun hän pääsi mökin parkkipaikalle, ilmeisesti Barbara oli osannut odottaa Markkua ja tuli tätä vastaan, kun kuuli auton äänen. Hän halasi Markkua nopeasti ja he lähtivät kohti mökkiä. Ei se Markusta ihan mökiltä näyttänyt, se oli mieluummin talo. Se oli kaksikerroksinen ja toisessa kerroksessa oli parveke järvelle päin. Talossa oli yksikerroksinen siipi, jossa Markku arveli saunan olevan. Talo oli maalattu varsin perinteisesti punaseksi ja nurkkalaudat ja ikkunan pielet olivat valkoiset. Siipirakennuksen edessä oli veranta.

Barbaran vanhemmat istuivat verannalla ja nousivat Markkua tervehtimään kädestä pitäen.

– Tässä on isäni Matti ja äitini Fanni. Markku ehti huomata, että nainen oli sama minkä oli nähnyt keväällä kaupassa.

– Ja minun ystäväni Markku Kataja, Barbara suoritti esittelyn ja jatkoi:

– Tule Markku niin minä esittelen tämän mökin.

Alakerrassa oli iso tupakeittiö, jossa näytti olevan kaikki nykyaikaiset keittiökoneet. Lisäksi sisällä oli takka ja leivinuuni. Eteisestä oli ovi, jonka takana varmaan oli vessa.

– Täällä ylhäällä on kaksi makuuhuonetta ja pieni aula, josta pääsee parvekkeelle, Barbara sanoi kiivetessään portaita pitkin yläkertaan. Kun he pääsivät aulaan, Barbara vilkaisi alas ja tuli suoraan Markun syliin. Se oli lämmin hetki, mutta kun he kuulivat oven avautuvan alhaalla, se hetki päättyi lyhyeen. Barbara avasi parvekkeen oven ja he menivät sinne. Parvekkeelta oli näkymä järvelle, mutta lehdessä olevat koivut estivät suoran näkymän.

– Onpa teillä hieno kesähuvila, Markku sanoi ja jatkoi:

– Onko tuolla rantasauna vai mikä rakennus tuo on.

– Se on savusauna ja siellä on myös sellainen vierashuone, jonne on helppo vieraat majoittaa.

– Tulkaa kahville, Barbaran äiti huuteli. Hän oli kattanut kahvipöydän verannalle. Verannalla oli pöytä tuoleineen ja levitettäviä aurinkotuoleja. Parveke oli jotenkin ahtaanoloinen.

– Minkälaista työtä sinä teet siellä lomakeskuksessa? Matti kysyi.

– Lähinnä me kootaan valmiiksi hirsimökkejä, jotka on tehty hirsihöyläämöllä. Eli seinät saadaan aika nopeasti pystyyn, kun ne ovat numeroitu joka hirsi erikseen. Paikan päällä laitetaan katot ja verannat. Niihinkin on materiaali pätkitty valmiiksi.

– Kaikki mökitkö se Väänänen aikoo uusia?

– Se on pitkä projekti. Niitä mökkejä on yli neljäkymmentä, joten kyllä siinä aikaa menee ennen kuin kaikki on uudelleen hirrestä rakennettu.

– Onko siellä sitten niin paljon kysyntää? Fanni kysyi.

– En minä osaa sitä tarkasti sanoa, mutta kyllä tuollainen hanke on varmasti kartoitettu, että se kannattaa. Siellä on nytkin melkein täyttä.

– Entä talvi, Fanni jatkoi.

– Silloinhan siellä on laskettelijoita ja hiihtäjiä. Tahkovuoren vetovoima saa paljon ihmisiä liikkeelle, nimenomaan talvella.

– Onko ne kaikki suomalaisia?

– Nyt heillä on tarkoitus suunnata markkinointia Eurooppaan. Siellähän on tämän toisen omistajan tytär tekemässä esitteitä, Markku kertoi.

– Mikä se sinun rooli tässä kaikessa on, Fanni uteli.

Barbaraa näytti vähän keljuttavan, kun äiti tuntui haluvan tarkasti tietää mitä Markku tekee.

– Minä toimin työnjohtajana ja tilaan tavaroita ja teen logistiikka työtä, että kaikki tavarat ja tietenkin hirret ovat oikeaan aikaan paikalla.

– Kertokaa nyt isä ja äiti millaista ulkokeittiötä te oikein haluatte?

– Minä luin tästä lehdestä tällaisesta ulkokeittiöstä, se minusta olisi aika kiva, Fanni sanoi.

– Niitähän on kolmenlaisia, sellaisia, jossa on vain katto, tai sen lisäksi seinät ja sitten on se, joka on vain kehikko. Ja se yleensä rakennetaan erilleen talosta.

– Kyllä siinä katto pitäisi olla, mutta ei seiniä.

– Siihen tulisi pöytäryhmä ja grilli ja jonkinlainen sohva ja nojatuolit.

– Mihin te sen sijoittaisitte, ja minkä kokoinen se olisi.

– Mennään ulos. Tässä nurmikolla olisi sopiva paikka. Riittäisikö joku kaksi metriä kertaa kolme metriä.

– Montako ihmistä siihen pitäisi mahtua ruokailemaan? Markku kysyi.

– Kahdeksan ainakin.

– Kuinkas te suojaatte ne kalusteet syksyllä ja talvella?

– Nykyäänhän saadaan sään kestäviä materiaaleja, rouva jatkoi. Matti oli hiljaa. Markulle tuli sellainen kuva, että hanke oli rouvalle tärkeä.

– Tietysti minä piirtelen sellaisen kuin te haluatte, mutta saanko sanoa jotakin. Fanni nyökkäsi ja Markku jatkoi:

– Näinhän kauppiaat sanovat, että kalusteet kestävät sään vaihtelun. Minä olen kyllä sitä mieltä, että ne ovat kaksi vuotta hyvännäköisiä, sitten ostetaan uudet. Minulla olisi tässä puhelimessa yksi kuva vanhempieni mökiltä, jossa oli tämä sama ongelma. Me ratkaistiin se näin, Markku sanoi ja otti puhelimensa esille. Barbara oli heti katsomassa sitä.

– Kerro mitä se tarkoittaa?

– Meillä on samalla lailla parveke tässä edessä. Me valettiin tähän tolpat ja levitettiin tämä parveke toisella mokomalla tänne järveen päin ja tehtiin lattia. Kaide siirrettiin tähän reunaan.

– Sataahan siihenkin.

– Niin tekee, mutta kalusteet voi siirtää tänne katoksen alle, jolloin ne ovat suojassa. Jos haluaa, tähän voi laittaa katon jopa läpinäkyvästä muovista. Ja tietysti myös lasi-ikkunat kaiteen reunaan. Silloin parveke on kuuma kesällä.

– Tuohan olisi kätevää, ei tarvitsisi kantaa mitään ruokia portaista tuonne nurmikolle, Matti sanoi ensi kerran.

– Minusta tuo on hyvän näkökanta, Barbara innostui.

– Se on isotöinen homma, meillä ei ole koko kesänä parveketta, Fanny sanoi.

– Mitä, nyt en ymmärrä?

– Onhan se isotöinen homma, kun tuo kaide puretaan ja uutta rakennetaan.

– Minä lupaan tämän tehdä päivässä. Tosin nuo tolpat pitää valaa aikaisemmin, että ne ehtivät kuivaa. Tuo erillinen keittiö on liian pieni, mitä äsken sanoitte mitoista. Mutta nämä ovat minun näkemyksiä, teidän on päätettävä, millaisen haluatte.

– Mutta onhan se sään armoilla, jos se on auki.

– Minä tuon vain näkemyksiä esille. Onhan siinä sellainen mahdollisuus, että katsotte yhden vuoden, toimiiko se, jos tähän tulee paljon lunta, niin voihan tähän seuraavana kesänä tehdä katon tai jopa ikkunat. Kuten sanoin nämä ovat minun näkemyksiä, älkää niistä välittäkö, Markku toppuutteli.

– Ei kun me nimenomaan välitetään. Tuohan on loistava idea. Miksi mennä tuonne nurmikolle, kun tähän pääsee tuvasta suoraan. On helppo tuoda ruuat tähän ja grillikin on aina suojassa, Matti sanoi.

Barbara iski silmää Markulle ja sanoi:

– Minusta tuo on kyllä hyvä ratkaisu, että laajennetaan tätä verantaa. Esimerkiksi kuumien uuniruokien tuonti on helppoa. Ja tähän tulee silloin lähes kolmekymmentä neliötä tilaa. Äiti mitä sinä sanoit erillisen tilan mitoiksi, sehän on vain kuusi neliötä.

– Taidan hävitä tämän kisan tytölle ja miehelleni, Fanni naurahti.

– Minä piirtelen sellaisen mitä haluatte, voisin nopeasti luonnostella nämä molemmat, niin saatte silloin paremmin kuvan. Tietokoneeni on autossa.

Markku kävi tietokoneen ja istuutui luonnostelamaan piirtämisohjelmalla piirrokset. Hän mittasi verannan koon Barbaran kanssa ja lisäsi siihen toisen puolen. Puolen tunnin päästä hän lähetti Barbaran tietokoneelle ja puhelimeen piirroksen. Tämä on alustava luonnos.

Barbara näytti puhelimesta piirrosta vanhemmilleen.

– Selitätkö vähän näitä piirustuksia, minä en oikein osaa niitä lukea, Fanni pyysi.

Markku selitti ja kaikki olivat tyytyväisiä.

– Miettikää isä ja äiti, me lähdetään Markun kanssa vähän soutelemaan. Käydään vaikka uimassa, tuossa niemen takana on pieni hiekkaranta, Barbara sanoi.

Markku oli ottanut uimahousut ja pyyhkeen mukaansa. Barbara esitteli hänelle vielä rantaan mennessä savusaunan ja siinä olevan vierashuoneen. Tietysti kun he menivät saunarakennuksen suojaan, piti toista pitää vähän hyvänä.

Barbara oli laittanut uimapuvun päällensä ja hänellä oli pehmyt mekko päällä, jonka hän heitti pois, kun Markku alkoi soutamaan. Barbaran äiti oli sanonut, että tulkaa tunnin päästä aterialle. Niemen takana oli tosiaankin pieni lahdelma ja siinä oli aivan hienoa hiekkaa. Markku veti veneen rantaan ja Barbara juoksi järveen. Siinä oli iso kivi, jonka suojassa Markku vaihtoi uimahousut jalkaansa. Sen jälkeen alkoi melkoinen veden mäiske, kun tosiinsa ihastuneet nuoret alkoivat kisailemaan. Se oli pelkkää kuhertelua, koska Barbara oli Markun sylissä ja tämä yritti aina karata. Vihdoin he maltoivat tulla rannalle pyyhkeiden päälle istumaan.

– Minua vähän keljutti, kun äiti yritti tentata sinun tekemisiä, Barbara sanoi.

– Täytyyhän sitä äidin saada selvyys millaisen huijarin kanssa se hänen kullanmurunsa liikkuu.

– Vai huijarin, sinähän olet oikein herrasmies. Pidät minuakin niin nätisti.

– Vai niin, minun pitääkin ottaa sinusta vähän tukevammin kiinni, ettet luule, että olen jotenkin vajaa mies, Markku sanoi ja painoi Barbaran alleen eikä laskenut tyttöä pois.

Samalla hän suuteli pitkään, kun käsi taisi osua vähän sopimattomaankin kohtaan, Barbara sanoi:

– Hyvä on, et ole herrasmies, kun näin pitelet minua kiinni, Barbara sanoi ja näytti siltä, että hän piti Markun otteesta. Markku otti Barbaran syliinsä ja kantoi hänet järveen ja pudotti selälleen veteen. Siitä alkoi taas uusi vesisota. Barbara havahtui ja sanoi:

– Näin tämä tunti meni nopeasti, lähetään ettei äiti hermostu, jos ei olla ajoissa pöydässä.

He soutelivat rauhassa takaisin huvilan rantaan. Barbara kävi vaihtamassa vaatteensa saunamökissä ja Markku autollaan. He istuutuivat pöytään.

Pöydässä oli paistettuja ahvenia ja perunoita sekä salaattia. Matti kertoi saaneensa ahvenet tänä aamuna. Jälkiruuaksi oli sivupöydällä kahvia ja kakkua.

– Joko te pääsitte sopuun, minkälaisen ulkoruokailupaikan haluatte? Barbara kysyi.

– Kyllä se on parempi olla tässä kuin tuolla ulkona. Tuonne kun vie ruokia tai astioita, niin aina voi kompastua, Fanni sanoi.

– Tätä verantaa laajennetaan kahdella ja puolella metrillä, Barbaran isä Matti sanoi ja jatkoi:

– Tekisitkös sinä sen, me kyllä maksetaan sitten niin tarvikkeet kuin työkin.

– Kyllä minä voin tehdä, mutta minä lupaisin Barbaralle, että työ ei maksa mitään. Tämä on niin pikku homma, Markku vakuutti.

– Ei me nyt niin tehdä, Matti vastusti.

– Me tehdään tämä Barbaran kanssa. Minä sitten vanhana muistelen, kun minulla oli lääkärinainen lautatyttönä, Markku vastasi hymyillen ja katsoi Barbaraa.

– Mitä minä sitten teen?

– Kyllä minä sinulle töitä annan. Hommaa ensiksi työrukkaset, ettei mene tikkuja sormiin.

– Kuinka me ne laudat tänne saadaan? Fanny kysyi.

– Me mitataan Barbaran kanssa tästä vielä muutama mitta. Minä teen tarkan tarvikeluettelon, ja katselen vähän mistä kannattaa ostaa ja toimitan ne teille. Kyllä rautakaupan auto tuo tarvikkeet tänne.

– Se olisi tietysti hyvä. En osaa oikein arvioida mitä pitää ostaa ja minkä verran.

– Minä näytän tuolta tietokoneelta muutamia tarvikkeita. Laittaisin kantavat parrut kestopuusta tähän laajennusosaan, samoin lattian. Ehdottaisin, että tuo kaide tehtäisiin vähän paksummasta tavarasta, jos teette myöhemmin katon, niin se pitäisi silloin uusia. Ei kattoa kannata laittaa noin ohuen parrun varaan. Tähän lattiaan laittaisin uritetun kestopuulankun. Tosin silloin tuo vanhanosan lattia on erilainen. Mutta jos se teidän silmiin sattuu, niin tuo vanha osa on helppo uusia jälkikäteenkin, Markku selitti.

– Milloin sinä voisit aloittaa?

– Minun pitää käydä kotona hakemassa vähän timpurin välineitä. Minulla ei ole täällä kuin kynä ja tietokone, Markku naurahti.

137

– Onko sinun kotisi kaukana Liinan kodista, Barbara kysyi innostuneesti.

– Ei siitä ole matkaa kuin vajaat kymmenen kilometriä.

– Milloinka sinä menet?

– Menen ensi lauantaina ja tulen sunnuntaina.

– Olisiko mahdollista, että minä pääsisin mukaan ja veisitkö sinä minut Liinan luokse. Kävisit sitten sunnuntaina hakemassa, Barbara sanoi.

– Laitetaan harkintaan, minä yritän järjestää niin, että sovit mukaan, Markku vastasi Barbaralle hymyillen.

– Vai harkintaan, minä soitan heti Liinalle ja jos hänelle sopii, saat luvan järjestää niin, että sovin mukaan, Barbara sanoi ja meni puhelimen kanssa sisälle soittamaan heti Liinalle.

Markku näytti tietokoneelta millaista puutavaraa hän tarvitsisi. Lisäksi heidän pitäisi ostaa maaviemäriputkea tolpiksi, valmista betonia ja ruuveja. Markku lupasi tehdä tarkan luettelon ja hän tarkastaa myös, että tavaraa on liikkeessä.

Barbara lennähti heidän luokseen:

– Liinalle sopii, minä tulen mukaan.

– Jaa, onhan se mukavaa, kun ei tarvitse yksin ajaa, Markku kuittasi hymyillen ja jatkoi:

– Otapa nyt tuosta mitan päästä niin mitataan muutama mitta. He mittasivat lähinnä parvekkeen kaiteen puutavarat ja muutamia muitakin mittoja.

– Kyllä sinusta hyvän aputytön saa, Markku sanoi hymyillen.

– Minä näytän vielä aputytön ootahan, Barbara vastasi hymyillen.

Markku kysyi halusiko Barbara lähteä tänä iltana tanssimaan, mutta Barbara sanoi haluavansa viettää tämän viikonlopun täällä vanhempiensa kanssa, kun seuraavan viikonlopun olisi Markun mukana. He kävivät illalla vielä ongella lähellä mökin rantaa ja saivat muutaman sintin, mutta ei niistä ollut syöntikaloiksi.

Markku lähti kahdeksan maissa pois ja lupasi, että hän lähettää Matin sähköpostiin tarvikeluettelon. Barbara saattoi Markun autolle ja kun mökiltä ei enää nähnyt, niin oli vuorossa hellät hyvästit. Viikolla he eivät tapaisi, mutta olihankeksitty puhelin, jolla voi läheisyyden kaipuuta helpottaa.

Markku lupasi hakea Barbaran seuraavana lauantaina heidän kotoaan yhdeksältä.

Barbaran tullessa takaisin mökille, äiti kysyi:
– Missä sinä olet tuon miehen tavannut?
– Tapasin viime joulukuussa Joensuussa tekun pikkujoulussa. Olin siellä Liinan kanssa.
– Mistä sinä sinne osasit mennä?
– Liina kehui, kuinka kivoja kavereita siellä on. Ne tanssittivat kaikkia tyttöjä kukaan ei jäänyt seinäruusuksi ja lopuksi pojat saattoivat kaikki hoitsut asunnolleen. Tämä Markku saattoi meidät Liinan kanssa hänen asunnolle. Meillä oli oikein kiva ilta. Sitten Liina tiesi, että Markku on saanut täältä rakennusmestarin paikan. Hän valmistui keväällä. Markku on isänsä kanssa rakentanut Liinan vanhemmille sen hirsitalon, jonka kuvia minä näytin teille, kun olin silloin Liian kotona yötä.
– Mitenkä vakavaa tuo teidän tapaamisenne on?
– En tiedä, ei ole kosittu, mutta sano sinä äiti kelpaisiko tuo mies sinulle vävyksi, Barbara heitti pokkana.
– Kivan tuntuinen mieshän tuo on, mutta eikös ne lääkärit nai lääkäreitä mieslääkärit hoitajia.
– Niin kuin isä.

– Meillä oli eri tilanne siellä Afrikassa. Itsellesi sinä miestä etsit, parempi on pitää minun suuni kiinni. Toivottavasti ei ole väkivaltainen.

– Kuule äiti, se on yksi hyvä syy miksi minä pidän Markusta. Hän kertoi juhannuksena, kun oltiin Liinan kanssa siellä leirintäalueella, että kukaan nainen ei tee hänelle niin pahaa, että hän kävisi väkivaltaisesti naiseen kiinni. Liina oli todistamassa.

– Niistä miesten lupauksista ei aina tiedä?

– Kyllä tietää, me Liinan kanssa vähän testattiin, mutta en kerro kuinka, Barbara sanoi

nauraen ja meni yläkertaan, jossa isä tuntui katsovan televisiota.

14

Markku ja Barbara ajelivat lauantaiaamuna kohti Joensuuta. Aamu oli vähän sateinen, mutta taivaanrannalla näkyi kirkasta taivasta.

– Mihinkä aikaan minä tulen sinua huomenna hakemaan? Minä sovin äidin kanssa, että tulet käymään meillä, Markku kysyi.

– Varmaankin minun pitää lounas syödä Liinan luona. Olisiko yhden maissa, Barbara vastasi.

– Sitten juodaan meillä kahvit, että jaksetaan ajaa tänne.

– Isä kertoi, että ne sinun tarvitsemat rakennustarvikkeet tulevat maanantaina
meidän mökille.

– En muistanut sanoa, että ne betonisäkit kannattaisi peittää, jos sattuu satamaan. Ne voivat kovettua.

– Minä pyydän isää peittämään ne, vaikka muovilla.

– Sopisikohan se vanhemmillesi, että käyn jonain arki-iltana valamassa ne tolpat, niin ensi lauantaina voitaisiin tehdä se veranta. Pääseekö se lautatyttö silloin töihin? Markku kysyi.

– Pakkohan se on tulla, kun mestari niin määrää. Mutta kyllä sinä saat työstäsi ottaa palkan. Isä siitä muistutti.

– Se sopii, minä kuittaan sen työn hinnan, vaikka pitämällä aputyttöä hyvänä.

– Kyllä minä voin sinulle pusun antaa, mutta ei muuta.

– Se vaatii sitten pitemmän ajan. Ei yhden illan suutelut riitä.

– Neuvotellaan sitten tarkemmin, mutta kyllä vanhemmat maksaisivat aivan rahaakin. Tiedän että isä ei osaa tehdä mitään rakennustyötä.

– Mitäs minä isästä, tyttären minä opetan rakennushommiin. Onko teillä siellä mökillä kottikärryä?

– On siellä sellainen puutarha kottikärry. Mitä sinä sillä teet? Barbara ihmetteli.

– Sekoitan siihen betoniin vettä, jotta saadaan se valu tehtyä.

– Tuossa puolen kilometrin päässä on suojaisa levike. Pysähdytään siihen, Markku sanoi.

– Miksi?

– Minua väsyttää, pitää yrittää vähän virkistäytyä, Markku vastasi.

– Miten sinä siinä virkistyt?

– Ajattelin jos saisi vähän förskottia siitä verannan rakentamisesta, kun lupasit sellaista korvausta.

– Eikö sitä ensin tehdä työ ja sitten maksetaan palkka, Barbara nauroi.

– Kyllä minulla pitää olla sen verran luottoa, että teen työn, vaikka saisinkin vähän palkkaa etukäteen, Markku sanoi ja käänsi auton lepopaikalle, jossa oli vähän metsää tien välissä.

Viidentoista minuutin jälkeen he jatkoivat matkaa.

– Kylläpä se virkistikin. Nyt minä jaksan taas ajaa jonkin matkaa.

– Jos me joka pysähdyslevikkeellä käydään suutelemassa, niin me ollaan vasta myöhään illalla Liinan luona.

– Pitää tunnustella kuinka nopeasti se taas alkaa väsyttää.

– Olihan tuo ihan mukavaa, mutta nyt minä otan nokoset tässä sinun olkaasi vasten, Barbara sanoi ja nojasi päänsä Markun olkapäähän.

Ei Barbara jaksanut pitkään yrittää nukkua, vaan alkoi puhua kaikesta muusta.

– Minä en tiedä tulevatko siskoni huomenna vanhempien luokse. Minä soitin äidille ja sanoin tulevani erään

142

viehättävän neidon kanssa käymään. Äiti oli kai soittanut ainakin toiselle siskoistani, sillä nuorempi siskoni soitti eilen minulle ja tivasi minkälaisen daamin minä tuon, Markku kertoi
– En minä uskalla lähteä sinne kotiisi, jos siellä on koko suku paikalla.
– Teijan kanssa varmasti tulet juttuun, hän on toimittaja. Mutta Tuuli on sellainen ahdasmielinen opettaja, niin kuin hänen miehensäkin Jaakko. Ne ovat vielä lestadiolaisia ja turhan varmoja omasta mielestään. Minä niitä aina vähän kiusaan, kun tapaan, ne ovat niin tietäviä. Tuulin mies poltti hihansa, kun sanoin saavani enempi palkkaa kuin opettajat.
– Nyt minua alkaa tosissaan jännittää.
– Ole huoletta, minä pidän huolen puhumisesta, jos alkaa käydä jutut hankalaksi.

He saapuivat Liinan kotiin ennen puoltapäivää. Liina istui ulkona kiikussa ja juoksi heitä vastaan. Ensiksi hän halasi Barbaraa ja kun siitä ei meinannut loppua tulla Markku sanoi:
– Minua kanssa on halattava.
– Tietysti, Liina sanoi ja tuli Markun syliin ja antoi poskelle suukon ja jatkoi:
– Tämän verran minä saan pitää ystäväni poikaystävää hyvänä. Teistä on sitten tullut ihan oikein pari. Milloin niitä kihlajaisia vietetään?
– En tiedä, kun ei ole kosittu, Barbara heitti.
– Minuun pitää vähän testata tätä naista, kun ensi lauantaina tehdään näiden mökille terassia, niin katsotaan, onko tästä lautatytöksi. Jos hän ei pärjää lääkärinä niin minä otan mökkityömaalle apulaiseksi, Markku vastasi.
– Siinä muuten näet Barbara, että kannatti tulla tänne pikkujouluun. Heti tärppäsi.

143

– Sinä olit silloin puhemiehenä, jos meillä menee jokin pieleen, niin se on sinun vika, Barbara syytti.

– Sinä et ole silloin pitänyt Markkua riittävän hyvänä, Liina kuittasi.

– Niin juuri, Markku myhäili.

– Joko sinä olet saanut tiedon Kuopiosta? Barbara kysyi ja vaihtoi puheenaihetta.

– Arvaa mitä, sain eilen, Liina sanoi hymyillen.

– Ei tarvitse arvata, naamasta näkee, että olet päässyt. Sinustakin siis tulee lääkäri, Markku sanoi ja halasi ensiksi Liinaa.

Se oli sitten yhtä naisten hymyä ja halailua.

– Isä ja äiti menivät vanhalle asunnolle, niillä on siellä vihanneksia kasvamassa. Tulevat varmaan kohta puoleen. Minä olen varannut kahvit ja tuon ne tähän ulos, Liina sanoi ja meni sisälle. Kun Liina tuli tarjottimen kanssa, siinä oli kahvin lisäksi kolme kuohulasia.

– On se hyvä, että tarjoat kahvit, että jaksan kotiin ajaa. Kun ei enää saa levähdyspaikalla virkistystä, Markku sanoi.

– Senkin konna, Barbara sanoi.

– Minä arvaan ne teidän virkistykset. Kyllä sen teistä näkee ulospäinkin, kuinka rakastuneita olette.

– Minä en ole huomannut mitään.

– En minäkään, Markku yhtyi Barbara näkemykseen.

– Niin se on, että myrskyn silmässä on aivan tyyntä, vaikka ympärillä pyöriin hirmuinen tunnemyrsky, Liina sanoi.

Hetken päästä Markku lähti lapsuuden kotiinsa ja naiset jäivät miettimään Liinan Kuopioon tulemista.

Kotonaan hän kuulumisten jälkeen alkoi kerätä työkaluja, joita oletti tarvittavan verannan asennuksessa. Hän pyysi isältään lainaksi jiirisahaa, vatupassia ja muita tarvikkeita.

144

Lisäksi hän otti pienen kompressorin ja kevytnaulaimen. Markku sai kaikki tavaransa sopimaan takakonttiin, mutta sahan hän laittoi takaistuimelle, kun se oli niin korkea, ettei takakontti olisi mennyt kiinni.

Markku oli vanhempiensa kanssa syömässä, kun nuorempi sisko Teija tuli sisälle.

– Terve veli, tulin katsomaan oletko sinä laihtunut, kun kuulemma tulet huomenna näyttämään äidille ja isälle miniäkokelasta.

– Miksi minä laihtuisin, saan sieltä hyvää ruokaa, Markku vastasi.

– Kyllä ne rakastuneet miehet yleensä laihduttavat, että ovat hyvännäköisiä.

– Olenko minä läski sinun mielestä?

– Et, mutta kyllä monelle niin käy. Onko se tyttö tumma vai vaalea. Onhan sinulla valokuva varmasti kännykässä. Näytä?

– En näytä, siinäpähän arvuuttelette.

– Mitä se tekee? Onko se töissä vai opiskelee, Teija uteli.

– Sekä että, mutta muuta en sano.

Markku mietti, että varmasti Barbara aiheuttaa pienen shokin, varsinkin Tuulille ja hänen miehelleen. Mutta siinä saavat nenilleen. Vanhempi sisko ei varmasti miellä Barbaraa lääkäriksi ja Jaakko sitä vähemmän.

Markku vietti illan vanhempiensa kanssa ja Teija lähti pois, kun hän ei veljeään saanut kertomaan mitään tyttöystävästään. Lupasi huomenna tulla katsomaan ja kuulemma Tuulikin tulee. Markku vähän huvitti siskojen kiinnostus. Vanhemmat tuntuivat ottava asian rauhallisesti. Markku lämmitti saunan ja kävi kylpemässä vanhempien jälkeen. Hän soitti illalla Barbaralle ja tarkensi huomista hakuaikaa ja kertoi siskosten tulevan huomenna käymään. Isä Jussi kertoi, että äiti on välillä vähän huonovointinen, mutta häntä on vaikea saada lääkäriin.

145

Markku meni puolenpäivän jälkeen hakemaan Barbaraa. Liinan vanhemmat olivat kotona ja Markku kävi heitä tervehtimässä. He suhtautuvat ymmärrettävästi Barbaran ja Markun seurusteluun. Mikko sanoikin heille:

– On se hyvä, että siellä lähiseudulla on yksi kunnon mies, joka pitää tytöille vähän järjestystä.

– Kyllä minä olen liian kaukana, jotta sitä voisin tehdä. Onko sinulla Liina asuntoa Kuopiossa? Vai menettekö Barbaran kanssa yhteen asumaan.

– Kyllä me sellaistakin ajateltiin, mutta isä ja äiti lupasivat ostaa minulle yksiön. On se parempi niin, etten ole häiritsemässä teidän elämää, Liina vastasi.

– Kyllä minä asun Nilsiässä. Töitä sitä pitää minunkin tehdä.

Markku kertoi Ainolle ja Mikolle mitä teki työkseen ja sitten he hyvästelivät ja lähtivät ajamaan Barbaran kanssa Markun kotiin.

– Minulta menee pissat housuun, kun jännittää sukusi tapaaminen.

– Turhaan sinä niitä pelkäät, kyllä minä pidän sinusta huolen sukulaisiinkin nähden. Minä tiedän, että Teijan kanssa teillä synkkää hyvin. Tekö ette menekään asumaan yhteen Liinan kanssa?

– Emme. Minä sain selville, että Liinalla on poikakaveri ja se olisi kiusallista, jos meitä siinä pyörisi kolme henkeä viikonloppuina. Ymmärsin, että he olivat asunnosta päättäneet jo ennen kuin Liina oli saanut tietoa pääsystään lääkikseen.

Heidän jutellessa matka oli mennyt nopeasti ja Markku huomasi, että Barbara jännitti tosissaan.

– Minä kyllä yleensä pärjään hyvin uusien ihmisten kanssa, mutta tämä minun ihonvärini on monelle yllätys ja mua katsotaan pitkään.

– Kyllä sinussa onkin katsomista. Ole ylpeä tuosta tummuudestasi, minusta sinua kauniimpaa naista ei ole olemassakaan. Ja tuo sinun vaalea mekkosi sokeeraa ainakin kaikki miehet heti.

– Sinä aina jaksat kehua, mutta hyvältä se tuntuu, kun mies kehuu. Kyllä jotkut miehet katsovat kieroonkin.

He ajoivat talon pihaan ja Markku näki, että verho heilahti. Ilmeisesti Teija. Molempien siskosten autot olivat myös pihassa.

– Mennään sisälle, minä esittelen sinut.

Markku avasi Barbaralle oven. Hän ehti huomata, että ainakin Tuulin ja Jaakon kulmakarvat kohosivat. Äitikin vähän ehkä hämmästyi.

– No niin, jospa minä esittelen teidät. Tämä tumma kaunotar on ystäväni Barbara Karhunen ja tässä on äitini Laura ja isä-Jussi. Barbara tervehti heitä kädestä.

– Ja sitten ikäjärjestyksessä, tämä nainen on minun vanhempi siskoni Tuuli ja hänen miehensä Jaakko Koski, ja nämä viimeiset ovat siskoni Teija ja hänen miehensä Risto Tuominen.

Barbara kätteli heidät, mutta Teija sanoi:

– Minä kyllä halaan velipojan ystävää ja lämpimästi tervetuloa. Toivottavasti meistä tullee hyvät ystävät.

Teijan reipas esiintyminen laukaisi paljon jännitystä.

– Uskon niin, Barbara sanoi hymyillen.

– Käykäähän istumaan, minä laitan kahvin tippumaan, Markun äiti sanoi.

– Istuhan sinä minä hoidan sen, Tuuli sanoi ja meni keittiöön.

– Minkälaista hommaa sinä teet siellä Tahkolla? Risto kysyi.

Markun piti selittää mitä hän teki ja kuinka iso lomakeskus oli.

Teija tietenkin kysyi heti:

147

– Missä te olette tavanneet. Veljestä ei ole kuulunut koko kesänä mitään. Minä jo arvelin, että joku nainen sitä pitää siellä, ettei ehdi meitä koko kesänä näkemään.

Barbara kertoi tekun pikkujoulusta ja Liinasta, jolloin isäkin tajusi mitä kautta he olivat tavanneet.

Tuuli tuli pannun kanssa ja kaateli kahvia kuppeihin. Samalla hän kysyi Barbaralta:

– Missä sinä olet töissä?

– Minä olen Kuopion yliopistollisessa sairaalassa.

– Ai siivoojana, Jaakko sanoi aika ikävästi.

Barbara vähän punastui, mutta Markku nosti sormen suulleen ja sanoi:

– Niin siivoojana sydänosastolla. Siellähän pitääkin olla tosi hyvät siivoojat.

Barbara tajusi, että Markku juoni jotakin, koska Jaakon heitto oli mauton.

– On se hyvä, että maahanmuuttajia on tullut, saadaan ihmisiä niihinkin hommiin, joita suomalaiset eivät halua tehdä, Jaakko jatkoi.

Markku huomasi, että Barbara halusi sanoa jotakin:

– Sairaalan puhtaanapitohenkilöstö on sairaalan tärkein ammattiryhmä.

– Miten niin? Jaakko kysyi.

– Lääkärit tekevät turhaa työtä, jos paikkoja ei ole kunnolla puhdistettu, sairaudet vain leviävät.

– Onpa outo kuva lääkäreistä, Tuuli yhtyi keskusteluun.

– Hei rouva mikä teille tuli? Barbara parahti ja hyppäsi Markun äidin luo.

– Markku ota äidistäsi kiinni toisesta kädestä, viedään hänet sänkyyn. Missä on lähin sänky?

Näytti että kaikki jäykistyivät siihen. Markku ja Barbara veivät Lauran viereiseen huoneeseen ja laittoivat hänet selälleen sänkyyn.

– Markku käy heti minun keltainen reppu autosta ja nopeasti. Markku tajusi mistä oli kysymys ja lähti.

Barbaralla oli Lauran käsi omassaan ja hän selvästi kokeili valtimoa. Ja toinen käsi oli rinnan päällä.

– Jospa me osattaisiin tämä paremmin hoitaa, Tuuli ja Jaakko tulivat siihen.

– Menkää heti pois siitä häiritsemästä, Barbara ärähti. Nyt siinä ei ollut miniäkokelas vaan nainen, joka tiesi mitä teki.

– Markku avaa se reppu ja anne se tänne. Barbara kiskaisi laukusta stetoskoopin ja avasi Lauran mekkoa ja alkoi kuunnelle.

– Olkaa hiljaa, että kuulen, Barbara sanoi edelleenkin tiukasti. Hän vähän aikaa kuunteli ja sanoi:

– Markku soita heti ambulanssi tänne.

– Ei kai nyt tarvitse, Laura sanoi hiljaa.

– Kyllä rouva nyt tarvitsee. Se on pakko.

– Täältä sanovat, että ensihoitaja tulee ensiksi käymään, Markku sanoi Barbaralle.

– Anna se puhelin tänne. Täällä puhuu lääketieteen opiskelija Barbara Karhunen. Olen apulaislääkärinä Kysin sydänosastolla ja tiedän varmasti, milloin ambulanssia tarvitaan ja sen on tultava nopeasti. Markku anna tarkat ohjeet, minne ne tulevat osoitteet ja muut. Ja sinä mene tien varteen ohjaamaa auto tänne, Barbara sanoi ja osoitti Jaakkoa.

Kaikki olivat aivan hiljaa. Monta asiaa oli selvinnyt kerralla koko porukalle. Tuuli näytti olevan tosi nolo ja Jaakko lähti ulos, eikä virkkanut mitään.

– Onko rouvalla ollut tällaisia oireita, kuinka kauan, Barbara kysyi Jussilta.

149

– Kyllä se aina on silloin tällöin valittanut. Yöllä se nousee ylös ja hieroo rintaansa. Mutta en minä ole saanut sitä lähtemään lääkäriin.

– Levossahan ne yleensä tulee rytmihäiriöt. Rouva teidän sydämenne pysähtelee ja sitten taas ryntää. Mutta tämän pitäisi korjautua sydämentahdistimella. Se on pieni operaatio ja sydän toimii sen jälkeen hyvin.

– Markku, minä menen ambulanssin mukana Joensuun keskussairaalaan tule minua sieltä hakemaan. Sinne ei kannata monen tulla, te aviomiehenä voitte tietenkin tulla Markun kyydissä. Varmistan, että pääsette turvallisesti hoitoon, Barbara kertoi rauhallisesti.

– Markku etsi minulle keskussairaalan sydänosastonnumero, minä soitan sinne matkalla.

He odottelivat jonkin aikaa, ja aika tuntui kaikista pitkältä. Barbara puhui rauhallisesti Lauralle ja vakuutti että mitään hätää ei ole, kyllä tästä selvitään varmasti. Ambulanssin ääni alkoi kuulua ja pian kaksi ensihoitajaa tuli baarien ja reppujensa kanssa sisälle. He esittelivät itsensä.

– Minusta olisi hyvä, jos otatte ensiksi sydänfilmin, niin nähdään kuinka sydän lyö.

Tytöt ja Markku seisoivat huoneessa ja Jussi nojasi ovenpieleen. Piirturi nakutti sydänfilmiä ulos ja kun sitä oli riittävästi, Barbara repäisi sen irti.

– Teillä on jopa viiden sekunnin sydänpysähdyksiä. Se alkaa silloin keinuttamaan. Laitetaan potilas kuljetuskuntoon ja lähdetään. Minä lähden mukaan, jos apua tarvitaan, niin meitä on kaksi. Markku tule minua hakemaan, joten te pääsette mahdolliselle seuraavalle keikalle. Me mennään suoraan Joensuuhun, ei minnekään terveyskeskukseen. Siellä ne eivät voi tälle mitään.

– Tule Markku sinne sairaalalle. Tuo äidillesi tarvittavat hygienia välineet ja sote kortti. No me lähetään, ei tässä ole mitään hätää. Rouva tulee entistä terveempänä ensi viikolla takaisin ja sitten tämä vaiva ei toistu.

– Tässä tämä puhelinnumero ja kiitos Barbara, Markku halasi naista nopeasti.

Ambulanssin pilli alkoi soida ja tuvassa oli aivan hiljaista. Vasta kun ääni hävisi, niin Markku sanoi:

– Että sellainen siivooja minulla on tyttöystävänä.

Jussi nojasi käsiinsä ja näytti pyyhkivän silmiään.

– Kyllä se äiti paranee. Ei Barbara esitä mitään teatteria näin vakavassa asiassa.

– Jospa nyt juodaan nämä kahvit. Kyllä velipekka saat sata pistettä, kun toit tuollaisen tyttöystävän käymään. Ja sanon teille herrasväki Koski, että milloin te kasvatte aikuiseksi ja pidätte tyhmät mölyt mahassanne. Hävettää olla tuollaisten tonttujen sukulainen. Oletteko te niin pirun tyhmiä, vai muutenko teillä läikehtii, Teija antoi tulla täyslaidallisen ja jatkoi:

– Kyllä minä tajusin heti, että Markku vedättää, kun alkoi siivoojasta puhua. Minusta tuo tyttö näytti enempi savolaiselta likalta, kuin miltään maahanmuuttajalta sehän puhuikin välillä Savoa.

– Barbara on Nilsiässä syntynyt ja hänen äitinsä on Keniasta ja isä on suomalainen lääkäri ja molemmat ovat töissä Nilsiä terveyskeskuksessa. Barbara ei ole vielä aivan valmis, mutta hän hakee kardiologikoulutukseen. Mutta isä nyt me lähetään, etsikää ne äidin tavarat.

– Olisit sinä voinut sanoa, että se on lääkäri, Jaakko sanoi.

– Saatana jos mies on niin tyhmä, että alkaa ensi kerran tavatessa nuorta kaunista naista nimittämään siivoojaksi. Ei sinulla sen enempää kuin Tuuli sinullakaan paljon tuolla otsaluun takana ole muuta kuin umpiluuta. Ihme, ettette kutsuneet Barbaraa

151

neekeriksi, olette kusipäitä, vaikka olevinanne olette uskovaisia, Markku pauhasi ja meni ovesta ulos isä kintereillään.

Alkumatkan isä istui masentuneen oloisena ja tuijotti tietä Markun ajaessa. Kun he ohittavat Kuoringan isä sanoi:

– Ois pitänyt pakottaa Laura lääkäriin, mutta kun sitä ei tiennyt miten vakavaa se oli.

– Turha sinun on alkaa itseäsi soimaamaan, kyllä äidin olisi pitänyt itsekin osata päätellä, että on sairas. Aina kun on rinnassa jotakin kipua silloin pitää hälytyskellot soida.

– Niin pitäisi, mutta kun ei soinut, Jussi harmitteli.

– Minä uskon, että Barbara tiesi mikä on, ja varmasti vie äidin sydänosastolle saakka.

– Kyllä sinulla on terävä tyttöystävä. Siinä saivat vävytkin vähän palautetta, Jussi naurahti.

He jättivät auton ensiavun parkkiin ja menivät sisälle. Pienen selvittelyn jälkeen selvisi, että Laura oli sydänvalvomossa, jonne pääsisi pääoven kautta. Markku vei auton parkkitaloon ja he menivät etsimään sydänosastoa. Markku kurkisti sydänosaston ovesta ja Barbara huomasi hänet. Hän tuli käytävään ja sanoi:

– Nyt ei ole mitään huolta. Rytmit palasivat ennalleen heti kun päästiin tänne.

– Pääseekö se pois? Jussi kysyi.

– Rouvanne ei pääse täältä minnekään, ennen kuin on laitettu se tahdistin. Sillä rytmit voivat uudelleen mennä sekaisin. Hänet on kytketty koko ajan koneeseen, joka näyttää tuonne valvomoon sydämen toiminnan. Nyt ei ole mitään huolta, olkaa aivan rauhassa.

– Voiko sitä mennä katsomaan? Markku kysyi.

– Oota minä kysyn, en tiedä miten tarkkoja ne täällä ovat.

Barbara tuli heti takaisin ja vinkkasi Markun ja Jussin mukaansa. Laura oli kahden hengen huoneessa, jossa oli

152

lasiseinät ja jokainen näki pienellä vilkaisulla mitä huoneessa oli. Huone oli kahdenhengen huone, mutta Laura oli siinä yksin. Hänessä oli paljon johtoja kiinni ja siitä meni sitten yksi piuha koneeseen. Kädessä oli myös verenpaineen mittauslaite.

– Miten sinä jaksat? Markku kysyi.

– Ei minulla ole nyt mitään. Voisin lähteä vaikka juoksemaan, Laura naurahti.

– Mutta et lähde. Sinun olisi pitänyt lähteä lääkäriin jo aikoja sitten, mutta kun et uskonut minua, Jussi sanoi vähän murahtaen, mutta Barbara huomasi helpotusta Jussin äänessä.

– Mitä ne sinulle tekevät ja milloin?

– Osastonlääkäri sanoi, että aamulla selviävää milloin laittavat sen häkkyrän. En minä kaikkea ymmärtänyt.

– Minä kerron sitten teille mitä tehdään, kun mennään teille.

– Pitäisikö minun jäädä tänne? Jussi kysyi.

– Täällä ei saa kovin kauan olla. Vaimonne on varmasti täysin turvassa. Yleensä seuraavana päivänä pääsee pois sydämentahdistimen laiton jälkeen, Barbara selosti.

– Mennään Markku me pois, jos haluatte kahdestaan keskustella. Me odotetaan teitä aulassa.

– Miten minä osaan kiittää sinua tästä kaikesta. Maksa sinä Jussi Barbaralle lääkärikulut, Laura sanoi.

– En minä mitään maksua ota, tein vain kansalaisvelvollisuuteni. Levätkää rauhassa, että paranette pikaisesti, Barbara sanoi ja kätteli rouvan.

– Tässä on tämä hammasharjapussi, Teija laittoi sen, Markku sanoi ja jätti laukun pöydälle. Markku halasi kevyesti äitiään ja meni Barbaran perästä aulaan. Barbara kävi hoitajien huoneessa ja tuli Markun luokse

– Mikä se äidin tilanne on todellisuudessa? Minulle voit kertoa, kun isä ei ole kuulemassa.

– Se on juuri se minkä sanoin. Sydämentahdistimen laitto on rutiinitoimenpide. Kun se saadaan laitettua, hän elää täysin normaalia elämää. En minä omaiselle kerro mitään satuja, jos olisi paha tilanne, kyllä minä ainakin teille lapsille kertoisin. Isänne tässä kantaa suurinta taakkaa.

Jussi tuli hetken päästä ja oli jotenkin helpottunut. Barbara sanoi kertovansa tilanteesta tarkemmin heidän kotonaan. Jos Teija ja Tuuli ovat paikalla, kaikki saavat samanlaisen tiedon.

Markun ajaessa kotinsa pihaan hän näki, että Teijan auto oli paikalla. Tuulin ja Jaakon autoa ei näkynyt. Heidän tullessaan tupaan, Teija kysyi heti:

– Miten äiti?

– Äitinne voi aivan hyvin. Rytmit palasivat normaaliksi heti kun oltiin perillä. Näin se yleensä käy.

– Kerro mitä se oikein tarkoittaa, kun meistä kukaan ei ole terveysalan ammattilainen, Risto pyysi.

– Minä yritän kertoa ilman lääketieteelisiä termejä. Tahdistin on sellainen kone, paljon pienempi kuin tulitikkurasia ja hyvin kapea. Tähän vasemman rinnan päälle tehdään sellainen tasku, johon tahdistin laitetaan. Tahdistimesta työnnetään verisuonia pitkin kaksi lankaa ja ne tarttuvat sydämen seinämiin kiinni. Sitten haava ommellaan kiinni ja tahdistin jää sinne sisälle. Jos sydän pysähtyy, niin tahdistin antaa pienen sähköimpulssin, jolloin sydän lyö. Tämä tahdistin säädetään esimerkiksi siten, että sydämen on lyötävä vähintään viisikymmentä kertaa minuutissa. Se ei anna sydämen lyöntien mennä sen alemmaksi. Tästä on äidillänne kysymys. Siihen voidaan asentaa muitakin toimintoja, mutta tällainen laite tulee minun käsitykseni mukaan äidillenne.

– Mikä sitä käyttää? Jussi kysyi.

– Siinä on pieni patteri mukana koneen sisällä.

– Eihän se moneksi päiväksi riitä?

– Näiden tahdistimien akut riittävät noin kymmeneksi vuodeksi.

– Oho, Risto sanoi.

– Kyllä näin se on.

– Milloin se äiti pääsee pois? Teija kysyi.

– Jos ne saavat huomenna laitettua tahdistimen, niin todennäköisesti tiistaina.

– Saako äiti tehdä mitään tämän jälkeen?

– Kun leikkaushaava on parantanut, niin hän saa tehdä kaikkea muuta, mutta ei saa hitsata, pelata pesäpalloa tai jääkiekkoa.

– Jopa tuli pahat rajoitukset anopille, Risto totesi.

– Sieltä tulee mukana hyvin tarkat ohjeet. Mutta normaalia työtä saa tehdä. Ja jos hän helposti hengästyy, niin kannattaa ottaa yhteys tahdistinpolille, sinne pääsee aina puhelimella. Tahdistinta voi säätää niin, ettei hengästy. Sen tekee sitten kardiologi tietokoneella. Siinä laitetaan vain anturi tahdistimen kohdalle ja tietokone hoitaa muun. Se ei satu eikä tunnu missään. Niin ja sitten sairaala antaa sellaisen kortin, jos menette esimerkiksi lentokentälle, niin hänen ei pidä mennä sen metallitunnistimen läpi. Hänet tarkastetaan muuten.

– Johan tulee muistettavaa. Meistä ei kumpikaan muista puoliakaan, Jussi huokasi.

– Jos sinä Teija voit mennä isäsi mukana häntä hakemaan, niin ne antavat myös kirjalliset ohjeet. Jos äitinne joutuu verenohennuslääkkeille, niin siitä saatte eri ohjeet. Turha minun on nyt muuta kertoa. Meidän varmaankin pitää alkaa lähteä, Barbara sanoi ja katsoi Markkuun.

– Ette lähde minnekään ennen kuin olette syöneet, ja kahvi odottaa jo termarissa. Tuolla on piirakoita ja lohikeittoa keittiössä, Teija sanoi.

– Kiitos kyllä se nälkä jo onkin, Markku sanoi.

Syönnin jälkeen Jussi tuli kukkaron kanssa keittiöön ja sanoi:

– Mitä minä olen velkaa tohtorille?
– Ette varmasti mitään. Ambulanssimaksu teille tulee, mutta johan olisi ihme, jos minä Markun äidin auttamisesta ottaisin rahaa.
– En minä osaa sitten sanoa kuin suuret kiitokset. Niinköhän minulla olisi vaimoa, jos et tuonut poika tätä pelastavaa enkeliä tänne, Jussi sanoi ja pyyhki silmiään.
Teija tuli Barbaran luokse ja halasi tätä ja hänkin sanoi:
– Kiitos, ja pyyhki silmiään.
– Me nyt lähetään, soitelkaa jos on ongelmia ja minä soitan huomenna, Markku lupasi.

Barbara ja Mikko ajoivat alkumatkan puhumatta mitään. Markku oli onnellinen, kun Barbara oli osannut niin hyvin hoitaa äitiä. Häntä kuitenkin keljutti Tuulin ja sen miehen käytös. Hetken mietittyään hän sanoikin Barbaralle:
– Tällainen on minun lähisuku. Kyllä minua hävetti se Tuulin ja Jaakon käyttäytyminen. En pyytele sitä sinulta anteeksi. Isä on opettanut, että toisten töppäyksiä ei kannata ottaa omalle kontalleen. Meillä on opetettu, jos jotakin tekee väärin tai sanoo alentavasti, itse on pyydettävä kasvotusten anteeksi loukatulta. Minä kyllä annoin täyslaidallisen Tuulille ja Jaakolle. Ne kun ovat omasta mielestään vielä uskovaisia. Minusta he ovat todella tyhmiä ja sanoin sen kanssa heille suoraan, kun ambulanssi oli lähtenyt.
– Mitäpä tuosta. Aikaisemmin olen saanut vähän samantapaista huomioita, mutta nykyään en välitä siitä tippaakaan.
– Miksi välttäisit. Olethan ihana nainen. Kaikki mutkat ja kohoumat ovat oikeassa paikassa, Markku yritti saada tunnelmaa vähän nousemaan ja jatkoi:
– Vai saitko sinä minusta ja suvustani sellaisen kuvan, että minäkin saan kenkää heti kun ollaan Tahkolla.

– Ajapa tuohon pysähdyspaikalle?

Kun Markku pysäytti auton, Barbara työntyi hänen syliinsä ja suuteli pitkään ja kiihkeästi ja sanoi:

– Tässä sinulle vastaus, alahan ajaa. En minä miestä katsele miehen siskon mukaan vaan sitä itsensä.

Taas ajettiin hiljaisuuden vallassa ja Markku hieroi toisella kädellä Barbaran polvea ja kun käsi nousi ylemmäksi, Barbara tarttui siihen.

– Nyt ajat autoa ja kaikki muu tehdään muualla ja kun auto seisoo.

– Pitääkö mun pysäyttää auto?

– Ei, meillä menee muutenkin myöhempään mitä oli tarkoitus. Minun pitää vähän pakata ja lähteä aamuautossa Kuopioon. Tosin menen sairaalalle vasta kahdeksi. Viime yönä en kovin paljon nukkunut, kun meillä meni Liinana kanssa vähän juhliessa hänen huoneessaan ja höpötettiin kaikkea mahdollista.

– Varmasti kävitte läpi Liinan poikakaveria?

– Kyllä minun piti sinunkin tekemisestä puhua.

– Ei mitään hyvää varmaankaan?

– Miksi ei hyvää, en minä ole löytänyt sinusta muuta huonoa, jos sitä siksi voi sanoa, että olet kova tekemään töitä.

– Onko se huono puoli?

– On se, jos ei viihdytä tyttökaveria riittävästi, Barbara sanoi.

– Kiitos vinkistä. Ensi lauantaina on pakko tehdä kovasti töitä, kun lupasin äidillesi laittaa sen verannan kuntoon. Mutta sitten?

Taas mentiin hiljaisuuden vallitessa. Vähän ennen Barbaran kotia, Markku sanoi:

– Kysy isältäsi saanko käydä viikolla laittamassa ne tolpat, vaikka he eivät olisikaan mökillä.

– Minä kysyn ja soitan sinulle vielä tänään. En pyydä sinua sisälle, kun laitan laukkuni ja menen nukkumaan.

157

He pysähtyivät Barbaran kodin parkkipaikalle.

– Kiitos sinulle äidin hoidosta. Olen isän kanssa samaa mieltä, että olit todella pelastava enkeli.

Siinä vaihdettiin viimeiset suudelmat ja sitten Barbara lähti pois vilkuttaen

15

Markku kävi Karhusen huvilalla keskiviikkoiltana kaivamassa kuopat verannan levennykseen tuleville tolpille. Hän löysi puutarhakottikärryt ja sekoitti siinä valmiiseen betoniin veden. Maaviemäriputkesta hän sahasi sopivat pätkät, ja laittoi ne tarkasti pystyyn ja samalle korkeudelle. Sen jälkeen hän täytti putket betonilla ja laittoi kotoaan tuomat tartuntaraudat paikoilleen betoniin. Markku oli keräilemässä kamppeitaan, kun kuuli auton tulevan parkkipaikalle.

Matti ja Fanni tulivat pihaan ja heillä oli kylmälaukku mukana. Markku nyökkäsi ja sanoi:

– Tällaiset tolpat aion tehdä.

– Minä vähän ihmettelin, mihin sinä sitä putkea tarvitsit. Mutta tuohan on siisti ratkaisu, eikä varmasti rapistu, Matti Karhunen totesi.

– Sinä jo olet tehnyt nämä, me ajateltiin tulla avuksi, Fanni sanoi.

– Tämä oli helppo, kun tuo maa on vain pientä kiveä. Minä upotin noita putkia puolisen metriä, eivät varmasti liiku.

– Me tuotiin kahvia ja voileipiä, kun arveltiin, että sinulla menee myöhään. Minä laitan nämä tähän verannalle.

– Jos sopii, purkaisin tämän kaiteen nyt pois, niin pääståisiin lauantaina heti laajentamaan verantaa.

– Ei me siitä pudota, sen kun purat. Voinko auttaa?

– Otan sorkkaraudalla tämän yläparrun pois ja sivulaudat, sitten vain nuo kolme pystypuuta pois niin se on siinä.

Kun Fanni sai kahvin pöytään, niin Markku oli purkanut kaiteen.

– Oho, kävipä se nopeasti, Fanni sanoi ja kaateli kahvia.

– Onko teillä lukittavaa varastoa, voisin purkaa autosta työkaluja. En haluasi niitä jättää ulos, jos sataa tai onko täällä pitkäkyntisiä? Markku kysyi.

– Tuohon puutarhavajaan voidaan laittaa. Kyllä täällä paikat pitää lukita, vaikka ei meiltä ole mitään viety. Tuosta naapurin mökiltä toissasyksynä oli viety työkaluja.

Heidän juodessaan kahvia Markku lupasi tulla lauantaina yhdeksältä, jos isäntäväelle sopii.

Perjantai-iltana kahdeksan aikaan joku koputti Markun mökin oveen. Markun avattua oven sisään tuli leveästi hymyillen Pipsa:

– Hei! Huomasin, että autosi on tuossa oven luona, niin uskalsin tulla sinulta kysymään tähän mainoslehtiseen muutamia tietoja. Vai tuleeko se lääkäri Karhusen tyttö tänne?

– Ei tule. Huomenna rakennetaan niiden mökille verantaa.

– Se on sitten menoa. Mikäs siinä nainenhan on tumma ja tulinen varmaankin.

– Tulisuudesta en tiedä mitään, mutta aika tumma hän on.

– Toin kahvia ja muutaman voileivän ja pullat, kun näin työn ulkopuolella joudun sinua vaivaamaan. Tässä tietokoneella on nämä luonnokset ja tähän minulla tulee kolme kuvaa mökinrakentamisen eri vaiheista. Onko nämä tekstit sinun mielestä oikein. Minä käännän ne saksaksi ja englanniksi. Tässä on tällaiset tekstit:

"Lomamökin pohja" ja tämän kuvan alla "Hirsiseinät" ja tämä viimeinen kuva "Sisätilat". Olisiko nämä sinusta oikein?

– En ole mikään graafikko, muuta kyllä nämä ovat sitä mitä olet kirjoittanut. Varmaankin nämä tekstit pitää olla lyhyitä.

– Niin, ei kukaan jaksa lukea pitkiä sepustuksia. Tässä on tämä teidän kuva.

– Ota minun kuva pois, niin jää vain komeita miehiä jäljelle. Ei minulla ole partaa edes.

– Älä ole turhan vaatimaton. Pitäähän siinä olla yksi parratonkin mies. Katsos kun on naisia, jotka pitävät parrakkaista miehistä toiset parrattomista.

– Kumpaan sinä kuulut?

– Tässä kohtaa parrattomiin, Pipsa sanoi ja nauroi päälle.

Pipsa esitteli koko esitteen, siinä oli kaikkiaan neljä sivua. Hän lupasi tuoda oikovedoksen Markulle aamulla, kun saa sen valmiiksi ja tulostettua väritulostimella.

Sitten he joivat kahvia ja juttelivat talon juoruista. Siellä kuulemma pari henkilöä tuntuvat seurustelevan keskenään.

– Minulla oli toinenkin asia. Nimittäin siihen vanhempien yritykseen on tarkoitus rakentaa aika iso suojahalli ja pienempi huoltohalli kuorma-autoille. Haluaisitko sinä laatia piirustukset niihin. Velipoika kyseli, kun kerroin, että teet iltahommina rakennusten piirustuksia.

– Joutaisihan tässä, mutta siellä pitäisi käydä.

– Sitten hän halusi tietää voisitko sinä valvoa sen rakentamisen.

– Sitä en lupaa. Siellä pitäisi käydä päivällä, kun työt ovat käynnissä. Ja minulla on täällä valvomista aivan riittävästi.

– Kyllä sinä täältä saat aina vapaata, milloin tarvitset.

– Ei, siitä tulee sutta ja sekundaa. Se halli on iso ja se vaatii paljon mukana oloa. Se rassaa liika.

– Mutta ne piirustukset sinä voisit tehdä?

– Sovitaan niin, että minä käyn siellä katsomassa ja vastaan lopullisesti sitten.

– Minäpä kerron velipekalle sellaiset terveiset.

He juttelivat vielä pitkän aikaa ja Pipsa lähti puolikymmeneltä pois.

Markku olisi mennyt illalla käymään Barbaran luona, mutta tämä oli sanonut menevänsä kesäteatteriin jonkun tyttökaverinsa kanssa, ja olevansa kotonaan Nilsiässä vasta kymmenen jälkeen.

Markku soitti Barbaralle.

– Hei, joko olet kotona?

– Äsken tulin.

– Minulla oli niin pirun ikävä, että pakko oli soittaa. Ja pitää minun vähän valvoa, että menet hyvissä ajoin nukkumaan sillä huomenna on kova päivä.

– Aiotko sinä minusta työnorjan tehdä?

– Niin minä vähän ajattelin.

– Vai sellainen orjapiiskuriko sinä oletkin. Mutta minulla on komeat työhanskat. Kävin ne rakennusliikkeeltä hakemassa. On komeat, selkäpuoli punainen.

– Sittenpähän näen missä olet, jos meinaat pinnata jossakin puskan takana. Lähetäänkö huomeniltana jonnekin?

– Lähetään jonnekin, jos jaksan, mutta katsotaan, kuinka koville sinä minut panet. Ei sovita nyt mitään katsotaan miltä tuntuu illalla.

He puhuivat vielä pitkään, Barbara kertoi teatterista ja työstään ja kyseli Markun äidin vointia. Markku kertoi, että leikkaushaavan parannuttua, äiti oli kuulemma tosi tehokas ja oli aina jotakin raaputtelemassa. Barbarallakin tuntui olevan ikävä ja heillä meni tunti höpötellessä, vaikka paljon ei asiaa ollutkaan.

Aamulla, kun Markku oli lähdössä Pipsa tuli käymään ja jätti Markulle muutaman esitteen. Pyysi tätä tarkastamaan sen ja antamaan tutuilleen. He tulivat yhtä matkaa mökistä ulos, samassa joku ajoi päätalon parkkipaikalle. Markku ajeli Karhusten mökille ja siellä näkyi jo Karhusten auto olevan.

Markun tulessa pihaan Barbara juoksi Markun syliin ja halasi lämpimästi.

– Nämäkö ovat ne sinun kehumat hanskat, Markku otti Barbaraa kädestä.

– Eikös olekin komeat.

– On totta vie. Mutta nyt hommiin. Minä näin keskiviikkona tuolla puutarhavajassa kaksi pukkia. Otetaan ne, saadaan niiden päälle laitettua nämä puut, silloin lankkujen katkominen käy nopeasti. Markku laittoi työpaikan kuntoon. Fanni ja Matti tulivat ulos ja kyselivät, voisivatko he jotenkin auttaa. Markku sanoi pärjäävänsä Barbaran kanssa. He kantoivat pitkän parrun tolppien päälle ja Markku porasi reiät tartuntarautojen kohtaan ja nostivat parrun paikoilleen Barbaran kanssa.

– Hei minäkin osasin, Barbara riemuitsi, kun pitkä parru oli paikoillaan.

– Nyt mitataan nämä toisen suuntaan tulevat kannakkeet ja ne pilkotaan kerralla. Sinä saat kantaa ne tähän verannalle ja laittaa paikolleenkin, jos saat ne pysymään. Markku näytti, kuinka ne laitetaan. Työ kävi nopeasti ja he pääsivät varsinaisia verantalautoja laittamaan.

– Ensiksi mitataan kuinka pitkä pätkä pitää sahata, kun nämä eivät ole niin pitkiä, että yltäisivät koko matkan, vaan pitää liitos tehdä. Liitokset eivät saa olla vierekkäin vaan joka toinen liitos tulee toiseen päähän.

– Miksi? Barbara kysyi.

– Se on nätimpi. Tehdään yksi mallikappale ja laitetaan se paikoilleen tähän vanhan verannan reunaan.

– Nyt minä ymmärrän, kun laitoit tuon. Mikä se tuo kone ja pieni pönttö on, joka pörisee, Barbara ihmetteli.

– Tämä on pieni kompressori, jolla saan paineilmaa tällä kevytnaulaimelle.

– Jo sulla on pelit. En minä ymmärrä noita. Mutta nytkö se tuo lauta on jo kiinni.

– Ei, käytän tätä vain sen vuoksi, että saadaan kaikki laudat oikeille kohdille ja sen jälkeen kiinnitetään ne ruuveilla.

– Käsinkö me kierretään ne ruuvit? Barbara kysyi.

– Niin, sinulla on hihassasi bodia, äkkiähän sinä ne kiinni väännät, Markku sanoi hymyillen.

– Mitä sinä hymyilet, taidat uunottaa kaupungin tyttöä.

– Mä aattelin, että se on hyvää käsivoimailua. Kun väännetään ne käsin, ja jatkoi:

– Minä katkon nämä verannan laudat. Kanna sinä ne tähän verannalle.

Kun Markku oli saanut laskujensa mukaan tarpeeksi lautoja, hän vuoli kaksi palikkaa ja antoi toisen Barbaralle ja sanoi:

– Tässä sinulle tärkeä työkalu, nyt jos missataan, verannasta tulee ruma.

– Mitä hittoa minä tällaisella palikalla teen.

– Se on rakotulkki. Näillä saadaan kaikki raot yhtä leveiksi. Tulehan tänne niin aloitetaan.

He saivat noin metrin levyisen kaistan kiinni, kun Barbara piti toisessa päässä palikkaa aina paikoillaan ja Markku napsi kaulaimella laudat paikoilleen. Matti tuli rannasta, hän oli laittanut savusaunan lämpiämään. Ja Fanny tuli pyytämään Markkua ja Barbaraa kahville sisälle.

– Miten te näin nopeasti olette tämän tehneet, hän ihmetteli.

– Kyllä se käy, kun minä olen hommissa, Barbara kehaisi.

– Just niin, Matti sanoi.

– Ei ne ole kiinni. Meillä on vielä hikinen urakka, kun ruuvit väännetään.

– On siinä kyllä iso ero tuon vanhan ja uuden verannan välillä, Fanny sanoi.

– Minähän sanoin, että kuinka paljon se teidän silmäänne sattuu. Se on sellainen sietokysymys. Nuo vanhat verantalaudat ovat kyllä lujia, mutta ne ovat tasaisia ja nämä uritettuja, Markku sanoi.

– Tulkaahan nyt kahville rakennustyöläiset, Fanni sanoi.

Kahvin jälkeen he saivat nopeasti koko verannan laudoitettua. Markku kävi varastosta kaksi akkuväänintä ja antoi toisen Barbaralle.

– Jospa nyt vähän helpotetaan tätä hommaa. Saat käyttää toista. Tässä on ruuvit.

– Mihinkä kohden minä näitä veivaan?

– Otetaan tällainen rima ja merkitse tuohon koko ruuviriviin merkit ja sitten väännät merkkien kohdalle ruuvin. Ruuvien kannat on oltava suorassa rivissä. Ja se ruuvin kanta ei saa mennä puun sisään.

– Miksi?

– Jos ruuvit ovat eripaikoissa se on ruma ja jos kanta uppoa puun sisään, siihen tulee vesi- ja paskapesä ja pian tumma läiskä.

– Hyh, kaikki sinä tiedät. Näytä minulle, miten tehdään.

Markku ruuvasi muutaman ruuvin ja katsoi kun Barbara yritti. Ensimmäinen ruuvi meni puun sisään ja toinen jäi puolisenttiä ylös.

– Onko nuo nyt hyvin? Markku kysyi.

– Ei ole, en minä osaa. Markku rutisti Barbaran syliin ja kun vanhempia ei näkynyt ja sanoi:

– Minun kultahan osaa vaikka mitä. Peruuta tuota toista ruuvia ja toista kierrät syvemmällä. Pienennä kierroksia, kun lähenet puun pintaan. Ja tästä napista saat terän pyörimään vastakkaiseen suuntaan.

Markku katsoi vähän aikaa ja ruuvit jäivät oikeaan syvyyteen.

– Sitähän minäkin, että kyllä tuolla yliopistokoulutuksella osaa ruuveja kiertää.

Barbara näytti Markulle kieltään ja jatkoi lautojen kiinnittämistä.

Lounaaseen mennessä he saivat verannan laudat kiinni ja lounaan jälkeen he laittoivat kaiteet. Kun kaide oli valmis, Barbara huusi sisälle:

– Tulkaas katsomaan, tästä tuli hieno.

Matti ja Fanni tulivat ja katselivat vähän aikaa.

– Miten te näin nopeasti teitte, Fanni ihmetteli.

– No se käy, kun on noin hyvä lautatyttö, joka oppii nopeasti rakentamaan. Ei ole mennyt koulutus hukkaan, Markku nauroi.

– Ootahan, kun ilta koittaa, minä kylvetän sinut, Barbara uhosi vaikka oli selvästi mielissään.

– Tuollako sinä savusaunassa kylvetät.

– No en, mutta sanonpa vain, että kyllä tuntuu hyvältä, kun näkee että on saanut jotakin aikaiseksi. Ja se näkyy monenkin vuoden päästä, että minä olen ollut tätä tekemässä. Tuntuu tosi kivalta.

– Sehän se on, että me emme näe juuri kättemme työtä. Jos joskus saa jonkun parannettua, se lähtee pois. Ja jos potilas ei tule takaisin, niin silloin voi olla tyytyväinen, että kai se parani, Matti sanoi.

– Voi siinä käydä niinkin, että näkee lehdestä oman potilaan kuolleen, Fanni jatkoi.

– Kyllä sitä rakennusasioissakin voi töpätä. Joskus ei kaikki mene niin kuin ajatteli, mutta onko sitä kukaan koskaan täydellinen. Minusta ihmisen pitää olla itselleen myös armollinen, täydellistä ihmistä tuskin on, Markku sanoi vakavasti.

– Sanokaa mitä sanotte, mutta tämä veranta on täydellisen hyvä. Suorastaan loistava, Barbara hehkutti.

– Menettekö te tänä iltana jonnekin? Fanni kysyi.

– Kyllä me jonnekin mennään mutta ei tiedetä vielä. Huomenna mennään Kuopioon, joten minä en tule illalla tänne, Barbara sanoi.

– Mene sinä sitten ensiksi saunaan ja sitten Markku. Syödään sen jälkeen ja me käydään isäsi kanssa ruokailun jälkeen. Savusaunassa löyly vain paranee iltaa kohden. Pääsette sitten lähtemään, Fanni ehdotti.

– Minä olen sitä mieltä, että tuo verannan vanhaosa puretaan pois ja tehdään sekin uusiksi, jos se sinulle Markku käy ja ehdit, Matti ehdotti.

– Kyllä se minulle sopii. Noita parvekelautoja pitää saada lisää.

– Lasketko Markku määrän, niin minä hoidan ne tänne. Sovitaan sitten sinun palkka? Matti ehdotti.

– Minä en ota palkkaa. Olen sopinut Barbaran kanssa, että tämä työ ei maksa mitään, Markku vastasi.

– Eihän se ole oikein?

– Ei tällaisista töistä palkkoja makseta. Barbara hoiti minun äitini niin hyvin, että hän on täysin kunnossa. Ei Barbarakaan ottanut palkkaa, vaikka isä tarjosi. Se työ oli paljon arvokkaampi kuin tämä minun tekele. Minä vien nämä työkalut sitten tuonne varastoon, niin en tarvitse autossa kuljetella. Barbara mene sinä saunaan

Kun Markku istui savusaunan lauteilla yksinään, hän mietiskeli, mitähän tämä ilta ja kenties yö tuo tullessaan. Hän oli osannut varautua kaikkeen.

16

Markku ja Barbara ajoivat Karhusten mökiltä Markun asunnolle. Markku näki, että Barbara oli väsyksissä.

– Mitä me tehdään tänä iltana? Markku kysyi.

– Minä haluaisin tulla vain sinun viereen nukkumaan, Barbara sanoi väsyneesti.

– Eli ajetaan minun asunnolle ja ruvetaan nukkumaan, Markku sanoi.

– Aivan niin.

– Me teemme sitten niin.

Barbaralla oli aika lyhyt kesämekko ja Markku piti toista kättään Barbaran polvella. Vaikka hän puristeli Barbaran polvea ei tämä työntänyt Markun kättä pois. Päästyään mökille Barbara heittäytyi Markun sänkyyn ja tämä kömpi heti perästä. Se mitä sitten tapahtui, oli ollut jo ilmassa pitkän aikaa. Ja niin heidän suhteensa sai täyttymyksen, he rakastelivat ensi kerran. Silloin Markku tunsi, että kyllä tumma tyttö oli varmasti tulisempi kuin vaaleat kaunottaret.

Siinä he makasivat vierekkäin toistensa sylissä. Hetken päästä Markku sanoi:

– Nyt me ei olla enää ystäviä.

– Miten niin? Barbara sanoi ja katsoi Markkua silmiin.

– Nyt on ystävyys mennyt ja rakkaus alkanut.

Barbara puristi itseään Markkua vasten entistä tiukemmin ja kuiskasi:

– Niin on, ja minä haluan nukkua tässä aamuun asti.

Markku veti peiton heidän päälle ja molemmat vaipuivat onnelliseen uneen.

He eivät kuitenkaan nukkuneet koko yötä, vaan heräsivät puolen yön paikkeilla. Barbara heräsi ensiksi ja meni hetki ennen kuin hän muisti illan tapahtumat. Hän nousi istumaan, Markku oli myös herännyt ja sanoi:

– Oletpa ilo silmälle. En ole ennen herännyt näin viehättävään näkyyn. Tumma alaston amatsoni vieressä ilman rihman kiertämään.

Barbara kiskaisi Markun päältä peitteen pois ja sanoi:

– Sama on muoti sinullakin, mutta minulla on nälkä. Onko herra varannut mitään ruokaa, kun väsyneen naisen tuo asunnolleen ja sitten vielä väsyttää.

– Minä ostin tuonne muutaman pitsan, lämmitetään ne uunissa. Viiniäkin on minun petikaverille, Markku vastasi.

– Mitäs minä panen päälleni? Ei minulla ole kuin nuo vaatteet.

Markku kaivoi kaapista pyjaman paidan ja heitti sen Barbaralle. Barbara puki sen ylleen. Paita ylettyi polviin asti.

– Sehän on juuri sopivan pituinen. Olet niin seksikäs tuossa asussa, Markku kehui.

– Niinpä tietysti, mutta kyllä tämä sopii. Onneksi täällä on lämmin, ei juuri enempää vaatetta kaipaakaan.

Markku laittoi aamutakin ja niissä asuissa he kattoivat pöydän ja lämmittivät pitsat.

Markku avasi viinipullon, ja he söivät lämmintä pitsaa viinin kera. Kun suurin nälkä oli tyydytetty, he ottivat viini lasit sänkyyn ja nojasivat sängyn päätyyn.

– Mitkä ovat mietteesi kultaseni? Markku kysyi.

– Jos sanon suoraan niin sekavat.

– Kaduttaako?

– Ei. Eihän me oltaisi normaalia nuoria, jos tällaista ei tapahtuisi. Kyllä minä olen tosi onnellinen.

– Miten tästä eteenpäin?

– En tiedä, mennään viikko kerrallaan ja katsotaan mitä tulevaisuus tuo tullessaan. Kyllä minusta nyt on ylitetty se raja, että toiset naiset ja miehetkin saavat jäädä sivuun. Haluan kuulua sinulle, olet ollut ajatuksissani oikeastaan viime joulusta saakka.

– Minä mietin, kuinka voitaisiin viikollakin tavata. Mitäs sanot, jos alan etsiä asuntoa siitä Nilsiän keskustasta. Kun käyt viikolla kotonasi, silloin voitaisiin nähdä.

– Muuta tosiaankin keskustaan. Voitaisiin me meilläkin tavata, mutta ei siellä voida näin lähekkäin olla.

Kun viinilasit olivat tyhjät ja nälkä oli tyydytetty, yö jatkui kuitenkin kuumana. Välillä nukuttiin ja välillä valvottiin. Aamulla Markku vei Barbaran ravintolaan aamupalalle. Siellä oli myös Pipsa jonkun pienen porukan kanssa. Markku nosti kättään Pipsalle ja tämä vastasi samalla lailla.

– Kukas tuo nainen oli? Barbara kysyi.

– Hän on Pipsa Salo, jonka minä tapasin viime kesänä. Minähän kerroin juhannuksena teille Liinana kanssa. Hän on täällä toisen omistajan ominaisuudessa. En tiedä tarkalleen, mutta markkinointia hän ainakin tekee.

– Näyttävä nainen, pitäisikö tässä huolestua, Barbara kysyi ja katsoi Markkua.

– Jos jokaisesta naisesta huolestut, joita täällä on, sinusta tulee murheen murtama. Täällä on monenlaisissa tehtävissä naisia. Varsinkin sesonkiaikana ja nyt kesäisin on osa-aikaisissa töissä opiskelijoita. Tämän Pipsan vanhemmilla ja veljellä on menestyvä liikennefirma, joten ei varmasti ole köyhä tyttö.

– Sitä suuremmalla syyllä.

– Uskotko, että minusta ei ole ”Vihtoriksi”. Siinä helposti käy niin, että tuntee elävänsä toisen siivellä. Minä haluan itse hankkia sen mitä tarvitsen. Silloin sen tietää, että se on minun.

– Oli kyllä kiva tunne eilen, kun saatiin se veranta tehdyksi. Se oli ensimmäinen työ, joka jää elämään vuosiksi eteenpäin, Barbara totesi.

– Laitetaanko me ensi lauantaina se loppuveranta? Minä ajattelin käydä keskiviikkona purkamassa sen vanhan. Varmaankin se vanhemmillesi sopii.

– Miksi ei sopisi, minä en pääse keskiviikkona minulla on iltavuoro, mutta lauantaina tulen varmasti sinulle lautatytöksi. Lähetäänkö nyt Kuopioon, siellä on monenlaista tapahtumaa, kun on Tanssii ja soi tapahtuma. Mennään sitten minun asunnolleni, näet senkin.

Kyllähän siinä aikaa kului, ennen kuin he ajelivat kohti Kuopiota. Se oli tosiasia, että tietyt rajat olivat murtuneet ja se toi elämään aivan uutta sisältöä, mutta myös vastuuta toisesta.

Jonkin aikaa he kiertelivät kaupungilla, mutta siellä oli liikaa väkeä, eikä heitä kiinnostusta meneillään olevat esityksestä, vaan hyvissä ajoin iltapäivälle menivät Barbaran asunnolle.

Se oli Puistokadun varrella kerrostalon ylimmässä kerroksessa.

– Onpa täällä hienoa ja siistiä, Markku ihaili, kun he saapuivat asuntoon.

– Jostakin syystä minä vähän siivoilin ennen lähtöä. Minulla oli tunne, että sinä voisit tulla täällä käymään, Barbara sanoi hymyillen.

– Tämä on kaksio, täällä on makuuhuone. Miten me mahdutaan tuohon sänkyyn? Markku sanoi.

– Se pitää testata, Barbara sanoi ja veti Markun mukaansa.

Ja hyvin he mahtuivat ja heidän mielestään oli sitä parempi mitä lähempänä toisiaan olivat ainakin tässä vaiheessa. He puhuivat tärkeistä asioista, mutta yhteen muuttamisesta he eivät vielä suunnitellet.

171

Oli myöhä yö, kun Markku ajeli kämpälleen. Olo oli hämmentynyt, mutta mieli oli iloinen.

Markku kävi purkamassa keskiviikko iltana Karhusten mökiltä vanhan verannan ja kasasi laudat yhteen kasaan. Fannia ja Mattia ei näkynyt. Heillä oli kuulemma kesäloma elokuussa, he eivät olleet mökillään. Markku soitti tietysti Barbaralle kymmenen jälkeen, kun tämä oli tullut töistä asunnolleen. Tosin he olivat soittaneet myös maanantaina ja tiistainakin, jopa kahteen kertaan. Vaikka todellista asiaa ei juuri ollut piti kuitenkin kuulla toisen ääntä.

Mutta perjantaina Markun tultua töistä asunnolleen hän huomasi Barbaran soittavan.

– No mitä kultaseni.

– Sinä saatanan sika, Barbara huusi lähes hysteerisesti ja jatkoi:

– Vai on sinulla siellä kämppälläsi oikea haaremi. Sinä kettu olit piehtaroinut sen Pipsasi kanssa viime lauantain vastaisen yön siinä samassa sängyssä, johon sinä viet minut lauantai-iltana.

– Mitä, mitä sinä puhut? Markku yritti huutaa väliin.

– Vai vielä ystävyys päättyi ja rakkaus alkoi, en oisi ikinä uskonut sinusta tuollaista. Jos oisit tässä, voisin lyödä sinua. Sinä et ole mikään mies, olet surkimus, samalla Barbara purskahti itkemään ja sulki puhelimen.

Markku putosi sängyn reunalle istumaan eikä osannut tehdä mitään. Mitä nyt oli tapahtunut, Markku oli aivan shokissa. Eilen illalla kaikki oli hyvin ja nyt tuli täyslaidallinen. Vai olen minä sika ja haaremin pitäjä. Hän soitti Barbaralle takaisin, mutta kerta piippauksen jälkeen puhelin meni kiinni. Markku oli täysin ulkona. Kyllä hän oli tuntenut, että tyttö oli tulinen, mutta se oli kohdistunut häneen hyvällä tavalla.

Mutta kyllä hän tiesi, että temperamenttia likasta löytyy, sen oli saanut kokea Tuula ja Jaakkokin, kun äiti oli saanut sairauskohtauksen. Mutta mitä tässä oli takana. Hän soitteli iltamyöhään saakka, mutta tulos oli aina sama. Markku mietti lähteä tyttöä tapaamaan, mutta missä tämä oli sitä hän ei tiennyt. Oliko kotonaan vai Kuopiossa. Ilta oli pitkä, vaikka hän kuinka mietti niin ei hän ymmärtänyt Barbaran kiukunpuuskaa. Mitä se puhui lauantain välisestä yöstä ja Pipsasta. Mitä hän huomenna tekee? Meneekö Karhusten mökille? Saisiko hän jotakin tietoa vanhemmilta. Heidänhän piti huomenna laittaa se loppukuistinosa.

Markku ei saanut unta, hän kävi ylikierroksilla. Vasta aamuyöstä hän nukahti ja nousi ylös kuudelta. Hän oli päättänyt mennä laittamaan verannan niin kuin oli sopinut. Olivatko vanhemmat tietoisia ollenkaan Barbaran mielialasta. Markku soitti Barbaralle, mutta sieltä vastattiin, ettei puhelimeen saanut yhteyttä. Se oli suljettu.

Markku ajeli sekavin tuntein Karhusten mökille. Siellä ei olut ketään. Hän tiesi puutarhavajan avaimen paikan ja haki työkalunsa sieltä. Hän alkoi laittamaan uutta verantaa. Mieliala oli maassa ja jotenkin jännittynyt. Mitä tapahtuu, jos ja kun Karhuset tulevat tänne, vai eivätkö tulekaan? Paha mieli antoi hänelle voimaa ja mies työskenteli tosi ripakasti. Hänellä oli pari lautaa kiinnittämättä, kun kuuli auton tulevan parkkipaikalle. Markku kurkisti kuistin nurkalta ja näki molempien Barbaran vanhempien tulevan. Markku odotti, kun he olivat aika lähellä ja sanoi:

– Hyvää huomenta.

Matti vilkaisi ja se katse oli kyllä murhaava. Rouva kuitenkin äyskähti:

– Mitä hyvää tässä huomenessa on senkin porsas.

Markku meni hiljaiseksi, mutta sanoi sitten:

– Ilmeisesti te tiedätte jotakin sellaista mitä minä en tiedä. Tytär ja äiti haukkuvat minua, vaikka miksi, mutta minä en tiedä mitään. Vielä torstaina juttelin Barbaran kanssa aivan mukavasti ja eilen illalla tuli kaikenlaista herjaa, etten saanut mitään sanottua.

– Vai vielä sinulle pitäisi antaa puolustavia puheenvuoroja. Mitä lienet meidän tytölle tehnyt kun se itki koko illan ja yön.

– Ei se kyllä itkenyt yhtään, kun sunnuntai-iltana Kuopiossa erottiin. Minä en tiedä mistä Barbara on suuttunut ja tuokin teidän nimittely on varsin törkeää. Minut on opetettu, ettei ketään saa nimitellä, vaikka joku asia keljuttasikin. Minusta nyt tuntuu, että te puhutte jostakin sellaisesta asiasta, josta minulle ei ole mitään tietoa.

– Vai tuntuu, sinä olet viime perjantain ja lauantain välisen yön viettänyt jonkun Pipsan kanssa siinä mökissäsi. Se nainen on tullut illalla ja lähtenyt aamulla pois. Pitääkö se paikkansa? Fanni sanoi edelleenkin vihaisena.

– Kuulkaa arvon rouva, tämäkö on se konsti, että te yritätte katkaista meidän välit keksimällä näin halpahintaisen tarinan. Eikös se Barbara ole täysi-ikäinen ja itse päätä kenen seurassa liikkuu.

– Naisen on nähty menevän illalla sinun mökkiin, ja hän on tullut aamulla pois. Siellä te olette muhinoineet koko yön.

– Kyllä se tosiaankin pitää paikkansa. Pipsa Salo tuli perjantai-iltana minun luokse noin kahdeksan maissa. Hän näytti minulle esitettä, jota tekee markkinointiin. Siinä on kolme kuvaa mökkien rakentamisesta, ja hän halusi tarkistaa minulta niihin kuviin liittyviä kuvatekstejä. Hänellä oli kahvia mukana, koska hän häiritsi minua omalla ajallani. Me juotiin kahvit ja juteltiin muutenkin. Hän lähti pois yhdeksän jälkeen. Aamulla hän toi minulle muutaman esitteen, jotka oli yön aikana monistanut värikoneella. Sanoi, että vie tuttavillesi ja senhän minä sitten lauantaina teille annoin. Minä nauraisin teille, jos ette olisi noin vihainen. Katsokaas kun minä soitin teidän Barbaralle kymmenen jälkeen perjantai-iltana, kun hän oli tullut sieltä kesäteatterista. Juteltiin varmaankin yli tunnin. Tekö vakavasti väitätte, että minä viihdytin kahta naista yhtä aikaa, toista puhumalla, ja toista varmaankin käsillä hyväillen. En minä nyt sentään mikään supermies ole. Kyllä minä yritän keskittyä yhteen naiseen kerrallaan, ja se nainen on nyt teidän viehättävä tyttärenne Barbara. Kysykääpä tyttäreltänne siitä puhelinsoitosta. Soittakaa johtaja Pipsa Salolle ja kysykää missä hän vietti lauantain vastaisen yön. Minä tiedän, kuka tämän jutun teille on kertonut. Jos Pipsa saa sen tietää, niin tämä teidän tietolähde lentää kuin se kuuluisa leppäkeihäs tästä firmasta.

– Minä soitan Barbaralle, Fanni sanoi ja meni sisälle.

– Mitä sinä Fanni olet nyt mennyt tekemään? Matti ärähti.

Markku sai viimeiseen lautaan väännettyä ruuvit, kun Fanni tuli ulos hän ojensi Markulle puhelinta ja sanoi:

– Barbara haluaa puhua sinun kanssa.

– Kuulkaa arvon rouva, minä olen sitä mieltä, että tällaiset sotkut selvitetään kasvotusten, ei puhelimella. Jos Barbaralla on asiaa, minut löytää puolen tunnin päästä kämpältäni kertokaa se hänelle. Olen siellä koko illan.

– Kuulitko Barbara? Fanni sanoi puhelimeen.

Fanni käveli hermostuneena ympäri verantaa. Markku kasasi tavaransa ja vei ne autoon. Häneltä jäi paita ja hanskat verannalle. Markku tuli ne hakemaan. Fanni tuli Markun luo ja sanoi:

– Anteeksi, minä laitan ruokaa tule syömään.

– Kyllä se nyt on parempi, ettei tällainen sikaporsas tule ihmisten kanssa samaan ruokapöytään, Markku sanoi, käveli autolleen ja ajoi pois.

Markku pääteli, että tämän tarinan kertoja oli Senni Havukainen keittiöltä, sillä tämä tuli juuri silloin aamulla autolla töihin, kun he tulivat Pipsan kanssa ulos mökistä. Se on varmaankin illalla nähnyt Pipsan tulon mökille ja tehnyt siitä omat johtopäätöksensä. Nainen oli nähnyt hänet ravintolassa Barbaran kanssa ja varmasti tiesi, että Barbara oli Karhusten tytär. Kyllä nainen olisi kusessa, jos hän kertoisi tämän Pipsalle. Mutta olkoon, eiköhän rouva Karhunen anna palautetta, kun tämä asia selviää. Se on hänen asiansa ottaako yhteyttä Pipsa Saloon.

Mökille tultuaan hän meni suihkuun, sillä työtahti oli ollut niin kova, että hän oli aivan hikinen. Hän mietiskeli, pitäiskö hänen yrittää ottaa Barbaraan yhteyttä, mutta tuli siihen tulokseen, että nainen oli aloittanut haukkumisen, niin saa tehdä aloitteenkin. Markku kyllä ymmärsi, että heidän viimeinen viikonloppunsa oli ollut lämmin ja herkkä. Oli ylitetty tietyt rajat. Jos Barbaralle tuohon mielentilaan äiti oli kertonut totena, että hän oli ollut edellisen yön toisen naisen kanssa, niin olisihan se tietysti Barbaralle melkoinen shokki. Jos kertoja oli vielä oma äiti. Oli hyvä, että hän oli mennyt Karhusten mökille. Markusta tuntui, että Karhuset ymmärsivät mistä oli kysymys. Jos Barbara katkaisee heidän välinsä, niin minkä hän sille mahtaa. Toisaalta, jos heidän seurustelunsa päättyy tähän, niin se on hyvä. Kovin heikossa kantimessa on heidän ystävyytensä ja rakkautensa. Kyllä kaikissa parisuhteissa tulee vastaan pahempiakin sotkuja ja niistäkin on selvittävä. Ei sellainen yhdessä olo kovin pitkälle kanna, jos heti lähdetään läiskimään.

Markku söi ja meni petiin pitkälleen, hän nukahti ja heräsi kun joku koputti oveen.

– Ovi on auki, Markku hihkaisi ja nousi istumaan.

Barbara tuli sisälle heitti reppunsa maahan ja syöksyi Markun syliin:

– Et kyllä hylkää minua, ja alkoi itkeä samalla.

176

Markku huomasi, että Barbara lähes vapisi. Hän piti naista sylissään ja antoi tämän itkeä. Kun hän tunsi tämän rauhoittu-van, Markku nousi seisomaan, mutta Barbara piti tiukasti mie-hestä kiinni.

– Jospa istutaan ja minä keitän kahvit. Jutellaan ihan rau-hassa, eiköhän me tästä päästä selville vesille, Markku sanoi.

Barbara tuli Markun mukana keittiösyvennykseen ja nyyhki edelleenkin. Kun Markku sai kahvin tippumaan, hän istutti Bar-baran toiselle puolelle pöytää ja istui itse toiselle puolelle ja sa-noi:

– Jospa nyt neiti kertoo, mistä tämä juttu on peräisin?

Barbara oli hiljaa ja vaikutti hyvin neuvottomalta, mutta ryh-distäytyi sitten.

– Minua hävettää aivan hirveästi. Annatko sinä koskaan mi-nulle anteeksi.

– On syytä hävetäkin. Kyllä se viime sunnuntainseutu oli mi-nullekin yksi elämän kohokohtia, eikä käynyt mielessäkään, että olisin peuhannut edellisen yön toisen naisen kanssa. Huonosti sinä minut tunnet, jos alat tuollaista epäillä. Niin kauan, kun me olemme yhdessä, olet varmasti ainut nainen, jonka kanssa har-rastan sänkyleikkejä.

– Annatko sinä anteeksi? Barbara aneli.

– Minä annoin anteeksi, jo silloin kun tajusin mistä tämä sotku oli alun perin lähtöisin. Ymmärrän sen, että sinulle oli shokki kuulla tuollainen tarina viime pyhän jälkeen. Nyt kun mietin sitä sinun puhelinsoittoasi, niin minua vähän naurattaa, olit sinä tosi vihainen. Kyllä sinulla kultaseni on melkoinen tem-peramentti. Mutta toivoisin että käytät sen minuun samalla lailla kuin viime sunnuntain vastaisena yönä, Markku sanoi hymyil-len.

Barbara hyppäsi tuoliltaan ja suuteli Markkua. Tämä nosti ty-tön syliinsä ja kantoi sänkyyn ja sanoi:

177

– Minä laitan tuon oven lukkoon.

Siinä jäi kahvit juomatta ja vaatteet lentelivät, mutta suurinkin kiihko ainakin väHäksi aikaa loppui.

– Kyllä sinä olet niin tulinen tyttö, että sydän meinasi lentää rinnasta ulos, mutta eihän sillä ole mitään väliä, kun minulla on paikalla sydänspesialisti, joka minut elvyttää, jos taju katoaa.

– Älä vitsaile pidä minua lähelläsi, minä itkin viime yön, kun luulin, etten koskaan saa olla enää tässä näin, Barbara sanoi ja puristi Markkua.

– Miten olisi, juotaisiinko se kahvi, ennen kuin se haihtuu pannusta.

– Sopii, mutta ei minulla nytkään ole yöpukua, missä se viime pyhäinen paita on, jota käytin?

– Tässä se on tämän toisen tyynyt alla. Minä olen laittanut sen iltaisin kasvoilleni ja nukahtanut sinun ihanaan tuoksuun.

– Voi sinua senkin höpöttäjä, Barbara vastasi.

Niin he sitten istuivat Markku aamutakissaan ja Barbara Markun ylisuuressa pyjaman paidassa, onnellisena siitä, että asiat olivat taas hyvin. Kahvin juotuaan he menivät takaisin sänkyyn. Hetken päästä Markku sanoi:

– Voitaisiinko sopia, että jos jotakin tällaista sattuu, on toiselle siitä kerrottava. Sillä asioilla voi olla aivan luonnollinen selitys, niin kuin tässäkin.

– Se minua hävettääkin, kun uskoin heti äitiä.

– Kyllä omat vanhemmat ovat huonoja avioliittoneuvojia, jos joskus ollaan niin pitkällä.

– Olen samaa mieltä, mutta viime sunnuntain jälkeen äidin kertomus sai minut suorastaan raivostumaan. Olin tosi vihainen.

– Viisaat sanovat, että viha ja rakkaus ovat vastakkaisia tunnereaktiota. Mutta minusta ne ovat vierekkäisiä. Ne ovat

178

niin voimakkaita tunteita, että jos sitä rakkauden tunnetta loukataan, se muuttuu vihaksi. Joten sinä reakoit aivan normaalisti.

– Eikös ihmiset sano myös, että avioliitossa paras sovittelija on sänky. Jos asiat eivät siellä ratkea silloin on hyvin vähän tehtävissä liiton säilyttämisen kannalta.

– Eikös me juuri äsken sitä todistettukin, näin olevan, Barbara painautui Markun syliin, mutta hänen puhelimensa soi.

– Niin äiti, Barbara vastasi. Hän kuunteli vähän aikaa ja jatkoi sitten.

– Kaikki hyvin ja saat pitää sille ämmälle, joka tällaisia satuja kertoo, kunnon puhuttelun. Se oli valetta alusta asti. Minä en sitten tule ensi yöksi kotiin. Taas Barbara kuunteli vähän aikaa ja sanoi.

– Tietysti minä nukun Markun vieressä ja tulen huomen illalla vasta kotiin. Hyvää yötä, Barbara lopetti puhumisen.

– Mitä minä tätä salaamaan olen jo iso tyttö, ja olen sinun vieressä ensi yön ja se ei kuule enää vanhemmilleni. Äiti sanoi, että se Pipsa on kaunis nainen, joten ole varovainen. Vai pitääkö minun olla mustasukkainen? Barbara kysyi ja katsoi Markkua silmiin.

– Tietysti pitää olla mustasukkainen ja monelle muullekin naiselle. Täällä on monta kaunista opiskelijaa, jotka ovat täällä kesätöissä, joten täällä riittää naisia, joille sinun pitää olla mustasukkainen, Markku sanoi ja hymyili leveästi.

– Senkin konna, Barbara kuittasi.

He nukahtivat hetkeksi ja sitten Markku, ehdotti pientä kävelylenkkiä. He tekivät parinkilometrin metsälenkin ja menivät takaisin mökkiin. Barbara oli varustautunut lähtemään tanssimaan, mutta eivät he jaksaneet kuitenkaan lähteä. Illalla he katselivat televisiota toisiinsa nojaten. Yö meni niin kuin odottaa sopii, kahden toisiinsa kiintyneen ihmisen välillä. Muutaman kerran he heräsivät yön aikana, koska läheisyys aiheutti kuuman olon, ja jossakin vaiheessa he totesivat olevansa varsin hikisiä. Aamulla Barbara sanoi menevänsä suihkuun ja Markku heti perästä. Sanoi tulevansa selänpesuun.

– Minulla on nälkä, Barbara valitti suihkun jälkeen.

– Ihme se olisi, jos ei olisi nälkä. Onhan tässä kovasti töitä tehtykin, Markku hymyili moniselitteisesti.

– Vai niin, sinulla se on kaikkeen vastaus valmiina.

– Me mennään ravintolaan aamupalalle ja päivällä lounaalle. Eihän se sovi, että tyttöystävää nälässä pidetään.

Heidän istuuduttuaan pöytään Markku sanoi:

– Minä etsin Nilsiän keskustasta asuntoa. Tietäisikö kukaan onko siellä vuokra-asuntoja ja minkälaisia. Työpaikalla asuminen alkaa vähitellen tympiä. Päätalossa on pieni huone, jonne pääsee suoraan ulkoa rakennuksen takaa. Saan siitä työhuoneen. Juttelin siitä jo Jessen kanssa.

– Minä kysyn isältä ja äidiltä tietävätkö he jotakin vapaista asunnoista. Olisi tosi kiva, jos olisit siinä lähellä olisi mukava piipahtaa sinun luonasi, jos käyn viikollakin kotona.

– Niinköhän vahvempasi minulle asuntoa haluavat järjestellä, tämän jupakan jälkeen.

– Äiti saa esittää sinulle varmasti anteeksipyynnön, kun tuollaista satutätiä kuunteli. Heidänkin on tunnustettava itselleen, etten ole enää mikään lapsi, vaikka äiti väittääkin, että lapsi on aina lapsi, olipa minkäikäinen tahansa.

– Niin se isäkin kutsuu minua pojaksi, vaikka ei tässä nyt ihan pojaksi itseään tunnekaan. Mietipä, jos sinulla olisi omia lapsia, milloin sinä et kantaisi niistä jonkinlaista huolta.

– Niinhän se varmasti on. Minä kysyn vanhemmilta vuokrattavista asunnoista, ja ilmoitan jos jotakin löytyy, Barbara vastasi.

Aamupalan jälkeen he lähtivät lenkille. Nyt he lähtivät kuntoilumielessä, sorsit jalassa. Tosin Barbara epäili olisiko metsässä itikoita. Mutta Markku lupasi pitää sellaista vauhtia, ettei itikat saa heitä kiinni. Kieltämättä Markkua ihmetytti, kuinka hyvin Barbara juoksi. Ei tämä jäänyt yhtään hänestä jälkeen. Mökille tultuaan molemmat olivat aivan märkiä ja taas piti mennä suihkuun. Se tosin taisi olla molemmille ihan mukava tapahtuma, kun yhdessä melskasivat veden kanssa.

Iltapäivälle he kävivät lounaalla ja paikalla oli myös Pipsa Salo. Hän tuli Markun ja Barbaran luokse ja ojensi kätensä ja sanoi:

– Sinä voisit esitellä tämän tumman naisen minulle, kun olen teidät nähnyt aikaisemminkin täällä.

– Hän on Barbara Karhunen, tiedät varmaan teidän kunnan terveyskeskuksen lääkärin tytär.

– Hauska tutustua, Barbara sanoi.

– Kiitos samoin, taisitte tulla äsken lenkiltä, huomasin kun tulitte, Pipsa sanoi.

– Niin käytiin ja Markku yritti minut jättää, mutta en jäänyt.

– Kuntolenkki on oltava sellainen, että kunto nousee, Markku vastasi.

– Menkäähän hakemaan ruokaa, minä sanon tuolle kassalle, että talo tarjoaa tällä kertaa, Pipsa sanoi.

– Kiitos paljon, Markku vastasi.

He hakivat seisovastapöydästä ruokaa ja kun Pipsaa ei näkynyt Barbara sanoi:

– Kyllä se äiti oikeassa oli, kyllä tuota naista pitää varoa. Toivottavasti pääset pian pois tästä pihapiiristä.

– Kuule tämä nainen on tässä osaomistajana ja Tuusniemellä heillä on tosi iso kuljetusliike. Ei köyhän maalaispojan kannata edes sellaista ajatella.

– Minä en oikein usko, että näissä tunneasioissa paljonkaan raha painaa. En usko, että se omaisuus pitää ihmiset yhdessä, jos muuten ei synkkää.

– Eikös ne sano, että kun aviopuolisoilla on riittävästi velkaa, niin se pitää ihmiset parhaiten yhdessä, Markku sanoi.

– Onhan se niinkin.

– Onhan sellainenkin sanonta, että: "Kun köyhyys tulee ovesta, niin rakkaus lentää ikkunasta".

– Kyllä noissa vanhoissa hokemissa voi olla perääkin, mutta eikös se yhteenkuuluvuus mitata silloin, kun kumppanilla menee huonosti. Ollaanko silloin toisen tukena vai lisätäänkö kuormaa välinpitämättömyydellä, Barbara sanoi.

– Tunnen tapauksia, että avioliitto hajoaa, jos toinen kumppani sairastuu vakavasti, vaikka syöpään, niin toinen lähtee läiskimään, Markku totesi.

– Tuollainen ei kuvaa kestävää suhdetta. Onhan se kauheaa, jos silloin kun toinen tarvitsisi eniten tukea ja hellyyttä, niin toinen jättää. Syöpään sairastuminenkin on niin kova isku, ja sitten jos läheisin ihminen vielä jättää sairastuneen kuorma kaksinkertaistuu. Täysin edesvastuutonta sellainen.

He palasivat Markun mökille ja loppupäivä menikin lähinnä loikoillessa, ja illalla Markku vei Barbaran kotiinsa. Hän ei lähtenyt sisälle, sillä hän ei nyt halunnut tavata Barbaran vanhempia. Barbarakin ymmärsi sen, hän sanoi keskustelevansa näiden kanssa ja parempi oli, ettei Markku ollut paikalla. Ero oli haikea ja siinä piti halata monesti. Heidän suhteensa näytti nyt valoisalta, mutta tulisiko siitä loppuelämän kestävä, kumpikaan ei ollut varma. Markku mietti, että jos ongelma-asioita ei voida keskustella ensiksi keskenään, niin vanhempien kautta keskustelu ei pitkälle kanna. Siihen tulee aina sellaisia sivujuonteita, jotka voivat saada vääriä lisäkuvioita, joilla ei todellisuuden kanssa ole mitään tekemistä.

Barbara ja Markku soittivat toisilleen joka ilta. Torstai-iltana Barbara kertoi:

– Kuulehan Markku, äiti haluaisi ensi lauantaina tarjota lounaan ja sinun pitäisi tulla mukaan.

– En minä tiedä osaanko minä käyttäytyä kunnolla, kun sain niin kovaa kritiikkiä viimeksi.

– Kyllä sinun pitää sopia äidin kanssa väärinkäsitys. Äiti myönsi, että hän toimi väärin ja haluaisi pyytää näin anteeksi. Et sinä voi kieltäytyä. Jos me aiotaan jatkaa seurustelua, niin sinun on tultava juttuun minun vanhempieni kanssa.

– Niinhän se varmasti on. Moneltako minun pitää olla siellä, vai tuletko sinä minua hakemaan?

– Me mennään varmaankin mökille silloin aamulla tai myöhään illalla. Minä haluan olla laittamassa kullalleni ensimmäistä oikeaa lounasta. Joten tule siinä kahdentoista paikkeilla. Isä käy kuulemma aamulla kalassa.

– Kyllähän minulla housut tutisee, mutta pakko kai minun on tulla, jos haluan jatkossakin nähdä heidän kaunotartaan.

– Kyllä se on pakko.

– Tavataan silloin, Markku sanoi.

Markku ajeli sekavin tuntein Karhusten mökille. Häntä jännitti nyt paljon enemmän kuin aikaisemmilla kerroilla. Mistä hän osaa puhua heidän kanssaan? Markun ajettua huvilan parkkipaikalle, Barbara tuli vastaan ja tietenkin kohtaaminen oli lämmin.

Kun he saapuivat terassille Fanni tuli huvilan ovesta kantaen kuohujuomalaseja tarjottimella.

– Otahan siitä lasi.

Kun kaikilla oli lasi kädessä, Fanni sanoi:

– Minä pyydän sinulta Markku vilpittömästi anteeksi niitä viime lauantaisia puheitani. Minä olin todella pahasti väärässä. Voidaanko se kohtaus unohtaa kokonaan?

– Kyllä minun puolestani. Sattuuhan näitä, Markku vastasi.

He kilistivät laseja ja maistoivat juomaa. Matti otti sitten seuraavan puheenvuoron ja sanoi:

– Nyt kun on lasit kädessä, niin heitetään tittelit pois. Minä olen Matti ja vaimoni on Fanni ja sinun nimi tiedetäänkin.

– Kyllä minä tässä vähän mietinkin, kuinka kauan jaksatte puhua teititellen. Mutta kyllä tämä veranta on nyt hieno. Isä ja äiti ovat ostaneet tällaisen pöydän ja kuusi tuolia, joissa on irtopehmusteet.

– Tämän voi levittää kuudelle hengelle ja päihin mahtuu vielä kaksi henkilöä, kun laittaa sinnekin tuolit, Matti kertoi.

– Olisi ollut hölmöä, jos olisimme tehneet erillisen katoksen tuonne nurmikolle. Tässä ovat kaikki kalusteet suojassa myös sateella, kun siirtää ne tänne seinän viereen, Fanni sanoi.

– Se on sinun ansiotasi, että tehtiin näin, Barbara kehui.

– Mutta nyt pöytään, Matti sai tänä aamuna kaksi kuhaa, ja Barbara on paistanut ne tässä grillissä.

Tilanne jotenkin laukesi ja kaikki rentoutuivat. Matti kertoi kalastuksestaan, ja Barbara kertoi, kuinka hyvä soutaja hän oli kalaverkoilla ollut.

– Kyllä on hyvin paistettua ja maukasta kuhaa. Sinä taidatkin olla melkoinen kokki, Markku kehui.

– Enkös olekin, jos sinä osaat pyytää kalaa, niin kyllä minä paistan, mutta sinun pitää pyytää valmiiksi fileroitua kalaa. Minä en osaa perata kaloja, Barbara sanoi hymyillen.

– Mistä järvestä voi pyytää fileroituja kuhia? Markku kysyi.

– Kysy isältä. Isä toi tullessa rannalta tällaisia kuhia.

– Sinä olit kyllä niin hyvin rakennustöitä tekemään ja ruuveja vääntämään, minä voin opettaa sinut kalojen käsittelyn.

– Siinä minulla on peukalo keskellä kämmentä. Sitä minä en varmasti opi, Barbara vastasi hymyillen.

– Minä ymmärrän tuon osaamattomuutesi, Markku vastasi.

– Matti lämmitti rantasaunan ja me käydään ensiksi saunassa ja mennään sen jälkeen katsomaan sitä samaa kesäteatteri kappaletta, minkä sinä Barbara olet nähnyt. Me mennään ystävien kanssa ja sen jälkeen menemme kotiimme pitämään pienet jatkot, joten tämä mökki on vapaasti teidän käytössä, Fanni kertoi.

– Kiva, Barbara sanoi ja iski Markulle silmää.

Kun vanhemmat olivat lähteneet kesäteatteriin, Barbara sanoi:

– Nyt mennään savusaunaan.

– Minulla ei ole pyyhettä mukana.

– Kyllä täältä löytyy pyyhkeitä.

Barbara kävi hakemassa molemmille pyyhkeet, ja sitten he menivät rantasaunalle. Mutta eivät he heti saunaan saakka päässeet. He menivät saunan yhteydessä olevaan vierashuoneeseen ja kun vaatteet oli heitetty pois, oli pakko tarkastaa sängyn kunto. Hyvin se kesti vähän vain natisi. Vasta sen jälkeen he pääsivät nauttimaan savusaunan lämmöstä. Barbara nojasi Markun olkapäähän ja sanoi:

– Tämä on se ihanin paikka täällä mökillä.

– Kyllä lämpö on pehmeää. Olen vain kerran aikaisemmin ollut savusaunassa, mutta siinä oli jotakin lämmityksessä pielessä, kun silmiä kirveli koko ajan.

– Meillä ainoastaan isä lämmittää tämän saunan ja hänkin on opetellut vähitellen. Kyllä täälläkin alkuun oli kitkerää, mutta nyt isä tietää kuinka pitkään saunan pitää siintyä.

– Minkä takia vanhempasi nyt antoivat huvilan meidän käyttöön?

– Itse ne minulle kertoivat menostaan teatteriin, joten saisimme mökin käyttöön. Äidillä otti koville ne viime sunnuntain puheensa. Hän oli suorastaan nolo, kun tapasin viikko sitten sunnuntaina. He halusivat näin hyvittää viime pyhän puheet.

– Oliko äitisi kertonut Pipsa Salolle kuka oli juorun kertonut?

– Ei ole sitä kertonut. Nainen, joka oli äidille kertonut, oli säikähtänyt ja sanonut jos tämä tulee neiti Salon tietoon, hän saa varmasti potkut, Barbara sanoi.

– Hyvä on, ettei äitisi kertonut. Ei tuon takia kannata ketään erottaa, varsinkin nyt kun olemme tässä teidän pyhimmässä paikassa. On tämä todella hieno paikka, tuosta säiliöstä saa lämmintä vettä. Tosin olen kuullut, että jotkut sanovat olevansa likaisempia savusaunasta tulessaan kuin mennessään.

– Varmasti jos nojaat noihin seiniin, niin olet noessa. Savusaunassa lämmityksen ajaksi lauteet nostetaan ulos tai peitetään ne ressulla.

– Nyt uimaan, otetaan pyyhe mukaan ei me uimapukuja tarvita. Pulahdetaan portailta veteen, ei meitä kukaan ehdi huomata, Barbara kertoi.

– Kyllä tätä tyttöystävää voisi näyttää muillekin, Markku vastasi.

– Joo, joo. Sinä sitä keksit, mutta nyt uimaan, Barbara sanoi ja kietaisi pyyhkeen ympärilleen ja meni nopeasti portaiden kautta järveen. Tietysti vedessä oli kuhertelua. Pian he menivät takaisin saunaa. He kävivät kolmesti uimassa ja sitten pitikin mennä lepäämään vierassänkyyn.

He viettivät rauhallisen lempeä täynnä olevan illan ja yön. Seuraavana iltana Markku vei taas Barbaran kotiinsa. Barbaran äiti oli parvekkeella ja huusi heidät sisään, hänellä olisi kuulemma asiaa. Sisällä Fanni sanoi:

– Sinä olet etsinyt asuntoa täältä kirkolta. Meillä terveyskeskuksessa on yksi hoitaja, joka menee naimisiin ja muuttaa tulevan miehensä kanssa omakotitaloon. Hän haluaisi vuokrata pienen kaksion luotettavalle vuokralaiselle. Oletko kiinnostunut?

– Olen varmasti, kyllä alkaa oman toimiston tiloissa asuminen riittää.

– Hän sanoi, että syyskuun alusta se huoneisto olisi vapaa. Minä kerron hänelle huomenna, soita vaikka hänelle illalla ja sovi tapaaminen.

– Äiti sano hänelle, että mies on minun poikaystävä ja varmasti luotettava ja siisti. Minä käyn joka viikko tarkastamassa, että asuntoa pidetään hyvin, Barbara sanoi.

– Ethän sinä siellä asu.

– En mutta voin silti kontrolloida, että paikat pysyvät kunnossa.

– Paraskin kontrolloija, voisit katsoa, että oma huoneesi jää siistiin kuntoon, kun lähdet Kuopioon. Ettei minun tarvitsisi keräillä vaatteitasi, Fanni sanoi ja iski Markulle silmää.

– Viimeksi jäi, kun tuli kiire, Barbara puolustautui.

– Tulkaa teelle Matti huusi keittiöstä.

Teen juonnin jälkeen Markku lähti pois, ja Barbara halasi häntä.

Markku ajeli rauhallisin miettein asunnolleen. Olo oli helpottunut, kun asiat olivat selvenneet. Ja varmasti Barbarankaan vanhemmat eivät enää epäilleet mitään. Jos asuntokin löytyisi keskustasta, olisi se hänen ja Barbaran kannaltakin mukava. Talvella mökissä asuminen ei olisi mitenkään miellyttävää. Vaikka hän pyrki erottamaan työajan ja vapa-ajan toisistaan, niin monena iltana hän edelleenkin huomasi tekevänsä työhön liittyviä paperitöitä iltaisin.

Markku soitti saamaansa puhelinnumeroon seuraavana iltana ja kävi heti katsomassa asuntoa. Se oli noin kilometrin päässä Barbaran kotoa, kolmikerroksisen kerrostalon alimmassa kerroksessa. Huoneisto oli kaksio, tosin makuuhuone oli pieni, mutta kyllä siihen aivan reilun parisängyn saisi mahtumaan. Olohuoneessa oli syvennys, joka oli kuin yksiössä alkovi. Se sopisi hänelle hyvin työpisteeksi. Sen voisi jopa erottaa kevyellä siirtoseinällä olohuoneesta. Suihku ja vessa olivat samassa tilassa, joten kaikki tarvittava löytyi. Ulkona olisi autopaikka lämmittimineen, joten sekin oli hyvä. Vuokraaja oli noin kolmekymppinen nainen, varsin hyvän näköinen. Hän kysyi Markulta:

– Sinäkö tunnet Karhusen perheen?

– No joo, jotenkin.

– Heidän tyttärensä Barbara oli taannut, että olet hyvä vuokralainen, nainen sanoi hymyillen.

– Vai niin. Kyllä minä vastuuni hoidan ilman takaajaa ja vuokrankin saatte varmasti määräpäivänä. Enkä turmele huoneistoanne.

– Niinhän Fanni sanoi.

– No vuokraatteko tämän huoneiston minulle?

– Kyllä suositukset olivat niin hyviä, että vuokraan ilman muuta, kun Barbara käy kuulemma tarkastamassa, että täällä paikat ovat kunnossa.

– Niin jos ei ole, niin varmaankin Barbara sitten siivoaa.

He tekivät vuokrasopimuksen ja Markku lupasi heti maksaa takuuvuokran ja nyt heti syyskuun vuokran, niin varmasti sitten asunto olisi hänen käytössään.

17

Kesä kääntyi elokuun puolella syksyksi. Markku huomasi Savon Sanomissa koulutusilmoituksen. Ammattikorkeakoulu Kuopiossa järjestää rakennusmestareille pätevöitymiskoulutuksen insinööreiksi. Muilla aloillahan ei enää koulutettu teknikoita, kuin rakennusalalla rakennusmestareita. Tämä oli etäkoulutuksena ja työn ohessa. Työpaikan töitä voisi hyödyntää osana opiskelua. Jonkin verran olisi lähiopetusta, mutta ne päivät olisivat viikonloppuina. Markku leikkasi ilmoituksen talteen. Lisäksi siinä oli linkki koulun sivulle, jossa olisi lisäselvitystä. Koulutus alkaisi syyskuun alusta ja kesto riippuisi opiskelijasta itsestään, milloin valmistuisi. Mitä enemmän hän mietti koulutusta sitä enemmän se häntä alkoi kiinnostaa.

Illalla hän haki netistä tiedot ja tosiaan se sopisi hänelle hyvin. Markku soitti Barbaralle ja kysyi hänen mielipidettään. Barbara kannusti ilman muuta häntä opiskelemaan. Markku kysyi Barbaralta:

– Lähiopetuspäivät ovat viikonloppuisin. Kuinkas olisi, voisinko minä yöpyä sinun luona.

– Älä yritäkään mennä muualle, täällä sinulla on aina sänkypaikka ja saatan minäkin löytyä samasata sängystä.

– Mutta sehän olisi tietenkin lisäbonus, Markku totesi.

– Tiedätkö sinä, milloin sinulla on ne lähiopetuspäivät. Jotta en mene silloin kotiini. Haluan olla täällä sinun kanssa.

– En tiedä, enkä tiedä sitäkään pääsenkö minä opiskelemaa, sinne on paperivalinta.

– Kyllä sinä pääset, olen varma siitä.

Ja niin siinä kävi, että tieto tuli elokuun lopussa Markun pääsystä opiskelemaan. Hän kertoi Jesselle jatko-opinnoistaan, ja hän oli jo aikaisemmin ilmoittanut muuttavansa pois mökistä. Jesse lupaisi hänelle pienen palkan korotuksen, kun Markku ei asuisi enää vanhassa mökissä. Jesse kertoi, että talven aikana tämäkin mökki purettaisiin uuden tieltä.

Markku muutti elokuun viimeisenä päivänä uuteen asuntoonsa. Barbara tuli hänelle kaveriksi laittamaan asuntoa kuntoon, ja jäi sinne myös yöksi. Markku rakensi työpisteen olohuoneen alkoviin ja oli siihen hyvin tyytyväinen. Hänelle oli kertynyt muutamia talojen ja kesämökien piirustustöitä, kun sana levisi, että tällainen henkilö löytyy kylältä.

Pipsa Salokin kysyi oliko Markku jo päättänyt siitä, tekisikö hän heille hallien piirustukset Tuusniemelle. Markku lupasi harkita, kun näkisi miten paljon opiskelu veisi häneltä ilta-aikaa. Opiskelun alettua hän teki opetuksen vastuuhenkilön kanssa suunnitelman opinnoistaan. Siinä ilmeni, että Markulla oli hyvin kokemusta pientalojen niin suunnittelusta kuin rakentamisestakin. Sen sijaan suuremmista rakennuksista hänellä oli petrattavaa. Hallit olisivat hyvä lisäys hänen suunnittelukokemukseensa.

Markun muutettua lähelle Barbaran kotia, se johti siihen, että he asuivat kuin avopari. Milloin Barbara jäi viikonlopuksi Kuopioon, niin Markku meni silloin Barbaran luokse ja taas niinä viikonloppuina, kun Barbara tuli kotiinsa hän vietti yön aina Markun luona. Sunnuntaisin Barbaran äiti Fanni kutsui heidät lounaalle, monesti myös lauantaina. Barbaran vanhemmat olivat varsin tyytyväisiä Markkuun. Tämä teki heidän kotonaan pieniä korjaustöitä.

Muutaman kerran Barbara kutsui Liinan ja hänen poikakaverinsa Pentti Lasasen iltaa viettämään. Pentti oli innokas lentopalloilija ja pelasi sarjajoukkueessa. Liinaa tuntui hieman harmittavan, kun Pentillä oli jokin turnee, niin he eivät juuri sinä viikonloppuna ehtineet tavata. Pentti opiskeli kasvatustieteitä Joensuun yliopistossa. He vaikuttivat rakastuneilta.

– Kuinka sinun opinnot ovat alkaneet? Markku kysyi Liinalta.

– Onhan se opettelua, kun täällä pitää itse suunnitella opiskelu ja laatia lukujärjestys.

– On se meidän alalla kuitenkin paljon selkeämpi kuin monella muulla alalla, Barbara sanoi.

– Eipä minulla mitään hätää ole, kun jotakin en ymmärrä minä kysyn sitä heti Barbaralta. Minä saan koko ajan yksilöllistä opintojen ohjausta, Liina kehui.

– Eikös se yliopistoelämä ole aika vapaata ja bileitä riittää? Markku sanoi.

– Onhan siellä niitä tutustumisia, mutta ei minua ne juuri kiinnosta. Mitäs minä sieltä haen, kun olen löytänyt sinut, Liina sanoi ja puristi Penttiä kädestä.

– Joku sanoi tuolla meillä, että lääketieteellisessä lääkefirmat opettavat opiskelijat juopottelemaan, kun niillä on varaa maksaa opiskelijoille lääke-esittely iltoja, Pentti tiesi.

– Kyllä minäkin kuulin siitä, mutta nykyään pykälät ovat tiukentuneet. Ei ole sellaisia tarjouksia, mitä vanhemmat kurssilaiset kertoivat. Ei meidän koulutusalalla paljon voi laiminlyödä opintoja. Jos joltakin kurssilta jää pois se saattaa olla seuraavan kerran vasta vuoden päästä, Barbara kertoi.

– On siellä muutama aika lapsellinen miesopiskelija. Tytöt ristivät yhden pojan "Kirurgiksi", kun sen isä on kuulema huippukirurgi. Leikkaa ulkomaalaisiakin urheilijoitakin. Poika on muistanut kertoa useamman kerran mikä hänen isänsä on. Se on vähän vanhempi, mutta joku tiesi, että se on ollut jossakin ulkomailla opiskelemassa, mutta opinnot eivät ole edenneet toivotulla tavalla. Nyt se on täällä yrittämässä uudelleen, Liina kertoi.

– Minä taidan tietää, kenestä on kyse. Aika pian erottuvat ne opiskelijat, jotka todella opiskelevat ja ne, jotka haluavat viettää iloista opiskelijaelämää. Ne yleensä valmistuvat nopeammin, joilla ei ole isän paksua kukkaroa takana. Kenellä on vähän rahaa, ne eivät bILETä niin paljon, Barbara sanoi.

– Sinähän Markku olet myös alkanut opiskelemaan? Liina totesi.

– Se on vain tällaista työnohessa opiskelua.

– Miten niin vain tällaista? Liina kysyi.

– Tarkoitus on työnohessa suorittaa insinööritutkinto. Saa nyt nähdä tuleeko siitä mitään.

– Älä viitsi, minä tiedän sen sinusta, kun jonkun aloitat, et varmasti jätä kesken, Barbara tiesi.

– Siitäkö sinä päättelet, kun en jättänyt mökkiverannan tekemistä kesken, vaikka mieli teki.

– Siitä juuri. Olin silloin niin vihainen, että moni mies oisi sanout, että rakenna itse.

– Mitä, oletteko te riidelleet? Kertokaapa se meille? Liina vaati.

– Ei muuten kerrota, se asia on poissa päiväjärjestyksestä, Markku sanoi.

– Minä olin se syyllinen, mutta me on sovittu, että se on vain meidän keskeinen asia, Barbara vastasi.

– Kertokaa ihmeessä, jos mekin satutaan suuttumaan toisillemme, miten saadaan sen jälkeen sopu aikaan, Liina tinkasi.

– Etkö sinä tiedä, että parisuhteessa paras sovittelija on sänky.

– Laitetaan korvan taakse, minulla kun on ensi viikonloppuna peliturne Lahdessa, Pentti sanoi ja katsoi Liinaa.

– Taas, minä etsin kohta uuden poikakaverin, kun aina olet menossa, Liina uhkasi.

– Jos minä olen vuoden aikana viisi viikonloppua pelimatkoilla. Ja jos alat niiden takia etsimään uuden kaverin, niin ei tällä meidän suhteella ole mitään kestämisen mahdollisuutta, Pentti vastasi.

– Älä nyt ota tosissasi, minä vaan kiusoittelin.

– Juuri noin, Pentti pitää sinua tänä iltana oikein hyvänä. Kyllä te naiset osaatte, Markku sanoi.

Liinan ja Pentin lähdettyä, Barbara ja Markku alkoivat valmistautua nukkumaan menoon. Markku jotenkin aisti, että Barbara oli kireä. Hänen tullessaan aikaisemmin Barbaran asunnolle tämä oli halannut häntä jotenkin lämmöttä. Halaus oli enempi tuttavan halaus kuin kahden rakastavaisen välinen. Hän oli saanut pikaisen pusun, mutta ei lämmintä suudelmaa.

Markku kysyikin:

– Olenko minä loukannut jotenkin sinua, kun olet vähän kylmäkiskoinen.

– Ethän sinä koskaan loukkaa, mutta minua vain ajatuttaa, kun yksi tentti meni penkin alle. Joudun sen suorittamaan uudelleen.

– Minäkö siihen olen syyllinen. Valvotan sinua viikonloppuina? Ja sinä et pääse keskittymään optioihin.

– Ei se sinun syytä ollut, jos minä möhlään, se on minun oma vika.

Sänkyyn mentyään kaikki meni niin kuin aikaisemminkin, mutta jotakin siitä puutui. Markku pääteli sen johtuvan Barbaran mielialan laskusta hylätyn tentin vuoksi. Sunnuntaina Markku lähti heidän ruokailtuaan pois, sillä molemmilla oli omia opintotehtäviä.

Meni useampi viikko, he kyllä tapasivat niin kuin ennenkin, mutta Markulla oli tunne, että jotakin oli muuttunut heidän suhteessaan. Johtuiko se siitä, että ensi huuma alkoi haihtua ja suhde normalisoitui. Tosin Markku ei siihen oikein uskonut.

Kun Markku meni seuraavan kerran Barbaran luokse, hän aikoi yllättää Barbaran ostamalla lauantai-illaksi teatteriliput Kuopion kaupunginteatteriin. Siellä meni musikaali. Hänellä oli lauantaina lähipäivä ammattikorkeakoululla. Viikolla Markku oli varmistanut, ettei Barbaralla ollut mitään suurta tenttiä tai muuta menoa lauantai-iltana. Tosin Barbara oli ollut vähän vaisu. Markku oli ostanut kukkia ja pullon punaviiniä. Hän tuli viiden jälkeen Barbaran asunnolle. Hän päätti yllättää positiivisesti naisen.

– Hei kultaseni, Markku sanoi iloisesti, kun Barbara avasi oven.

– No hei, sinä tulit. He halasivat kevyesti, mutta Barbara oli hiljainen.

– Kuulehan kultaseni, minä ostin meille teatteriliput tämän illan näytökseen. Siellä menee musikaali. Se alkaa seitsemältä.

– Ei minua kiinnosta lähteä. Mene sinä yksiksesi.

– Mitä sinä nyt puhut? Minä kysyin viikolla, onko sinulla kiirettä ja sanoit, ettei ole. Mistä nyt kenkä puristaa?

– Minun pitää vähän miettiä asioitani.

– Ja kun minä ajattelin iloisesti yllättää sinut. Sinä olet viime aikoina ollut aika vaisu. Jos syy on minussa, sano se suoraan. Markku sanoi vähän loukkaantuneena.

– Ei sinussa ole mitään vikaa, mutta minun on mietittävä vähän tulevaisuuttani. Jos minä lähden, vaikka jonnekin kehitysmaahan valmistumisen jälkeen.

– Minä voin tulla sinulle rakentamaan sinne viidakkoon savimajan, Markku vastasi ja jatkoi:

– Tuoko on syy, ettet voi lähetä teatteriin, eli minä ostin liput aivan turhaan. Sinä siis et lähde?

– Älä nyt suutu, kyllä me voidaan lähteä. Minä laitan vain itseäni.

Vähän ennen seitsemää he kävelivät teatterille. Sää oli muuttunut ja satoi rännän sekaista lunta. Markku manaili, kun hänen autossaan on kesärenkaat. Hän ei ollut uskonut säätieteilijöitä, jotka olivat luvanneet jopa lumisadetta. Takit olivat aika märkiä, kun he tulivat teatterille. Operetti oli Markusta hyvä, mutta hän huomasi, että Barbara ei ollut oikein mukana. Markusta tuntui, että Barbaran vaisuuteen oli jokin muu syy, kuin mitä oli kertonut. Väliajalla Markku olisi ostanut kahvia tai viiniä, mutta Barbara ei halunnut lähteä teatterisalista aulaan ollenkaan vaan istui väliajan penkissä. Ei Markkukaan yksin viitsinyt lähteä. Markun mielessä välähti yksi asia, joka voisi olla syy Barbaran hiljaisuuteen. Hän päätti illalla kysyä suoraan.

Teatterin jälkeen he kävelivät lumisateessa Barbaran asunnolle. Sisälle päästyään Markku päätti panna naisen tiukalle.

– Selvitetään nyt, mikä meidän välejä hiertää. Minä en usko noita sinun selityksiäsi, jokin muu on nyt syynä vaisuuteesi.

– Minä haluaisin olla nyt yksin. Sinä voisit mennä asunnollesi nyt, etkä jäädä tänne yöksi, Barbara sanoi aika tiukasti.

– Minä kysyn sinulta suoraan. Oletko sinä raskaana?

– No en luojan kiitos, minulla on kierukka niin kuin silloin alussa sanoin. Laitatin sen muutamaa päivää myöhemmin, kun aloimme rakastella. Siitä ei ole kyse.

– Sitten sinulle tulee uusi jätkä tänne ja entinen ulos?

– Varmasti tänne ei tulee kettään jätkää eikä jätkän tekelettä. Voit olla huoletta, Barbara sanoi.

– Eli minun on lähdettävä tuohon keliin kesärenkailla ajamaan Nilsiään. Sitäkö tarkoitat? Markku kysyi suoraan.

– Minä en sano mitään, mutta haluaisin olla yksin ja miettiä asioitani.

– Pakkohan se on lähteä, kun neiti käskee. Tuo edes kerran kukkia haudalleni, jos ajan metsään, Markku sanoi aika ivallisesti ja nousi lähteäkseen.

– Voithan sinä mennä jonnekin hotelliin yöksi, Barbara vastasi hämillään. Markun sanat sattuivat.

Markku otti takkinsa eikä sanonut mitään, puhumattakaan jostakin halauksista. Hän meni hyvin sekavin tuntein autolleen ja käynnisti auton. Lunta oli niin paljon, että pyörät sutivat tyhjää. Hän päätti yrittää saada huonetta jostakin hotellista. Mutta soitto Puijon- sarveen oli turha. Kaupungissa oli joitakin suuria tapahtumia ja huoneita ei löytyisi lähempää kuin Siilinjärveltä. Markku kirosi hiljaa, mutta sitten hän muisti Liinan. Hän soitti Liinalle ja tämä vastasi heti iloisesti.

– Terve Markku mitä kuuluu?

– Ei mitään hyvää. Yritän löytää majapaikkaa, kun Barbara heitti minut ulos kuin rukkasen räntäsateeseen. Minulla on autossa kesärenkaat, enkä tahdo päästä edes liikkeelle.

– Perhana sitä naista, mutta hei tule minun luokse. Minä luulen, että sinä haluat vähän keskustelukaveria.

– Onko se Pentti siellä ja mitä hän sanoo, jos tulen sinne.

– Pentti on taas jossakin pelaamassa, emmekä näe koko pyhänseutuun. Ja ei sen tarvitse tietää, että sinä olet täällä yön. Mutta mitä Barbara sanoo? Liina kysyi.

– Ei senkään tarvitse tietää mitään. Eikä se ole kiinnostunutkaan missä minä olen. Tämä satu taisi päättyä tähän.

– Tule tänne jutellaan. Liina antoi osoitteensa ja sanoi, että jos auton saat liikkeelle ja uskallat ajaa hänen asunnon pihassa on vieraspaikkoja. Hän pyysi Markkua soittamaan ovisummeria, kun tulee. Hän avaa asunnostaan käsin alaoven.

Markun tullessa Liinan luokse tämä halasi Markkua ja suuteli samalla. Markku tunsi, että Liinalla oli vain yöpaita ja ohut aamutakki päällä.

– Tämän verran saan minä tyttökaverini poikaystävää pitää hyvänä.

– Minusta tuntuu, että olen kaukana hänen poikakaveristaan. Ei auttanut, vaikka on tällainen keli. Pyysin tuomaan kukkia haudalleni, jos ajan metsään Nilsiään mennessä.

– Älä nyt tuollaista puhu. Tänä yönä et lähde minnekään. Ihanko Barbara sinut ulos heitti?

– Ei se nyt kiinni käynyt, mutta sanoi, että hän haluaa olla yksin. Samalla kun Markku jutteli, kiinnitti hän huomioita Liinan asuntoon. Se oli pieni yksiä, jossa oli alkovi. Ja hyvin siisti ja naisellinen niin kuin odottaa sopikin.

– Heitä takkisi pois, minulla on tuolla lämmitettäviä juustovoileipiä ja viiniä, me vähän juhlitaan, Liina pyysi.

– Mitä me juhlitaan?

– Vaikka sitä, että tulit tänne. Oli niin yksinäinen olo näin lauantai-iltana.

– Sehän on loistava juhlimisen syy, kun oli näin lämmin vastaanottokin. En saanut alkuunkaan tällaista tervetulotoivotusta, kun menin Barbaran asunnolle. Minä halusin yllättää hänet ja ostin teatteriliput, mutta hän ei aikonut ensiksi lähteä ollenkaan teatteriin. En osaa sanoa mistä nyt ahdistaa. Kysyin, olenko minä tehnyt hänelle jotakin, mutta en kuulemma ole.

He istuivat Liinan pienessä keittiössä pöydän molemmin puolin.

– Vai sellaisella päällä se neiti nyt oli. Minä kyllä tiedän ehkä syynä naisen mielialaan, mutta en kerro sinulle, kyllä teidän on itsenne välinne selvitettävä.

– Eli toinen jätkä on tullut kuvioon, varmaankin lääkäri ja rakennusmestari saa mennä, vaikka hornankuuseen.

– Älähän nyt ajattele noin, sinä olet masentunut Markku kulta.

– Ei miehellä voi olla tunteita, sen on oltava kova ja ulos-päin tyyni, sillä muuten se ei ole oikea mies, eikä sovi varsinkaan lääkärin elämänkumppaniksi. Näin meitä poikia on aina kasvatettu. Naiset voivat tunteilla ja itkeäkin mutta se ei sovi tosi miehelle, Markku sanoi.

– Tuo varmaankin pitää paikkansa, mutta tule tänne sohvalle istumaan minun viereen, sinä tarvitset nyt vähän naisen paijausta, vaikka en olekaan Barbara, Liina sanoi ja veti Markun viereensä.

Liina tuli istumaan Markun viereen ja painoi Markun pään syliinsä.

– Ole vähän aikaa siinä ihan hiljaa, sinulle on turhan paljon kuormaa mielesi päällä.

Markku oli hiljaa, hän tunsi Liinan havuveden tuoksun ja vähitellen pettymys alkoi helpottaa. He varmaan olivat viisi minuuttia aivan hiljaa. Liinan käsi silitti Markun tukkaa ja Markku tunsi, että tässä oli hyvä olla.

– Kiitos Liina kulta, minäkin kutsun sinua tulevaisuudessa kullaksi, mutta en Pentin kuullen.

– Kyllä minä ihmettelen edelleenkin sitä Barbaraa. Se on niin järkevä, mutta nyt se on hämmentynyt, Liina sanoi.

– Sinä tiedät sen, että hänellä on joku toinen mies, Markku palasi aikaisempaan.

– Anna ajan kulua, kyllä se siitä selviää.

Hänen puhelimensa kilahti ja siinä oli Barbaran viesti. "Oletko kotona ja turvassa". Markku näpytteli takaisin "En ole kotona, mutta turvassa." Ja sulki puhelimen äänettömälle.

– Barbarako se lähetti. Markku näytti viestin Liinalle ja tämä vastasi:

– Hyvin vastasit. Mutta nyt minä laitan juustoleivät uuniin ja me otetaan viiniä. Ota sinä viinipullo jääkaapista ja avaa se, Liina pyysi.

– Olisihan minun pitänyt tuoda sinulle kukkia tai viiniä, mutta en nyt mistään saanut.

– Kiva kun itse tulit, se on minusta nyt parasta.

Markku kaatoi Liinan ottamiin laseihin punaviiniä ja he kilistivät tulevaisuudelle. Syödessään he kertoivat opinnoistaan ja Markku sanoi menevänsä Tuusniemelle ensi viikonloppuna tutustumaan Pipsa Salon perheyrityksen hallien rakentamiseen. Hän on luvannut tehdä rakennuspiirustukset niihin.

– Menetkö sinä sen Pipsan kanssa, Liina kysyi.

– En tiedä lähteekö hän mukaan?

– Mitäs sanot, jos kuiskaan Barbaralle, että menet sen Pipsan kanssa?

– Enhän minä voi sanoa mistä sinä kenenkin kanssa puhut, mutta minulla on tunne, ettei se Barbaraa hetkauta mitenkään.

– Minä olen sitä mieltä, että se hetkauttaa. Kyllä Barbara on sinusta puhunut ja pelännyt sitä Salon neitiä.

Puheet kääntyivät entistä kiintoisammiksi ja Markkukin vapautui vähitellen illan tapahtumista. Kun viinipullo oli tyhjä, Markku sanoi:

– Minä nukun tässä sohvassa, en tarvitse edes peitettä.

– Et varmasti nuku siinä, vaan minun vieressä tuossa sängyssä. Minä haluan tänä yönä tosi miehen viereen, sillä sellainen sinä olet.

– Ei minulla ole yöpukuakaan.

– Mitä sinä sillä teet. Ei meillä ollut juhannuksenakaan paljon vaateita päällä, kun yhdessä nukuttiin.

– Mutta silloin teitä oli kaksi.

– Ja nyt meitä on onneksi vain yksi, jos Barbara käyttäytyy sinua kohtaan noin, ei sinunkaan tarvitse tehdä tiliä missä yösi vietät ja kenen seurassa, Liina sanoi. Markku huomasi, että neidin puheisiin ja käyttäytymiseen vaikutti viinipullo.

– Tässä on sinulle pyyhe, mene pesulle. Minä jo kävin ennen sinun tuloa. Tule sitten minun viereeni nukkumaan.

Pesulla Markku mietti, että Liina on oikeassa. Jos Barbara heitti hänet tällaisella ilmalla ulos, niin hän ei kerro mitään Barbaralle, tapahtuipa mitä tahansa.

Ja niin myös tapahtui. Liina oli heittänyt aamutakkinsa pois ja kun hän nosti peitteen, niin Markku huomasi, että Liinalla oli lyhyt pitsiyöpaita ja varsin ohut. Markullakin oli vain lyhyet bokserit jalassa. Liina sammutti valon ja veti peiton heidän molempien päällä. Ja hän tuli Markun syliin varsin estottomasti. Ei miehelle jäänyt mahdollisuutta sanoa mitään, kun nainen oli niin liki. Niin siinä kävi, että heidän väliltään hävisi tunne sisaruudesta, josta he olivat joskus puhuneet. Samoin unohtui niin Pentti kuin Barbarakin. Johonkin aikaan Markku kysyi, että onko vaaraa, johon Liina kuiskasi, ei mitään. Ja tuli entistä lähemmäksi Markkua. Kyllä he johonkin aikaan nukahtivat, mutta kun seuraavan kerran heräsivät kummallakaan ei ollut mitään päällänsä. Ja se vei taas järjen, mutta hyvää siinä oli, että se vei molemmilta.

Aamulla he heräsivät ja Liina hyppäsi Markun yli ja meni vessaan vain paljas pylly keinuen.

Hän tuli pian takaisin ja rojahti Markun päälle ja veti peiton niskaansa.

200

– Minä nukun tämän päivän tässä, mutta se olisi ollut liian helppoa. Kun he vihdoin katsoivat toisiaan suoraan silmiin, Markku sanoi:

– Miten tässä näin kävi.

– En tiedä, enkä kadu yhtään, jos meidät näin hylätään, niin kaksi hylättyä ihmistä saa saada lämpöä toisiltaan, Liina vastasi.

– Mutta entä Pentti?

– Minusta tuntuu, että molemmat niin Barbara kuin Penttikin pitävät meitä itsestään selvyytenä. Barbarakin puhuu, kuinka sinä autat hänen vanhempiaan pienissä remonttihommissa.

– Kerrotko sinä kaverillesi tästä yöstä? Markku kysyi.

– En, sovitaanko niin, että jos joskus puhutaan näistä asioista niin siitä on keskusteltu puhelimessa.

– Onko sinulla moraalinen rapula? Markku jatkoi keskustelua.

– Ei tippaakaan ja sanon sinulle suoraan, että oli ihanaa viettää yö tosimiehen seurassa, eikä poikasen. Onkos sinulla moraalinen rapula? Liina vuorostaan kysyi.

– Ei minkäänlaista, jos Barbara ei olisi illalla käyttäytynyt niin kuin teki, saattaisi ollakin. Nyt ei.

– Menetkö käymään Barbaran luona?

–En varmasti, ja jos hän haluaa jotakin kertoa sen on tapahduttava kasvotusten. Turha on minulle soitella.

– Hyvä pidetään tämä meidän kahden välisenä pienenä salaisuutena. Hymyillään vain, kun milloin tavataan.

– Minun pitää lähteä ajelemaan sinne Nilsiään.

Liina laittoi aamutakin päälleen ja meni ikkunaan.

– Et lähde vielä. Siellä on paljon lunta ja se sulaa päivän aikana. En laske sinua lähtemään ennen kuin keli on turvallinen, Liina sanoi napakasti.

– Sitten me tehdään niin, että mennään tuohon lähellä olevaan kiinalaiseen ravintolaan lounaalle. Minä olen sen sinulle velkaan miellyttävästä majoittamisesta, Markku sanoi.

– Sopii jos majoitus oli miellyttävä palveluineen, Liina kuittasi takaisin.

– Olet sinä aika tyttö, Markku sanoi ja halasi Liinaa.

He menivät lounaalle ja heidän palatessaan kadut olivat jo aivan sulia. Markun mennessä auton luokse Liina sanoi:

– Markku en minä halua sinun ja Barbaran välejä rikkoa ja itsekin haluan Barbaran kanssa olla hyvissä väleissä. Saan häneltä niin paljon apua opiskelua suunnitellessani. Minä kyllä pidän Barbaralle puhuttelun eilisestä. Sovitaan niin että keskusteltiin puhelimessa.

– En minäkään halua sinun ja Pentin välejä rikkoa. Olkoon tämä niin kuin sovittiin, se on vain meidän välinen asia. Tuli taas yksi hyvä muisto sinne kiikkutuoli-ikään, Markku sanoi hymyillen.

– Laita minulle viesti, kun olet asunollasi, että tiedän että olet päässyt turvallisesti kotiin.

– Minäpä laitan.

He halasivat kuin ystävät ainakin, ei mitään liian läheistä.

18

Liina oli yhden opiskelijakaverin, Annen kanssa kirjastossa. He etsivät opintoihin liittyvää materiaalia.

He hiljaa etenivät kirjahyllyjen välissä, kun kuulivat vaimea kahden miehen keskustelua hyllyn toiselta puolen. Anne muodosti Liinalle suullaan sanan Kirurgi. Liinakin tajusi, että toinen puhuja oli Kirurgisi kutsuttu mies. Toisen ääntä tytöt eivät tunnistaneet. Ei tietenkään ollut korrektia jäädä kuulemaan, mutta puhe oli niin kiinnostavaa, että he olivat hiljaa.

– Miten sinun opinnot ovat alkaneet? Kirurgi kysyi.

– Ihan hyvin, entä itselläsi.

– Minä tässä vähän opiskelen elämää. Ei sillä ole väliä, jos vuotta myöhemmin valmistuu.

– Miten sinä opiskelet sitä elämää? toinen kysyi.

– Minä olen tehnyt opintosuunnitelman lisäksi myös vapaaajan suunnitelman. Minä käyn nämä meidän kurssin tytöt yksitellen läpi. Kevääseen mennessä aion katsoa minkävärisiä pikkuhousuja ne pitävät.

– Ai sinä olet niitä keräilijöitä, jotka keräävät naisten pöksyjä. Enpä olisi päälle päin uskonut sinusta.

Tytöt nostivat suorastaan korvat ylös.

– En minä niitä kerää, minä teen tilaston minkä väriset housut on tytöillä nyt muotia.

– Onnistuukohan tuo mitä suunnittelet?

– Varmasti onnistuu, minulla on kokemusta. Mutta ensiksi minä haluan kengittää sen tumman tytön, joka opasti meitä siellä sydänosastolla. En ole saanutkaan tummaa naista täällä kotimaassa. Nyt korjaan sen puutteen.

– Ai Barbaran. Miten sinä sen saat? kaveri kysyi.

– Minä olen sopinut tämän viikon perjantaina, että mennään sen Barbaran kanssa Mustaan lampaaseen vähän juhlimaan. Syödään hyvin ja minä juoton sille taikajuomaa niin se on valmista kauraa. Sitten mennään sen mimmin asunnolle ja kyllä se ennen aamua housujen väri paljastuu.

– Niinköhän, minä vähän epäilen? Hän on vanhempaa kurssia. Mutta eihän sitä mitään saa, jos ei yritä. Toivotan sinulle onnea ja menestystä saalistusreissuillesi. Minun on opiskeltava koko ajan, budjetti on turhan tiukka.

Liina ja Anne katsoivat silmät pyöreinä toisiaan. He menivät pois ja Liina sanoi:

– Vai tämä se on Barbaran mielenrauhan sekoittanut. Piru vie me kerrotaan kyllä koko meidän naisopiskelijoille Kirurgin aikeet. Tämä juttuhan levitetään heti koko porukalle.

– Tuolta ukolta tervataan munat. Kerrotaan kaikille tytöille tästä keskustelusta, Anne sanoi.

– Tuo ukko nolataan niin perusteellisesti, että tuskin täältä valmistuu. Mutta nyt minä lähden käymään Barbaran luona. Me ollaan hyviä ystäviä.

Liina soitti Barbaralle ja kun tämä vastasi hän sanoi:

– Sinä menet ensi perjantai-iltana Mustaan lampaaseen juhlimaan ja juomaan taikajuomaa.

– Mitä? Barbara ärähti ja jatkoi:

– Mistä sinä sellaista kuulit?

– Asianomainen kertoi sen varsin tarkkaan. Ja sitten hän tulee katsomaan sinun pikkareittesi väriä.

– Mistä sinä tuollaista olet kuullut? Barbara oli hyvin tuohtunut.

– Oletko sinä asunnollasi, minä tulen käymään.

– Saat todella tulla ja selvittää mistä on kysymys.

– Eikö se pidä paikkaansa. Mitä? Liina sanoi.

– No on siinä jotakin perää, mutta mitä sinä puhut housujen väristä.

– Minä tulen sinne.

Liina meni Barbaran asunnolle. Kun Barbara avasi oven, Liina sanoi:

– Vai annoit sinä Markulle kenkää sen lieron vuoksi.

– Mitä sinä puhut minä en ymmärrä mitään?

– Eikö se ole totta, että heitit Markun ulos viime perjantaiyönä. Pakotit hänet autolla menemään asunnolleen, vaikka oli niin kurja keli, ja autossa kesärenkaat. Pahasti on se lierojätkä pääsi sekoittanut, Liina sanoi vihaisesti.

– Sinähän olet tikkusella päällä. Minä en ymmärrä mitä sinä puhut.

– Etkö heittänyt Markkua ulos, vaikka oli sellainen sää.

– Minä halusin olla yksin, Barbara puolusteli.

– Ja tuollaisen äijän takia. Sulle kaikki nauraa ensiviikolla, jos menet sinne kapakkaan sen äijän kanssa. Silloin kaikki tietävät minkävärisiä pöksyjä sinä pidät, Liina ärsytti tahallaan ja jatkoi:

– Me olemme hyviä ystäviä ja minä puhun suoraan enkä kaunistele.

– Jospa kertoisit kaiken alusta-alkaen, Barbara pyysi.

– Istutaan alas minä kerron. Liina kertoi koko kuulemansa keskustelun kirjastossa. Mutta Markusta hän ei sanonut mitään.

Barbara oli pitkään hiljaa, ja näytti että aivoissa suhisi monta asiaa yhtä aikaa.

– Onko tuo totta?

– Kysy Annelta. Hän oli minun kanssa kirjastossa ja samassa ryhmässä, kun kerroit siitä sydänosastosta. Ja tämä sinun ritarisi tämä Kirurgi on ollut toisessa ryhmässä. Oli kuulemma tehnyt sinulle viisaita kysymyksiä. Nekö sinut hurmasi.

– Jumalauta minä hirtän sen pojan, kun käsiini saan. Voi että minua hävettää.

– On syytäkin. Sinä olit niin pirun rakastunut kesällä Markkuun ja onhan se tosimies tuollaiseen keikariin verrattuna. Mitäpä ajattelit, kun potkaisit sen pellolle asunnostasi?

– Mistä sinä tiedät tämän Markun ja minun kahnauksen?

– Kuule kun on sellainenkin kuin puhelin keksitty. Ei kai se mies ole niin sinun talutusnarussa, että minä en voi hänelle soittaa tai hän minulle.

– Voi paska, mitähän se Markku minusta ajattelee. Missähän se oli yötä, kun se vastasi niin salaperäisesti. Hetkinen, oliko se sinun luona, kun puhut tosimiehestä, Barbara sanoi ja katsoi tiukasti Liinaa.

– Ei ollut, mutta jos olisi ollutkin niin en kertoisi sinulle mitään. Jos miestä kohdellaan niin, sillä on oikeus mennä kenen naisen viereen tahansa, eikä tarvitse tehdä sinulle tiliä tekemisistään.

– Tiedätkö menikö se sinne Nilsiään vai jäikö se tänne jonnekin.

– Vaikka tietäisinkin niin en kerro. Menetkö sinä sen leuhkan kanssa sinne Mustaan lampaaseen perjantai iltana?

– En varmasti mene. Minun pitää mennä hattu kourassa Markun luokse ensi viikon loppuna.

– Minä luulen, että parempi on, kun menet pikkuhousut kädessä, Liina ärsytti ja jatkoi:

– Tosin Markku menee ensi sunnuntaina Tuusniemelle katsomaan Pipsa Salon perheyritykseen jotakin hallin paikkaa. Markku laatii heille rakennuspiirustukset.

– Meneekö se Pipsa sinne mukaan?

– Saattaa mennäkin, onhan siellä hänen syntymäkotinsa. Pirun seksikäs nainenhan se Pipsa on. Niinköhän jäät

206

toiseksi, Liina kiersi puukkoa Barbaran haavassa, koska näki että se sattui.

– Mitä minä teen. Olen minä ollut hölmö. Niin kuin sanoit, hän on hyvä mies. Vaikka et ehkä tunnekaan häntä niin hyvin kuin minä.

– Tarkoitatko, että en ole viettänyt öitä hänen kanssaan.

– Sitäkin, Barbara sanoi ja purskahti itkuun.

– Älä pidä sitä miestä itsestään selvänä.

– Minä soitan Markulle heti tänä iltana.

– Älä soita. Etkö sinä sitä tiedä, että se mies ei tällaisia sotkuja puhelimessa selvitä. Kyllä sinun on pyydettävä kasvotusten anteeksi. Ja saattaa olla, että sekään ei riitä. Ymmärsin, että teillä on ollut jokin kärhämä kesällä. Ei Markku ole sitä kertonut, mutta sinäkin siitä jotakin mainitsit.

– Kaikki oli valetta ja juorua, ja minä onneton uskoin, kun äiti kertoi.

– Sinäkö menet kehitysmaahommiin valmistuttuasi, Markku kertoi sellaistakin sinun sanoneen.

– Minä yritin keksiä jotakin syytä vaisuuteeni.

– Joo, joo valheella on lyhyet jäljet. Toivottavasti meidän välit eivät tästä kärsi. En minä ainakaan halua niin, Liina sanoi ja katsoi Barbaraa silmiin.

– Ei varmasti kärsi. Minä olen kiitollisuuden velassa sinulle, kun tulit kertomaan.

– Olisi ollut sinulle vaikeaa, jos se olisi kehunut saaneensa mustaa naista.

– En minä niin löysä ole, että yhden illan jälkeen lasken jätkän sänkyyni.

– En minä niin uskokaan, mutta mitä se taikajuoma olisi ollut, tyrmäystippojako. Ei ole ensi kertaa, kun naisen lasiin lisätään jotakin, ja nainen ei muista mitään aamulla, kuinka moni mies oli sitä pannut.

– Sitäkö se olisi ollut?

– Huhu kertoo, että se on ollut ulkomailla jossakin yliopistossa ja tullut maitojunalla pois. Jos sinä meinaat Markun kanssa sopuun päästä, niin ensiksi sinun on tehtävä selvä ero tämän Kirurgilieron kanssa. Mieti nyt mikä ero noilla miehillä on. Loppu on sitten sinun omista taidoistasi kiinni.

Liina näki, että Barbara oli sekaisin. Mutta kyllä hänen on itsensä mietittävä nämä asiat läpi ja suunniteltava kuinka Markkua lähestyy. Ei siihen kukaan sivullinen voi tarttua.

Alkuviikolla Markku mietti monta kertaa päättynyttä viikonloppua. Vaikka hän oli Liinan kanssa sopinut, että se olisi vain yksi muisto heidän elämässään, ja siitä kukaan ei saisi tietää mitään. Mutta tapahtuma pyöri ajatuksissa, varsinkin iltaisin ja nukkumaan mennessä, kuva Liinasta ohuessa yöpaidassa oli painunut syvälle mieleen. Hän näki aina sen kuvan, kun sulki silmänsä. Se hetki oli ollut niin yllättävä, johon hän ei ollut osannut varautua. Hän muisteli, että aamutakin alta olisi vilahtanut pitkä yöpuku, mutta oliko nainen vaihtanut ohuen hepenen, kun hän kävi pesulla vessassa. Sitä hän ei tiennyt. Toinen asia oli, että hän alkoi vertailla naisia keskenään. Pitääkö tässä tehdä molemmista plusmiinus taulukko. Kumpi saisi enempi plussia. Ei nyt sentään. Mielessään hän kuitenkin mietti erovaisuuksia ja yhtäläisyyksiä. Molemmat olivat sutjakoita muutenkin hyvä kroppaisia. Siinä ei olisi eroa ja tietenkin molemmat olivat ommalla tavallaan kauniita. Tosin Barbara oli tumma ja selvästi äkkinäinenkin huomasi, että toinen vanhempi ei ole valkoihoinen vaan musta. Liina taas päinvastoin vaalea tukkainen vaalea nainen. Sitä hän ihmetteli itsestään, jotta molemmat naiset häntä kiehtoivat, vaikka heillä oli niin selvä ulkoinen ero. Molemmat olivat pitkätukkaisia niin kuin nykyään nuoret naiset

208

poikkeuksetta ovat. Luonteessa heillä oli selvä ero. Barbara oli tulinen, ainakin ennen viime aikoja. Liina oli jotenkin lämmin, sen hän oli lauantai-iltana todennut, kun hän kävi kovilla kierroksilla. Liina oli hänet rauhoittanut muutamassa minuutissa. Mutta sen hän oli päättänyt, että Liinan ja Pentin väleihin hän ei halua mitenkään vaikuttaa. Jos he eroaisivat sitten hän ei olisi ollenkaan varma, etteikö ottaisi naiseen yhteyttä.

Barbaran suhteen Markku ei oikein tiennyt mitä tekisi. Jotenkin välien viileneminen oli tapahtunut noin kuukaudessa. Hän ei ollut sitä heti huomannut ja arvellut sen johtuvat väsymyksestä ja sitten siitä huonosti menneestä tentistä. Mutta kaksi viimeistä viikonlopun vaisuutta eivät niitä selittäneet. Muutos naisessa oli niin suuri. Varsinkin kun hän ei tuntenut minkäänlaista vastuuta siitä, kuinka hän selviäisi lumisateesta autolla. Jos hän ei olisikaan halunnut ottaa minua viereensä, olisi korrektia ollut tarjota edes sohvapaikka. Oliko hänen todellinen luonteensa se, että jonkin oman asian päätökseen vieminen vaati jotakin toimenpiteitä, hän oli valmis täysin syrjäyttämään kumppanin näkemyksen ja toiveen jopa turvallisuuden.

Siitä voisi tulla myöhemmin hyvinkin vaikeita ongelmia. Jos kuvioihin tuli joku toinen mies, niin joku on sanonut, ettei rakkautta voi estää. Silloin ihminen on valmis pistämään koko elämänsä pirtaleiksi. Ei lapset kuulemma pidä avioliittoa pystyssä, jos puolisoiden sukset menevät pahasti ristiin ja kolmas osapuoli tulee mukaan. Markun oli vähän vaikea uskoa kolmanteen ihmiseen, sillä hänen mielestään Barbara olisi sen hänelle kertonut. Ja jos niin olisi, niin hän olisi sen ymmärtänyt. Ei ketään voi pakottaa rakastamaan, jos itsellä ei ole tunteita toista kohtaan. Nyt olisi Barbaran asia tulla puhumaan hänelle, hän ei mene tämän luokse ennen kuin tämä juttu on käsitelty loppuun.

Näitä asioita Markku kävi mielessään läpi ja pohti ennen nukahtamistaan.

Tiistaina Pipsa Salo soitti ja kysyi, kävisikö Markulle tulevana viikonloppuna käydä Tuusniemellä tutustumassa rakennusprojektiin, joka oli heidän perhefirmallaan suunnitelmissa. Sehän sopi Markulle tosi hyvin. Ei ollut lähiopiskelupäivää ja muutenkin olisi hyvä ottaa etäisyyttä Barbaraan. Markku sopi, että lähtisivät lauantaiaamuna kello yhdeksältä Markun asunnolta. Pipsa lupasi ottaa oman autonsa niin Markulle ei tulisi bensakustannuksia. Pipsa sanoi, että he voisivat olla siellä yötä. Markku mietti kuinka neiti Salon kanssa matka sujuisi, mutta ei siitä varmasti mitään romanssinsiementä kylvettäisi. Tämä oli sellainen projekti, josta olisi hänen opinnoilleen hyötyä.

Markun oli koko viikon tehnyt mieli soittaa Liinalle ja torstai-iltana hän sen toteutti. Varmaankaan Pentti ei olisi vielä silloin Liinan luona. Liina vastasi varsin räväkästi puhelimeen:

– No hei petikaveri. Markulla löi vähän aikaa tyhjää, ei Pentti ollut varmasti paikalla.

– No heipä hei. Mitäs minun kultaselleni kuuluu. Minä lupasin sinua kutsua kullaksi, jos Pentti ei ole kuulemassa. Koska sinä aloitit noin niin, minä oletan, että Pentti ei ole luonasi.

– Ei ole, kun minä menen kotiini huomen illalla.

– Ja sitten sinä pidät sitä miestä hyvänä.

– En tiedä, äiti sanoi, että hän haluaisi keskustella kanssani jostakin asiasta. Ei halunnut puhelimessa puhua siitä.

– Annan kuitenkin pienen vinkin, äitien on melkein mahdotonta hyväksyä tyttärilleen sopivaa miestä. Koskeeko se Penttiä? Markku kysyi.

– Ei äiti suostunut puhelimessa sanomaan mitään mitä asia koski.

210

– Hyvänä ystävänä annan neuvon. Älä usko suoraan äitien puheita, jos se koskee poikakaveriasi. Nimimerkillä kokemusta on. Anna kaverille mahdollisuus kertoa oma versionsa asiasta.

– Niin se Barbara sanoi, että teidän välirikko kesällä oli ollut ilkeämielinen juoru.

– Kertoiko Barbara koko jutun?

– Ei, se vain viittasi siihen. Minä annoin kovan palautteen hänelle viime lauantaista.

– Sinä siis kerroit, kuinka hyvin sinä minut majoitit.

– Mehän sovittiin, että sitä ei kerrota. Mutta käskin kertomaan totuuden hänen mielialan vaihtelusta sinulle suoraan, Liina vastasi.

– Sanopa sinä minulle, kun olet niin kultainen. Liittyykö tähän toinen mies?

– En kerro mitään. Sen minä sanoin Barbaralle, että hänen on sinun kanssa selvitettävä välinne kasvokkain. Sanoin tosi suoraan hänen toimintaansa edesvastuuttomaksi. Moni mies olisi voinut kaahata kovastikin autollaan siinä mielentilassa. Tosin en uskonut sinun niin tekevän.

– Kyllä minä yleensä turhia riskejä vältän. Ja voin sanoa, että naisen takia en henkeäni alttiiksi pane, jos ei ole hätätilanne. Jos et olisi ottanut luoksesi olisin ajanut hyvin varovasti. Yritin hotelliin, mutta lähin hotellihuone oli Siilinjärvellä saatavana.

– Olipa hyvä, että soitit.

– Oletko sinä ensi sunnuntain asunnollasi. Barbara saattaa tulla käymään.

– En ole. Menen sinne Tuusniemelle siitä hallin rakentamisesta keskustelemaan firman edustajien kanssa. Ilmeisesti joudun jäämään sinne yöksi.

– Ja Pipsa lähtee mukaasi. Niinkö?

– Joo mennään hänen autollaan, ettei minulle tule matkakustannuksia.

211

– Sitten sinulla on mahdollisuus nukkua uuden naisen kanssa sunnuntain vastainen yö. Sehän olisi kolmas nainen kolmeen viikkoon. Taidat olla melkoinen naissankari.

– Kuule minä olen koko viikon miettinyt nykyistä omaa tilannetta. Varmasti ei tule kolmatta naista. Siitä minä pidän huolen. Tunnustan sinulle, että mieleni on sekaisin ja sinä olet yksi sekoittaja.

– Anna ajan kulua, kyllä asioilla on tapana selviytyä. En minäkään ole onnistunut työntämään viime sunnuntain tapahtumia pois mielestäni, niin kuin silloin puhuttiin. Ei se ollutkaan niin helppoa kuin alkuun kuvittelin.

– Saanhan sinulle soitta jatkossakin, jos seinät alkavat kaatua päälleni? Markku kysyi

– Tietenkin saat. Hyvää yötä.

– Hyvää yötä kultaseni.

Lauantai aamuna Markku seurasi parvekkeelta Pipsan tuloa. Hän ei halunnut päästää naista omaan asuntoonsa. Kun Pipsa ajoi pihaan, hän meni nopeasti ulos pienen laukun kanssa, eikä Pipsa ehtinyt kuin tulla autosta ulos. He halasivat kevyesti toisiaan ja Markku meni pelkääjän paikalle. Silloin hän vasta kiinnitti huomionsa, että neidillä oli varsin lyhyt hame ja jumpperi oli hyvin vartalon myönteinen. Oli hän sen ennenkin huomannut, että Pipsa oli varsin tyylikäs nainen.

– Sinä sanoit opiskelevasi työnohessa. Kuinkas se sujuu? Pipsa kysyi, kun he kääntyivät tielle.

– Olen hyvin pysynyt aikataulussa. Opiskelu tehdään työnohessa ja hyväksi käytetään työpaikalla saavutettua osaamista. Sen vuoksi minä halusinkin tämän suunnittelutyön, kun minulla ei ole suurien rakennusten rakentamisesta kovin paljon kokemusta. Pientalojen rakentamisen ja suunnittelun olen saanut suoraan opintoihin hyväksytyksi.

– Mikä sinusta tulee, kun valmistut?

– Rakennusinsinööri pitäisi tulla, mutta siihen menee vielä aikaa.

– Sittenhän sinä voit tulla valvomaan meille hallien rakentamista?

– En tule. Minulla kyllä olisi pyyntö sinulle ja Jesselle. Tehän päätätte lomakeskuksen asioista.

– Kerro ihmeessä, Pipsa sanoi.

– Nyt kun talvi tulee, niin mökkien rakentaminen hidastuu. Sopisiko niin, että minä työskentelisin kahtena päivänä viikossa siellä lomakeskuksessa, ja kolmena päivänä olisin Kuopiossa kerrostaloja rakentavassa firmassa. Pojat kyllä osaavat hyvin jo koota mökit ja tekevät myös muut työt hyvin, mutta kyllä siellä pitää jonkun valvoa kokonaistoimintaa ja tavaran vastaanottoa ja tarkistamista. Tietenkin palkkani olisi työajan mukainen. Opiskeluni edellyttää tällaista kerrostalojen rakentamisessa mukana oloa.

– Eli sellainen työ kiinnostaa, mutta ei meidän hallirakentaminen, Pipsa sanoi.

– Kyllä minä siitä kysyin ohjaajaltani. Mutta se on aivan eriasia kerrostalon rakentaminen kuin suuren tyhjän hallin rakennustyömaa.

Pipsa ajoi jonkin aikaa hiljaa ja näytti miettivän.

– Mitä sinä sitten teet, jos emme suostu?

– Minä olen vuoden teillä, mutta sitten minun on pakko lähteä koulutuksen vaatimiin töihin. Työnteko on mielekästä teillä, ja olen hyvin tyytyväinen, mutta kun insinöörikoulutuksen aloitin, vien sen kyllä loppuun. En ole ihminen, joka jotakin aloittaa ja jättää sitten kesken.

– Sinun pitää puhua Jessen kanssa. En minä asetu vastaan. Hyvähän se on , että ihmiset opiskelee.

Pipsa ajoi hiljaa jonkin aikaa, sitten hän kysyi:

– Kuinkas se lääkärin tumman tytön kanssa romanssi jaksaa?

– En tiedä, tällä hetkellä en sano tuohon mitään, Markku vastasi.

Pipsa vilkaisi Markkua ja jatkoi:

– Onko tullut ryppy rakkauteen?

– En tiedä onko ryppy vai peräti kurttu. Mutta en mielelläni puhu yksityisasioistani.

– Anteeksi, ei ollut tarkoitus loukata eikä udella. Tuli vain mieleeni, kun kesällä näin teidät siellä lomakeskuksessa.

– Onpa kaunista ruskaa, vaikka viikko sitten tuli ainakin Kuopiossa lunta, Markku muutti puheenaihetta.

– Ei tuolla lomakeskuksessa paljon satanut. Maa oli vain paikoin valkoinen.

Vähän ennen Tuusniemeä oli paljon lehtipuita lähinnä koivuja ja ne loistivat todella komeissa ruskan väreissä.

He tulivat Pipsan kotitalolle, jossa lähellä oli firman rakennuksia. Markku ei ollut tavannut aikaisemmin Pipsan veljeä ja tämän vaimoa. Pipsa esitteli heidät:

– Tässä on rakennusmestari Markku Kataja ja veljeni Ville ja hänen vaimonsa Kaarina.

– Mennään ensiksi kahville, niin pääsette sitten miehet katsomaan sitä rakennusprojektia, Kaarina sanoi.

Ville kertoi firman toiminnasta. He olivat hankkineet hiljattain uusia autoja ja vanha matala halli, kävi pieneksi.

Markku kyseli henkilöstön määrää ja muutakin firman liittyvää. Miehet lähtivät kahvin jälkeen ulos katsomaan rakennuspaikkaa ja mittailemaan sen tarkkaa sijaintia.

– Tämänkö miehen kanssa sinä toissakesänä kävit tansseissa? Kaarina kysyi.

– Niin kävin, enkä tiennyt silloin kuinka pätevä kaveri hän on rakennushommissa. Jesse on kehunut koko ajan

214

– No jos hän on pätevä ja muuten tykkäät, sinun pitää alkaa pyydystää sitä.

– Ei se niin helppoa ole. Hänellä on tumma ja tulisen näköinen lääkärin tytär kierroksessa, mutta en tiedä, onko ne enää yhdessä.

– No sitten vaan. Minä laitoin teille vierekkäiset yläkerran huoneet valmiiksi. Siinähän sinulla on yönseutu aikaa tunnustella, Kaarina sanoi.

– Minä munasin tämän jutun toissakesänä, kun katosin ilmoittamatta. Hän muisti sen ja sen jälkeen ei ole osoittanut mitään kiinnostusta minua kohtaan, Pipsa vastasi.

– Ainahan mies kiinnostuu, kun näyttelet sopivaa roolia.

– Enpä tiedä, katsotaan nyt, Pipsa kuittasi.

Miehet kävivät iltapäivällä syömässä ja menivät takaisin rakennuskohteelle. He mittailivat paikkaa ja Markku piirsi merkkejä alueen karttaan. Illan suussa Markku kysyi, voisiko hän jossakin merkitä tietoja tietokoneelle. Pipsa sanoi, että Markun makuuhuoneessa on pöytä, johon mahtuu paperit ja tietokone.

– Tule, minä näytän huoneesi yläkerrassa. Tässä tämä on ja tuossa viereisessä huoneessa minä yövyn. Koputa, jos jotakin tarvitset, Pipsa opasti.

– Kiitos tämähän on oikein mukava huone. Kyllä tässä pöydän ääressä on hyvä työskennellä, Markku vastasi vähän mietteliäästi.

– Me lämmitetään sauna, ja sen jälkeen on iltapala. Pärjäätkö sinne asti. Minä tuon sinulle kohta kahvia.

– Kiitos ei sinun tarvitse vaivautua. Minä hahmottelen vähän tuota rakennusta, niin näette miltä se näyttäisi.

Pipsa toi hetken päästä kahvitarjottimen, jossa oli voileipä ja keksejä. Kun Markku jatkoi työskentelyä, Pipsa lähti pois. Markku jäi miettimään mitä pirua hän tekee, jos tuo nainen tulee yön aikana hänen luokseen. Nyt hän ei kaipaa mitään mielenrauhan rikkojaa. Voihan se olla vain hänen kuvitteluaan, että Pipsa saattaisi tulla illalla tai yöllä hänen luokseen. Mutta jos tuo nainen tulee yöpuvussaan hänen huoneeseensa, niin mitä hän tekee. Nyt oli Barbara ja Liina saattaneet hänen elämänsä jo turhan vaikeaksi. Mutta ei hän voi nyt vaatia Nisiään lähtökään, kun ei ole omalla autollaan. Mitenkä hän selittäisi sen lähdön. Hän taisi kuvitella itsestään liikaa. Tosin kyllähän he tunsivat toisensa hyvin jo edelliseltä kesältä. Ja nyt kesän aikaan olivat tavanneet monesti. Markku mietti kuumeisesti mitä tekee, sitten hänellä välähti. Kello oli jo kuusi, joten hän ehtisi toteuttaa suunnitelmansa, jos saisi Liinan kiinni. Hän kaivoi puhelimensa esille ja soitti Liinalle:

– Mitä yövieras, Liina vastasi.

– Missä sinä olet ja onko Pentti seurassasi?

– Ei ole eikä tule, mutta minä kerron sen sinulle nenäkkäin, en puhelimessa.

– Minulla on pieni pyyntö sinulle. Minä haluan varmistaa yhden jutun. Kuuntele nyt. Soita minulle parin minuutin päästä. Älä välitä, vaikka puhun sulle puuta heinää. Minä soitan sinulle sitten myöhemmin uudelleen ja kerron mistä on kysymys. Tekisitkö tällaisen palveluksen, olet entistä kultaisempi, jos soitat. Minulla on pieni hätä.

– Johan on toive, ei kai sinua se Pipsa ala vamppaamaan?

– Minä selitän kyllä mistä on kysymys, mutta soita parin minuutin päästä, kiitos.

– Minäpä soitan.

Markku otti puhelimensa mukaan ja meni alakertaan. Olohuoneessa olivat, Ville, Kaarina ja Pipsa. Hän ehti muutaman sanan sanoa, kun puhelin soi.

– Mikäs hätä isällä on, kun soittaa tähän aikaan. Markku, hän vastasi puhelimeen ja jatkoi:

216

– Mitä, nyt miksi olet noin hätääntyneen oloinen. Mitä, äiti.
Hän vähän aikaa kuunteli, ja sanoi.
– Onko siskot siellä. Jaa, no soita ambulanssi. Ai olet soittanut. Kyllä ne osaavat hoitaa. Mene ambulanssin mukana. Minä yritän päästä heti tulemaan, olen Tuusniemellä. Olen tunnin päästä siellä, jos saan auton lainaan. Ai se tuli, mene vastaan. Minä soitan matkalta. Markku lopetti puhelun ja sanoi vakavana:
– Äiti on saanut sairauskohtauksen, ja menisin katsomaan, jos Pipsa lainaat autoasi. Täältä on vajaan tunnin matka minun kotiini.
– Onko se vakavaa? Ville kysyi.
– Eihän se isä osaa sanoa mitään, mutta onneksi ambulanssi tuli juuri.
– Totta kai saat auton. Onhan sinun mentävä äitiäsi katsomaan, Kaarina sanoi.
– Minä annan avaimen. Tuletko sinä tänne yöksi? Pipsa kysyi ja kaiveli laukkuaan.
– En osaa sanoa, joutuuko äiti sairaalaan vai jääkö kotiin. Kiitos Pipsa, Markku sanoi ja otti auton avaimet Pipsalta. Hän veti äkkiä takkinsa päälle ja meni Pipsan autolle.
– Minä soitan jäänkö sinne vai tulenko tänne. Huomenna yritän tulla aamusta.
Kun Markku pääsi sivutieltä päätielle, hän soitti ensiksi kotiinsa ja sanoi tulevansa käymään ja yöksi, kun oli Tuusniemellä. Sanoi olevansa tunnin päästä kotona. Sitten hän soitti Liinalle, kun tämä vastasi Markku sanoi:
– Kiitos olet kultainen, kun soitit.
– Mitä sinä oikein höpisit, äitisi sairaudesta ja ambulanssista. Minä ehdin jo ajatella, että olet sekaisin koko mies.
– Anna minä kerron. Kuten aikaisemmin sinulle sanoin olen menettänyt mielenrauhani Barbaran ja sinunkin takia. Nyt

217

minulle järjestettiin makuuhuone Pipsan huoneen viereen. Ilmeisesti minä kuvittelen itsestäni liikoja, kun aloin pelätä, että Pipsa tulee juttusille yön aikana. Katos kun tässä on ego kasvanut niin paljon parin viikon aikana.

– Eihän se vielä sekoita sinua, jos joku nainen sinulle juttelee, Liina sanoi.

– Ei niin, mutta jos se tulee samanlainen hetale päällä, mikä sinulla oli viime lauantaina, niin kyllä siinä jutut ovat vähissä. Mitäs oisit sanonut viikko sitten, kun nostit sen peiton reunan ylös ja pyysit viereesi, jos olisin sanonut, että kiitos minä nukun sohvalla.

Liina oli vähän aikaa hiljaa, sitten hän naurahti ja sanoi:

– Minä olisin tullut kanssa sohvalle nukkumaan.

– Täällä ei ollut edes sohvaa. Kuule nainen, jos sinä luulet, että me miehet ollaan jonkinlaisia jäävuoria, eikä tunneta mitään. Et sinä antanut viikko sitten mitään mahdollisuutta paeta. Ja mitä neiti olisi tehnyt, jos olisin sanonut kiitos ei käy. Olisi varmasti ollut lähtö lumituiskuun.

– Joo, olisi se itsetuntoa koetellut. Mutta sinä olit silloin masentunut, joten pitihän minun sinua vähän piristää.

– Tuo on jo tosi ystävyyttä. En minä luule itsestäni liikoja, Pipsalla oli yllään lyhyt hame ja oli varsin ohut ja tiukka jumpperi. Ei jäänyt paljon arvailujen varaan. Minä keksin sitten koko jutun ja menen nyt yöksi vanhempien luokse.

– Mitähän minä tuohon sanoisin, Liina piti pienen tauon ja sanoi:

– Olen tosi iloinen, että keksit tuon, enkä tarvitse ensi yönä miettiä kenen vieressä olet.

– No miten Pentti, kun ei ole luonasi.

– Hyvä ettei ole, eikä varmasti lähiaikoina tulekaan. Minä kerron sitten kun tavataan. Me laitettiin suhde telakalle. Ja ei ainakaan kolmeen kuukauteen tavata. Minä olen sitä mieltä, että ei tavata senkään jälkeen.

– Sinä siis olet vapaa nainen. Tämäpä mielenkiintoinen käänne.

– Eikös olekin. Mutta ei sinun pidä suhdettasi katkaista Barbaraan, jos vaikka meillä meni näin. Jäin toiseksi.

– Minä olen ensi lauantaina siellä Kuopiossa, ja silloin meidän on selvittävä välimme Barbaran kanssa. Ei tämä ole mukavaa. Tämä alkaa vaikeuttaa opiskelua ja työntekoakin. Kyllä tuollainen epäily rassaa hermoa, että onko hänellä joku toinen mies.

– Harmi minä olen täällä kotona ensi sunnuntainakin, äiti täyttää vuosia, Liina harmitteli.

– Kyllä minä soitan sinulle. Nythän en tarvitse varoa, kun Pentti on poissa kuvioista.

– Olisin kyllä onnellinen, jos soitat. Oli tilanne mikä tahansa, Liina sanoi jotenkin vaisusti.

– Varmasti soitan, minä käännyn nyt sivutielle, joten hyvää yötä kultanen.

– Kiitos soitosta ja hyvää yötä majoitusvieras.

Markku ajoi sekavin tuntein kotiinsa. Vai oli Liina vapaa nainen, mikähän heille oli tullut. Mitä sitten, jos Barbaran kanssa välit menevät poikki. Olisi syytä heidänkin ottaa aikalisä, tai sitten Barbaralla pitää olla tosi hyvä selitys. Tällä hetkellä on vaikea päättää mitään. Aikalisä olisi paikallaan kummankin puolelta.

Markku tuli kotiinsa ja kertoi vanhemmilleen, että jäi turhaa aikaa, eikä hän oikein halunnut jäädä Saloille yöksi. Äiti kysyi:

– Mitä Barbaralle kuuluu?

– Älkää tehkö mitään johtopäätöksiä siitä käynnistä. Hän meni silloin minun kyydissä pois. Miten se sinun sydämesi voi? Markku kysyi.

– Kerro Barbaralle iso kiitos. Voin ihan hyvin. Ei keinuta eikä heiluta. Oli se onni, kun satuitte käymään. Minä laitoin Barbaralle kiitoskortin.

– Niin se Barbara kertoi.

– Mene nyt saunaan, minä laitan jotain syötävää.

– Minäpä menen.

Markku kertoi saunan jälkeen vanhemmilleen töistään ja opiskeluistaan. Hänestä oli jotenkin rauhoittavaa mennä vanhaan huoneeseensa nukkumaan. Hän teki päätöksen, että viikon päästä välit on Barbaran kanssa kunnossa tai sitten ei. Hän nukkui aamuun asti hyvin rauhallisesti.

Aamupalan jälkeen hän lähti takaisin Tuusniemelle. Sinne tultuaan Pipsa kysyi:

– Kuinka äitisi voi?

– Hänellä on sydämentahdistin. Äiti oli siivonnut liian tiukkaan tahtiin ja oli pahasti hengästynyt. Isä oli sitä säikähtynyt ja soittanut ambulanssin. Ensihoitajat olivat tutkineet ja todenneet, että kaikki toimii hyvin. Olivat määränneet äidin menemään heti maanantaina tahdistinpolille. Siellä kuulemma tahdistin säädetään. Ei mitään vaaraa. Jäin yöksi, jos jotakin yön aikana sattuu, niin olen siellä.

Kaikki näyttivät uskovan Markun valkoisen valheen ja se oli hyvä. Markku piirsi rakennuksista luonnokset ja lähetti ne sekä Villen, että Pipsan tietokoneille. Hän lupasi jouluun mennessä tehdä ensimmäiset kuvat, joihin sitten voisi Ville tehdä tarvittavat muutokset.

Aterian jälkeen he lähtivät paluumatkalle. Pipsa otti vielä puheeksi hallien rakentamisen:

– Etkö sinä millään voisi tulla meille valvomaan tätä rakennusprojektia? Ja jäisit sitten meille pysyvästi hommiin. Kyllä me palkoista sovitaan.

– Tuohon rakentamiseen menee vain puolisen vuotta. Mitä minä sen jälkeen teen teillä? Markku kysyi.

– Aina meiltä löytyy yhdelle ihmiselle korjaustöitä. Ajat vaikka jakeluautoa tai vaikka rekkaa, Pipsa ehdotti.

– Mitä sinä puhut. Minä olen liian kovapalkkainen auton rattiin.

– Ei sillä ole väliä, ei me palkkaasi kosketa. Ville pyysi minua puhumaan sinulle.

– Et ole tosissasi. Minä olen lähitulevaisuudessa rakennusinsinööri ja sitten olisin autokuskina osan ajastani.

– Onko sillä väliä mitä tekee, jos palkka on riittävän korkea.

– On sillä väliä. Kyllä minä haluan tehdä koulutustani vastaavia töitä. Jos työllä ei ole väliä mitä tekee, niin sinähän olet maisteri, voithan sinäkin kuljettaa jotakin jakeluautoa, Markku sanoi hymyillen ja jatkoi:

– Taidat nyt piruilla minulle. Et voi vakavissasi tuollaista ehdottaa.

– Onhan se niinkin, minä kokeilin kepillä jäätä. Unohdetaan tämä, ja keskustele Jessen kanssa siitä osa-aikaisesta työstäsi.

Pipsa jätti Markun asuntonsa pihaan ja jatkoi lomakeskukseen.

Asunnolle päästyään Markku soitti Liinalle, joka heti kysyi:

– Tuliko se Pipsa sinun viereesi?

– Ei tullut, minä olin kotona yötä.

– Joko sinä olet siitä vampista päässyt eroon. Vai vieläkö se sinua vikittelee?

– Kyllä me tultiin yhtä matkaa pois. Töitä se tarjosi heidän firmastaan, mutta ei muuten vikitellyt. Teen heille rakennuspiirustukset, mutta en muuta. Mitä sinulle kuuluu? Onko mieli vielä maassa? Markku kyseli.

– Ei miten niin maassa? Liina kysyi.

– Minä ajattelin, että kun ette ole tavanneet Pentin kanssa.

– Kyllä mieliala on päinvastoin korkealla. Minulla oli jo jonkin aikaa tunne, että ei meillä oikein synkannut. Ja hän kaiken lisäksi valehteli. Silloin kun sinä olit minun luona yötä, hänen piti olla pelaamassa lentopalloa jossakin. Mutta se oli ollut Joensuussa teatterissa jonkun likan kanssa. Niitä oli ollut neljän hengen seurue. Kaksi miestä ja kaksi naista. Isä ja äiti olivat olleet myös teatterissa. Äiti sanoi, että herra yritti piilotella toisten takana. Minä pyysin sen lauantaina käymään, ja yrittihän se kierrellä, mutta tunnusti sitten, kun kerroin vanhempieni nähneet hänet teatterin väliajalla.

– Mitäs sinä?

– Se kertoi, että ne olivat hänen kurssilaisia, ja olivat tavanneet muka vasta teatterilla. Mutta kun sanoin, että pelaamassahan sinun piti olla. Siltä meni pasmat sekaisin ja alkoi änkyttää, että se peruuntui. Minä kirosin hänelle päin naamaa ja sanoin, että ole edes mies ja sano suoraan äläkä kiertele. En minä itseäni hirtä sinunlaisen miehen takia. Sitten se kertoi, että hän on tätä opiskelija kaveriaan tapaillut muutaman kerran. Ja hän ehdotti taukoa meidän seurusteluun kolmeksi kuukaudeksi. Minä sanoin, että minulle käy. Enkä varmasti mene häntä tapaamaan silloinkaan.

– Toisen tappio on toisen voitto. Tuskin minä olisin saanut luonasi majapaikan, silloin lauantaina, jos Pentti olisi ollut siellä.

– Minä olen hiton tyytyväinen, että näin kävi. Minun ei tarvinnut hänelle sanoa, että tämä riittää, kiitos ja näkemiin. Miten Barbaran kanssa menee?

222

– Se oli kai käynyt asunnollani ja pudottanut paperilapun ja pyysi soittamaan.

– Joko soitit.

– En. Minulla on lauantaina lähipäivä, ja menen silloin käymään hänen asunnollaan, jos sopii. Silloin pitää neidillä olla selvät puheet, tai tämäkin suhde menee telakalle, niin kuin sinäkin sanoit.

– Minä en sano teidän seurustelustanne mitään, mutta kyllä sattuu, kun toinen valehtelee ja yrittää vielä kierrellä. Sinä puhuit, että miehilläkin on tunteet, kyllä minä ymmärrän, että tuollainen Barbaran käytös vie luottamuksen, ja sen jälkeen sitä on vaikea rakentaa uudelleen.

– Näin on, mutta katsotaan nyt, mitä neiti selittää, Markku totesi.

Hän kertoi Liinalle työkuvioiden muutoksesta ja muuttamisestaan Kuopioon asumaan. Liina tuntui iloitsevan siitä, vaikka ei mitään sanonutkaan.

Markku keskusteli Jesse Väänäsen kanssa ja sai marraskuun alusta aloittaa osa-aikatyön. Hän on kaksi päivää viikossa lomakeskuksella ja kolme päivää rakennusliikkeellä. Hän sopi, vielä Jessen kanssa, että voi olla yhden yön viikosta lomakeskuksen työhuoneessa yötä, sillä hänen tarkoitus on saada Kuopiosta asunto, jolloin ei mene aikaa matkoihin. Markun opintoja ohjaava henkilö oli antanut firmojen nimiä, jotka voisivat ottaa hänet töihin huomioiden hänen opintonsa.

Markku soitti rakennusliikkeeseen ja sopi tapaamisen. Ohjaaja oli pohjustanut tapaamista, ja Markku sai työpaikan rakennusfirmasta ja sopi kolmen päivän työpanoksesta viikossa. Markku aloittaisi työt marraskuun alusta ja rakennusfirma vuokrasi hänelle myymättömän kaksion Mäntylästä. Kaksiossa oli myös pieni sauna, josta hän oli iloinen

19

Markku jätti autonsa parkkipaikalle ja käveli Barbaran asunnolle. Hän oli lähettänyt tekstiviestin Barbaralle ja tämä oli vastannut, että tapaaminen sopi. Häntä vähän jännitti meno, mutta pakko tämä oli selvittää. Ei näinkään voitaisi jatkaa. Markku soitti ovikelloa ja Barbara avasi oven. Hän halasi Markkua ja pyysi miestä jättämään takin pois.

– Minä laitoin voileipiä ja kahvia, tule tänne keittiöön.

Markku vilkaisi Barbaraa. Tämä oli kevyessä kotipuvussa, eikä siinä mitään nainen oli hyvin naisellinen tuossakin asussa. Markku kertoi ensiksi asunto- ja työmuutoksistaan samalla kun he joivat kahvia. Sen jälkeen he menivät olohuoneen sohvalle istumaan ja Markku kysyi.

– Sinulla on kai jokin selitys sille viimeiselle tapaamisellemme, kun minun piti lähteä pois.

– En minä käskenyt lähtemään. Minä sanoin vain haluavani olla yksinäni, Barbara puolusteli.

– Älä viiti. Kyllä minä pienemmästäkin vihjeestä ymmärrän, että tänne oli joku tulossa.

– Minä vaikka vannon, että täällä ei ole käynyt yhtään jätkää sinun poissa ollessasi.

– Vaikea tuota on uskoa.

– Mutta missä sinä sen yön vietit, kun täältä lähdit? Barbara kysyi.

– Minä en ole velvollinen sitä kertomaan, kun siinä ei ole mitään kertomista.

– Sinä olit Liinan luona?

– Niinkö Liina kertoi? Markku kysyi.

– Ei se myöntänyt, mutta te olette yhdessä päättäneet olla minulle kertomatta.

– Ei minulla ole mitään syytä epäillä Liinan sanomista. Kai hän itse tietää parhaiten omat asiansa. Mutta miksi sinä olit silloin niin kylmänoloinen. Se alkoi jo neljä viikkoa sitten, kun olin täällä.

– Minua se tentti harmitti ja muutenkin oli pottumainen olo, Barbara pyöritteli.

– Eikös sitä suhteessa se toinen ole sitä varten, että kerrotaan murheet eikä osoiteta ovea. Se ettet halunnut lähteä teatteriinkaan, oli minusta outo juttu. Jos et halua kertoa mitään, niin kyllä luottamus on mennyt minun puoleltani, Markku sanoi.

Barbara oli hiljaa ja selvästi mietti mitä vastata. Hän tuijotti maahan ja sanoi sitten:

– No hyvä on. Se on niin naurettava juttu, ettei siinä ole mitään selvitettävää. Minä vähän haksahdin yhden henkilön suhteen. Mutta mitään ei ole tapahtunut.

– Ei tuo ole mikään vastaus. Minä vaadin tarkan selvityksen. Mikä se juttu on, kun sanoit harkitsevasi menemistä kehitysmaihin töihin?

– Se oli vain päähänpisto. En minä ole minnekään menossa.

– Onko asia tosiaan niin, että et kerro tuota tarkemmin. Mitä se hölmöily jonkun ihmisen kanssa tarkoittaa?

– En minä siitä henkilöstä sano mitään, eikä ole mitään kerrottavaa. En pidä tällaisesta kuulustelusta.

– Turha meidän on jankata. Liinakin oli laittanut suhteensa telakalle. Tämä tällainen sekoittaa minun elämääni se häiritsee sekä työtä että opiskelua. Minä olen sellainen ihminen, joka luottaa toiseen varauksetta. Jos on murheita, kyllä se läheinen ihminen on se, jolle murheet ensin kerrotaan. Pitääkö meidänkin ottaa puolen vuoden aikalisä? Markku kysyi.

– Liina kertoi minullekin oman ratkaisunsa. Minun elämäni on vähän kriisissä ja haluan sen selvittää itsekseni. Minä hölmöilin ja haluan päästä sen yli. Ja sen voin sanoa, että Liina kertoi minulle totuuden asioistani ja olen hänelle kiitollinen. Minä haluaisin kuitenkin, että pidetään vain kolme kuukautta väliä, ja jos toinen tulee aikaisemmin siihen tulokseen, että meidän on turha jatkaa, niin ilmoitetaan toiselle. Eletään omaa elämäämme ja katsotaan kuinka tässä käy. Sopiiko sinulle näin, Barbara sanoi ja pyyhkäisi silmiään.

– Kyllä se sopii. Ja toivon, että eroamme ystävinä. En minä jaksa olla sinulle vihainen. Jos olet rakastunut toiseen, niin minkä ihminen tunteilleen voi. Ei läheistä yhteyttä voida pitää, jos tunteet ovat koko ajan muualla.

Markku nousi ylös, halasi Barbaraa ja meni pois.

Barbara istui pitkään ja oli jotenkin helpottunut, vaikka häntä kaduttikin. Yksinkertaisesti sitä oli mahdoton Markulle uskottavasti kertoa, että hän suunnitteli toisen miehen kanssa menoa Mustaan lampaaseen juhlimaan. Entä sen jälkeen, Markku olisi varmasti kysynyt. Markku oli oikeassa, kyllä hänen ajatuksissa oli ollut jo useampi viikko tämä Liinan mainitsema Kirurgi. Hän ihmetteli itseään siitä, ettei hän ollut nähnyt tämän äijän läpi. Miehellähän oli suorastaan lapselliset ajatukset, vai käyttikö hän tosiaan naisia kohtaan jotakin tyrmäystippoja. Kyllä hänen olisi pitänyt sellainenkin mahdollisuus ottaa huomioon.

Markku ajeli asunnolleen ja myös hän oli helpottunut, vaikka haikeus painoi päälle. Tosin Markkua auttoi Liinan tunteminen. Mutta nyt pitää hänen keskustella Liinankin kanssa mitä tekevät. Hiljalleen satoi lunta, mutta tie oli kuiva. Markku oli vaihtanut talvirenkaat, joten nyt hänen ei tarvinnut miettiä pääsisikö asunnolle vai ei. Markku oli luvannut soittaa Liinalle ja kertoa kuinka he olivat päättäneet Barbaran kanssa, sillä Liina varmasti soittaa myös Barbaralle. Markku tutkaili omia tuntemuksiaan, Liina oli varsin vankasti hänen mielessään. Olisiko Barbaraa kohtaan miten korrektia, jos he alkaisivat pitää Liinan kanssa yhtä. Vai pitäisikö heidän olla ainakin se kolme kuukautta ystävälinjalla. Tosin eihän sitä voi yksin päättää, Liina miettisi myös omalta kannaltaan mitä tehdä. Oliko se yksi yö heidän välillään vain hetken hurma, vai olisiko sillä pitempää kantavuutta? Liina ja Barbara ovat hyviä ystäviä keskenään, ja se varmasti rajoittaisi myös Liinan suhtautumista häneen. Se yö, jolloin hän oli ollut Liinan luona, oli varmaankin ollut jonkinlaista pettymyksestä johtuvaa, kun Pentti ei tullut Liinan luokse. Ja hänkin oli joutunut jättämään Barbaran yllättäen. Ei sitä muuten osannut järjellä selittää. Mutta toisaalta he olivat Liinan kanssa niin hyvissä väleissä, että he voivat asioita sopia kummankin osapuolen kannalta parhaalla mahdollisella tavalla. Tai kuvitteliko hän taas liikaa itsestään, mutta he varmasti pystyvät avoimeen keskusteluun.

Markku soitti heti Liinalle tultuaan asunnolleen. Kun Liina vastasi Markku sanoi:
– Joko ne äidin juhlat ovat ohi, pystytkö puhumaan?
– Kiva kun soitit, odotin sitä. Viimeiset vieraat lähtivät jo. Olen täällä sinun rakentamassa huoneessa.
– Onnittelut äidillesi. Paljonko hän täytti?
– Viisikymmenetä. Mutta miten teillä asiat sujuivat Barbaran kanssa. En ole soittanut, mutta soitan kyllä.
– Eipä siinä mitään. Barbara sanoi hölmöilleensä jonkun henkilön kanssa, mutta ei avannut mitään sen kummempaa. Minusta ei ole oikein jankkaajaksi. Ja mitä tunteilleen voi, jos on rakastunut toiseen ihmiseen. Silloin parempi on lähteä eri suuntiin, vaikka se kirpaisee. En voi elää sellaisen ihmisen kanssa, johon en täysin luota. Se rassaa henkisesti liikaa.
– Mitä te sovitte?

227

– Sinä annoit hyvän vinkin, suhde telakalle. Minä ehdotin puolta vuotta, mutta Barbara ehdotti kolmea kuukautta. Ottiko hän saman ajan, jota sinä olit ehdottanut Pentille. Kyllä me ystävinä erottiin, ei ollut mitään tunnekuohuja tai mustasukkaisuuden puuskia. Hän kiitti sinua, että olit avannut hänen silmänsä. Joten sinä tiedät Barbaran jutusta enemmän kuin minä. Näillä mennään.

– Niin minä arvelinkin. Mutta älä minua kiristä, vaikka tietäisinkin jotakin en aio sinulle kertoa. Kyllä ihmisten on keskinäiset välit selvittävä keskenään. Nyt sinäkin olet vapaa mies.

– Vapaus on kaukana, kun teen hommia kahdessa paikassa ja yritän opiskella lisäksi. Mutta olisi kiva tavata muitakin ihmisiä kuten sinua, mutta minä olen aika ymmälläni sinusta neiti Ruuskanen.

– Miten niin?

– Ensinnäkin, onko korrektia Penttiä ja Barbaraa kohtaan, jos me julkisesti tavataan toisiamme. Sinä olet hyvä ystävä Barbara kanssa.

– Meidän pitää miettiä sitä. Penttiä se ei haittaa, mutta Barbaran kanssa haluaisin olla hyvä ystävä.

– Minä olen ehkä turhan suora, mutta kysyn kuitenkin. Oliko se yö, jonka olin luonasi, oliko se jonkinlaista laastaria meidän suhdeongelmiin, vai oliko se vain hetken hurma?

– Eli sinä olet sitä mieltä, että olen niin löysä tyttö, että menen heti sänkyyn, kun joku uros sattuu lähelläni, Liina sanoi tiukkaan sävyyn.

– Kuule nainen, en varmasti usko niin, että menet jokaisen kaksilahkeisen kanssa sänkyyn. Ja sinä tiedät senkin, että minä kysyn asiat suoraan ilman mitään korulauseita. Ei se silloin yllättänyt, mutta jälkikäteen olen sitä miettinyt.

– Ehkä siinä oli vähän kaikkea. Pentti perui tulonsa torstai-
iltana ja sekoili vähän puheissaan. Olin aika yksinäinen silloin
lauantaina. Jos sinä tarkoitat sitä, olenko ollut sinusta kiinnostu-
nut aikaisemmin. Puhutaan sitten suoraan, olen ollut. Jo silloin
kun rakensit sitä aitaa meille, kiinnitin sinuun huomioita. Olet
terveesti ylpeä osaamisestasi, etkä kumartele ketään. Puhut li-
säksi suoraan. Ne ovat miehessä piirteitä, josta minä tykkään.
Mitä mieltä sinä olet minusta, sanopa puolestasi? Liina kysyi
– Kiinnitin huomioni sinuun aitaa rakentaessani, kun otit au-
rinkoa teidän takapihalla pienissä bikineissä. Oli hyvä, ettei ollut
vasaratöitä, olisin varmasti lyönyt vasaralla sormeeni. Mutta
olin ujo mies ja ajattelin, ettei lääkärin tyttäreen minulla ole mi-
tään mahdollisuuksia. Parempi on pysyä kaukana, vaikka toithan
sinä kahvit minulle. Silloin ajattelin, että kiusaat tahallasi,
Markku kertoi.
– Minä olin utelias näkemään, millainen mies sinä olet, kun
et pitänyt lepotaukoa vaan aina olit työn parissa.
– Jos tuollaisissa töissä haluaa palkkansa saada, niin töitä on
tehtävä. Mutta miten tästä eteenpäin. Tulen marraskuun alusta
Kuopioon asumaan, joten tapaamismahdollisuuksia meillä on.
– Molemmilla on omat asunnot. Minä sanon suoraan, että ha-
luan kyllä sinua tavata. Alammeko yöpyä toistemme luona, sii-
hen toivoisin harkintaa. Mehän ei olla tapailtu muuten kuin tois-
ten ihmisten läsnä ollessa, lukuun ottamatta sitä yhtä lauantaita.
Voisimmeko tapailla muuten vaan ainakin alkuun. Minä tunnus-
telen sitä Barbaraa, minulla on sellainen sisäinen kutina, että
Barbaralla on jotakin mielessään. Sen voin sanoa, että sen mie-
hen kanssa hän ei jatka, jonka kanssa se sanoi hölmöilleen.
– Minulle sopii. Se on totta, että aina tavatessamme meillä on
ollut esiliina ja silloin kun ei ollut järki katosi. Siinä on hyvä
puoli, että molemmilta katosi yhtä aikaa emme voi syyttää toisi-
amme, vai syytätkö sinä minua.

– En. Uskon täysin, että olisit nukkunut siinä sohvalla, jos en olisi pyytänyt viereeni. Kuitenkin sanon, että ei kaduta ja nyt tiedämme jotakin toisistamme.

– Eli aloitamme ikään kuin seurustelun alusta. Käymme lenkillä, elokuvissa, kenties teatterissa ja sen sellaista. Mitä nyt sitten pyydän sinut lenkin jälkeen saunaan, Markku sanoi.

– Minä sitten harkitsen koska tulen saunaasi, jos tulen. Kyllähän Barbara varmasti kuulee, jos liikumme yhdessä, mutta itse hän on sotkunsa keittänyt. Kyllä meillä on oikeus vapaaseen elämään mitä se sitten tuoneekin tullessaan. Olen sen verran kuitenkin omistushaluinen, että pahalta tuntuu, jos jatkat esimerkiksi sen Pipsan kanssa yhdessä matkailua ja yöpymistä.

– Voit olla varma, ettei viime lauantainen toistu. Joudun varmasti siellä käymään, mutta ajan omalla autolla ja yöksi sinne en jää. En minäkään halua kuulla, että sinä biletät jonkun muun miehen kanssa. Jos sitten tapaat miehen, joka vie sinut mennessään, niin kerro se minulle, vaikka se satuisi, niin enempi sattuu tällainen mitä Barbara teki.

– Olen samaa mieltä, että epärehellinen toiminta sattuu ja sitä en minäkään halua uudelleen kokea. Varmasti en petä sinua. Entisen suhteen on loputtava ennen uuden alkua. Tämä on minun periaate.

– En ole käymässä Kuopiossa, ennen kuin muutan sinne. Jos ei ihan tarkoituksella haluta tavata, niin viimeistään marraskuussa tavataan. Minun pitää tehdä Salojen firmaan ne rakennuspiirustukset Mutta soitellaan usein.

– Sopii hyvin, minullakin on kiirettä opintojen kanssa, ja voin luvata sen, että puhelin on usein käytössä. Äläkä suutu, jos olen pahalla päällä, jos joku tentti tuottaa tuskaa.

– Eikö se ole niin, että läheinen ystävä on myös sitä varten, että voi toiselle keventää mieltään. Täytyyhän kaikilla olla purkautumistie. Eikö sitä kestävää läheisyyttä mitata silloin, kun kaikki ei mene hyvin, Markku sanoi.

– Hyvä tietää, että saan sinulle purkaa paineitani. Mutta nyt minä soitan sille Barbaralle ja kuulen, miten hän selittää tämän teidän juttunne, Liina sanoi.

– Sinä siis kontrolloit, puhummeko totta. Kerro minulle, kuinka paljon meidän puheet eroavat toisistaan. Jos et soita, niin hyvää yötä.

– Minä sanon vain, että moi.

Markku purki laukkunsa ja otti esille tietokoneesta Salojen hallin kuvat. Hän teki niistä havainnekuvat, jolloin koko rakennuksen sai pyörimään ja hallia voi katsella eri suunnista. Nykyään tietotekniikka antoi mahdollisuuden monenlaisiin ratkaisuihin. 3D-tekniikka antoi tosi hyvät mahdollisuudet nähdä rakennus eri suunnista miltä se oikeasti näyttää. Tasokuvat olivat välttämättömiä rakentajalle, mutta nämä kuvat suunnittelijalle. Markku oli syventynyt piirroksiinsa, kun hänen puhelin soi. Kello oli jo yli yhdeksän.

– No terve kultaseni, Markku sanoi, kun huomasi Liinan soittavan.

– Terve vaan muruseni, minä sanon kuin siinä Vartiaisen laulussa sanotaan. Joko sinä nukut?

– En tässä piirtelin vähän autohalleja. Mitä se Barbara sinulle kertoi, saitko sinä hänet kiinni?

– Sain ja meni melkein tunti tarinoidessa. Oli pahoillaan tästä sotkusta, mutta sanoi näin olevan hyvä. Hän kuulemma ymmärtää sinua, mutta hän ei voinut kertoa sitä hölmöilyään.

– Oliko meidän kertomuksissa eroja? Markku kysyi.

– Tarina oli aivan samanlainen, mutta eri sanakääntein Barbara sen tietenkin kertoi. Hänellä on jotakin suunnitteilla, mutta en minä siitä saanut selvää mitä. Mikäli se oli hänelle it-sellekään täysin selvä, Liina vastasi.

– Kysyitkö, mitä mieltä hän on, jos me aletaan liikkumaan yhdessä?

– En kysynyt, mutta kyllä hän vakuutti, että sinä olet vapaa tekemään mitä haluat. Ei hän aio mitenkään vakoilla. Sanoi kuitenkin sen, että sinusta saa joku osaavan ja luotettavan miehen.

– Oho, pitäisikö laittaa kukkia, kun noin hyvän lausunnon antoi, vai keksitkö sinä sen.

– En keksinyt. Hän kyllä vakuutti,

– No nyt sinä tietenkin virität kaikki verkkosi minun ym-pärille, kun näin hyvä kala on ulottuvillasi, Markku sanoi ja nauroi päälle.

– Kuule, minä tiedän, että sinun pyydystämiseen ei tarvitse verkkoja, vaan mahdollisimman ohut ja pieni yöpaita, Liina vuorostaan nauroi.

– Hyvin olet minun heikkouteni huomannut. Mielenkiin-toista nähdä kuinka pieniä ja ohuita niitä löytyykään. Jään mielenkiinnolla odottamaan.

– Se siitä. Me puhuttiin paljon kaikesta muustakin. Barba-rahan valmistuu vuoden sisällä ja hän käy kamppailua siitä minnekä hakeutuu töihin.

– Eikös lekurit saa töitä mistä vaan?

– Tietysti saa, mutta ei ihan joka paikkaan voi mennä. Pi-tää ajatella mistä saa hyvää kokemusta ja sitten jos aikoo eri-koistua,
niin siihenkin vaaditaan sen alan työkokemusta. Tai jos aikoo yleislääketieteeseen erikoistua silloin pitää olla monenlaista osaamista.

– Onhan se kuitenkin helpottavaa, kun varmasti saa työ-paikan jostakin.

He keskustelivat pitkään ja vasta kymmenen jälkeen lopetti-
vat.

20

Markku päätti käydä Tuusniemellä keskustelemassa vielä Salon autohalleista. Hän kertoi etukäteen Liinalle menostaan. Liina kysyi:

– Lähteekö Pipsa mukaan?

– Kyllä se lähtee ja pakkohan minun on hänet autooni ottaa, mutta Pipsa jää sinne ja minä tulen lauantaina takaisin. En jää yöksi.

– Ihanko varmasti?

– Ole huoletta, en jää. Minun pitää alkaa pakkamaan, kun viikon päästä tulen sinne sinun naapuriksi. Saanhan sinusta apulaisen muuttohommiin.

– Tietenkin minä tulen. Lauantainako sinä muutat?

– Niin teen. Minulla oli vähän vaikeuksia tämän vuokraemännän kanssa, kun tein vuoden vuokrasopimuksen. Mutta eräs nainen etsi asuntoa ja minä sain sovittua, että tämä uusi vuokralainen muuttaa asuntoon heti, kun minä lähden. Ei tule mitään katkosta vuokran saantiin.

– Kävikö Barbara sinun luona, kun hän oli viime sunnuntaina kotonaan käymässä.

– Ei ole kuulunut mitään. Kertoiko hän jotakin käynnistään. Kävin lenkillä, mutta muuten olen tehnyt töitä ja opiskellut.

– Ei ole minulle kertonut. Olemme soitelleet, ja nyt hänen elämänsä tuntuu olevan tasapainossa. Barbara kysyi, olenko minä nähnyt sinua.

– No mitä vastasit?

– Niin kuin totuus on. Emmehän me ole tavanneet, vaikka on joka ilta soiteltu jopa useamman kerran samana iltana. Soitoista en kertonut mitään.

– Soittaminen onkin hyvä henkireikä. Jotenkin kun illalla puhutaan puhelimessa päivän asiat jäävät pois mielestä.

– Se on totta, kun oikein paahtaa tietoa päähän, niin siitä rauhoittuu, kun saa vähän höpistä sinun kanssa ja sitten saa hyvin nukutuksi.

– Onhan se hyvä, että rauhoitutaan. Miten käy, kun olemme kilometrin päässä toisistamme.

– Ihan samalla tavalla, mutta nyt minä alan nukkumaan, mulla on maanantaina yksi pahuksen tentti, Liina vastasi.

– Hyvin se menee ja nuku hyvin, Markku vastasi.

Markku kävi Tuusniemellä. Mennessä Pipsa sanoi miettivänsä palaako hän takaisin kuljetusfirmaansa vai jääkö lomakeskukseen. Molemmissa olisi hänelle töitä. Kuljetusfirmassa häntä häiritsi veljen vaimo, joka Pipsan mielestä pyrkii tarkastamaan hänen työsuorituksiaan. Jos veli-Ville ei pysty takaamaan työrauhaa ja pitämään vaimoaan sekaantumasta hänen töihinsä, hän ei mene sinne. Toinen ratkaiseva kysymys oli, että kesä on mukavampi lomakeskuksessa kuin pelkkä konttorityöskentely Tuusniemellä.

Markku sanoi, että on se joillakin vaikeaa, kun työpaikan joutuu valitsemaan. Eikä tarvitse jännittää onko töitä vai ei. Harminsa kullakin, hän vinoili.

Ville Salon kanssa hän kävi piirustukset läpi, ja he tekivät muutamia muutoksia. Markku lupasi tehdä muutokset heti asunnollaan ja laittavansa lopulliset kuvat Villelle sähköpostilla. He kävivät vielä rakennuspaikalla, ja Markku pyöritteli ulkona tietokoneella rakennuksen kuvia, jolloin näki miltä rakennukset näyttävät eri suunnista katsottuna. Ville pyysi Markkua laittamaan laskun työstään.

Markun ajellessa takaisin asunnolleen, hän soitti Liinalle.

– Missä mies menee? Liina sanoi iloisesti.

– Ei mies mene vaan tulee Tuusniemeltä kotia päin.

– Onko Pipsa mukana?

– Tuossahan tuo kuuntelee, kun minä lirkuttelen sinun kanssa.

– Ihan oikeesti. Taidat puhua puppua.

– Kyllähän minulla pitää olla oikeus, kultaseni kanssa keskustella, eihän nämä asiat hänelle kuulu, Markku sanoi pokkana.

– Ei varmasti ole. Et sinä tuolla lailla puhuisi, jos Pipsa oli siinä.

– Pitäähän sinua vähän kiusata, jos sitten pitäisit parempana, kun tapaamme.

– Ainahan minä olen pitänyt hyvänä, kun on tavattu, Liina vastasi.

– Kaikkea voi aina parantaa. Mutta oli minulla asiaakin. Sain tämän homman valmiiksi, teen vain pieniä korjauksia piirustuksiin ja sitten olen tästä projektista irti. Minä tulisin ensi lauantaina Kuopioon, käyn perjantaina hakemassa sieltä autovuokraamosta pakettiauton ja jätän oman auton sinne. Pakkaan auton täyteen ja lauantaiaamuna ajelen muuttokuorman kanssa.

– Monelta sinä olet täällä, jotta osaan olla vastaanottamassa herraa? Liina kysyi.

– Luulen että olen jo yhdeksän jälkeen, mutta soitan sinulle matkalta.

– Mikä se sinun asunnon osoite on? Laita se tekstiviestinä, muuten unohdan sen.

– Minäpä laitan. Minun pitää hoitaa monta asiaa silloin perjantaina, tekisi mieli tavata sinua, mutta olen kiireinen.

– Minullakin on parin tytön tuparit, sinne ei tule muita kuin meitä tyttöjä. Kyllä minäkin haluaisin sinua moikata, mutta en kehtaa jäädä tapaamisesta pois, kun on sovittu yhdessä menemisestä.

– Laitan perjantai-iltana huonekalut ja muut painavammat tavarat jo kyytiin, kun työporukasta kaksi miestä tulevat auttamaan. En voi jäädä myöhään iltaan.

– On se mukava, että muutat Kuopioon, voimme tavata useimmin, vaikka opiskelu viekin paljon aikaa.

– Niin se vie minultakin. Nyt alkuun ainakin olen täällä lomakeskuksessa töissä torstain ja perjantain ja sen välisen yön nukun työhuoneessani.

Juttua riitti Markun asunnolle saakka.

Liina istui torstai-iltana kämpällään, kun hänen ovisummeri soi.

– Lasketko sisään, täällä on Barbara.

– Tietysti odota hetki.

Barbaran tullessa sisään likat halasivat niin kuin heillä tapana oli.

– No mitä kuuluu? Liina kysyi.

– Eipä kummempaa, kuulin vain, että se teidän Kirurgi on lähtenyt Turkuun opiskelemaan. Ei kuulemma ole kestänyt teidän likkojen keljuilua.

– Eihän se meidän Kirurgi ollut. Paremminkin sinun, Liina sanoi hymyillen.

– Älä viiti muistuttaa, vieläkin hävettää.

– Mitä se sanoi, kun et mennyt sinne Mustaan lampaaseen juhlimaan?

237

– Tuli kysymään miksi en tullut? Sanoin, että halvemmalla pääsit, kun kerroin, että olisin pannut mustat alushousut. Niistähän sinä olit kiinnostunut ja niitä metsästit. Meni haljun näköiseksi.

– Me tytöt sovittiin niin, että aina kun se tuli vastaan jokainen meidän kurssin tytöistä, sanoi jonkun värin, jota tarkoitti, minkäväriset pikkupöksyt olivat jalassa. Oli kiva katsoa, kun meitä meni iso joukko naisia, jokainen sanoi, kuka mustat, siniset, punaset, vihreät ja niin edelleen. Sitten pojatkin olivat alkaneet kyselemään mikä väri on johdossa.

– Minä kuulin, että pojatkaan eivät halunneet olla sen kanssa missään tekemisissä. Jos tuli ravintolassa johonkin pöytään syömään, niin tytöt kuin pojatkin vaihtoivat pöytää. Kyllä sellainen käy hermon päälle, Barbara kertoi.

– Minä nostan pojille hattua, että he ottivat tuon kannan. Me on heitä kiitelty. Eihän siitä tule mitään, kun kuitenkin paljon tehdään yhdessä töitä ja kokeita, niin tuollaisen tyypin mukana olo on turhan raskasta.

– Kai sinä ymmärrät, etten voinut Markulle selittää tällaista juttua, että minä tuollaiseen vouhkaan olisin jotenkin retkahtanut, vaikka vain yhden ravintolaillan verran. Se Markku on niin rehellinen, olisiko se myöhemmin aiheuttanut ongelmia.

– Oletko sinä ottanut Markkuun yhteyttä tai soittanut sen jälkeen, kun tapasitte? Liina kysyi.

– En, minä mietin, jos lähtisin Tampereelle töihin.

– Jaa, eikös se erikoistuva silmälääkäri ole Tampereelta. Minä näin tässä yhtenä päivänä teidät kahdestaan samassa pöydässä syömässä. Oletkos sinä iskenyt sen?

– En minä ketään iske. Mutta on me juteltu. Ihan mukavalta se tuntuu.

– Sinähän vähän punastut, vai tämä se Markun pudotti. Kadutkohan sinä sitä vielä joskus.

– Turha katua, minä jätän sen sinulle. Muutat siihen hirsitaloosi Markun kanssa.

– Markku muuttaa nyt lauantaina tänne asumaan, soittelin hänelle.

– Ei kun menet muuttoon avuksi. Siitä se lähteen käyntiin.

– En sano mitään, minulla on täysi työ näiden opiskelujen kanssa. Kiva kun päästiin siitä Kirurgista eroon.

– Sanos muuta, Barbara kuitasi.

Markku ajeli lauantaiaamuna pakettiautolla Kuopioon. Matkalla hän soitti Liinalle ja tämä lupaisi olla Markun asunnolla vastassa. Markun ajaessa pihaan Liina odotti häntä parkkipaikalla.

– Tervetuloa, Liina sanoi ja rutisti tiukasti miestä. Eivät he voineet siinä sen kummemmin hempeillä, kun ensi kerran tulivat uuteen taloyhtiöön. Molemmat ottivat yhden muuttolaatikon syliinsä ja lähtivät sisälle. Liinalla oli reppu selässä. Sisällä he laskivat laatikot lattialle, ja nyt piti paijata toista.

– Tämähän on aivan uusi asunto, Liina sanoi.

– Tässä on olohuone ja tuohon nurkkaukseen teen työpisteen. Makuuhuone on pieni, mutta kyllä kahden hengen sänky mahtuu. Tässä on sitten yhdistetty pesuhuone vessa. Ja täällä takana sauna.

– Onpa se kapea. Kai siihen kaksi ihmistä sopii, Liina arvuutteli.

– Sopii varmasti onhan se toista metriä leveä. Mikä on hyvä, niin pesukonetta varten on syvennys, se ei ole tiellä.

– Täältähän on hyvä näköala kaupunkiin päin, Liina sanoi, kun he tulivat pienelle parvekkeelle.

Heidän kierrettyään koko asunnon, Liina otti repustaan termospullon ja pienet mukit sekä rasian voileipiä ja pikkupullia. He istuivat lattialla, ja nauttivat tulokahvit.

– Saadaankohan me nuo huonekalut tänne kaksistaan, vai pitäisikö hankkia lisä apua. Tosin minä purin kaikki huonekalut niin erillisiin osiin kuin vain voi purkaa.

– Onko sinulla leveä sänky? Se on aina hankala kantaa, Liina kysyi.

– On minulla, mutta sen olen purkanut aivan laudoiksi, se on helppo tuoda. Siinä on tietenkin iso työ, kun joutuu kokoamaan uudelleen. Tämä on helppoa, kun on hissi, pyykin pesukone olisi ollut hankala kantaa, mutta tein narusta valjaat, joista sitä on helppo kannatella.

He saivat puoleen päivään mennessä kaikki tavarat sisään ja sitten Markun piti viedä pakettiauto takaisin autovuokraamoon. He lähtivät yhdessä, sillä he käyvät samalla reissulla syömässä. He kävivät syömässä ravintola Kallavedessä ja palasivat sitten Markun autolla takaisin asunnolle.

Iltapäivä meni huonekalujen kasaamisessa ja tavaroiden laittamisessa paikoilleen. Tosin työt aina välillä keskeytyivät, kun piti pitää toistaan hyvänä. Kun kaikki oli saatu valmiiksi, piti kokeilla mahtuvatko he nukkumaan Markun sängyssä. Hyvin sopivat, ja kun siinä oli aikansa kokeiltu. Pian unohtui lupaukset siitä, että aloitetaan seurustelu hitaasti edeten.

– Miksi tässä näin kävi? Liina ihmetteli, kun yritti peittää alastonta vartaloaan täkillä.

– Ei harmaata aavistustakaan. Mutta minulla on niin kuuma, ja nyt uudistetaan myös sauna, Markku sanoi ja kävi laittamassa saunan päälle.

Pitkään jatkunut kaipuu ja ikävä saivat täyttymyksensä. Puolen tunnin päästä he istuivat saunanlauteilla vierekkäin. Ja hyvin he sopivat siihen molemmat. He ymmärsivät, että paluuta ei ollut enää vain puhelinsoitoille, vaan tunteet vaativat myöskin fyysistä kosketusta.

Markku viritteli vielä television kuntoon, ja yhdessä he katselivat illan ohjelmia, eikä kummankaan mielessä käynyt, että Liina menisi omalle asunnolleen yöksi.

Niin alkoi Markun asuminen ja työnteko Kuopiossa. Markulla ja Liinalla oli opintoja, joten pakko oli viettää iltoja yksinäänkin. He kävivät muutaman kerran elokuvissa ja lenkillä, mutta Barbaraa he eivät tavanneet. Sunnuntain seudut he olivat Markun asunnolla hyvin tiiviisti. Vähän ennen joulua Markku sai viestin Barbaralta, tämä pyysi Markkua kahville Torihalliin. Markku soitti Liinalle ja kysyi, tiesikö hän mitä asiaan Barbaralla oli. Liina sanoi jotain aavistavansa, mutta pyysi Markkua menemään tapaamiseen.

– No hei, Markku sanoi, kun tapasi Barbaran istumassa kahvilan pöydässä.

– Heipä hei, Barbara sanoi ja halasi kevyesti Markkua.

– Minä haen meille kahvia ja jotakin kahvileipää, sopiiko?

Barbara nyökkäsi ja Markku tuli kohta takaisin kahvin ja leivosten kanssa.

– Mitä sinulle kuuluu? Markku kysyi.

– Ei ihmeempää, mutta pian on tutkintoni valmis ja muutan töihin Tampereelle.

– Etkö saanut täältä töitä?

– Olisin saanut, mutta menen muista syistä Tampereelle, sain hyvän paikan jatkokoulutustani ajatellen. Mutta tämän takia minä en halunnut sinua tavata. Mehän sovittiin, että pidetään taukoa ja tavataan kolmen kuukauden kuluttua. Nyt on mennyt kaksi kuukautta ja minulle on selvinnyt, että meidän tiet eroavat lopullisesti. Ei meistä paria tule, vaikka viime kesä olikin ikimuistettava, Barbara kertoi rauhallisesti.

– Niin tässä varmaankin kävi, mutta taisin minä yhden pysyvän muiston sinulle jättää, Markku sanoi hymyillen.

– Kyllä sinä jätit montakin muistoa, mutta mitä nyt tarkoitat? Barbara kysyi.

– Sinne teidän kesämökille sen verannan, joka osittain tehtiin yhdessä. Vai pitääkö minun käydä purkamassa pois?

Barbara oli hetken hiljaa ja sitten sanoi:

– Älä käy, kyllä minä haluan sen muistaa aina kun käyn siellä. Muistoja kannattaa vaalia olivatpa ne mitä tahansa.

– Niinhän se on, Markku vastasi.

He keskustelivat hetken, Markku kertoi asumisestaan ja töistään. Kahvit juotuaan he halasivat ja toivottivat toisilleen hyvää elämää. Markku ajeli mietteliäänä asunnolleen ja tapasi illalla Liinan. Hän kertoi Liinalle tapaamisesta Barbaran kanssa ja kysyi tältä:

– Miksi Barbara lähti Tampereelle töihin?

– Kyllä syy on aivan muualla kuin hyvässä työpaikassa. Täällä oli yksi lääkäri erikoistumassa silmälääkäriksi, ja he ovat Barbaran kanssa pitäneet yhtä jo jonkin aikaa. Tämä kaveri on Tampereelta ja palaa sinne vuoden vaihteessa. Barbarakin valmistuu pian ja muuttaa myös Tampereelle

– Vai niin. Niinkö käy minullekin, kun sinä valmistut, joku lekuri vie sinut mennessään?

– Mistä me tulevaisuuden tiedämme, mutta onko sinulle jäänyt jotenkin huomaamatta, etten olisi täysillä meidän suhteessa mies.

– Kyllä minä olen sen huomannut, mutta tuli vain mieleen, kun Barbaran kanssa kävi näin. Mutta voin sanoa suoraan, etten uskonut silloin kun rakentelin sitä taloa teille, että näin läheisiä joskus oltaisiin. Ja vielä juhannuksenakin ajattelin, että tuo Liina likka on liian kaukainen haave minulle.

– Eihän mies sinusta parane.

– Eikä nainen sinusta. Minä jätin Barbaralle ikuisen muiston.

– Minkä? Liina kysyi kulmakarvat koholla.

– Rakensin heidän mökilleen verannan osittain Barbaran kanssa.

– Paljon isomman muistonhan sinä olet rakentanut minulle, kun kokonaisen hirsitalon ja sitten sen hienon aidan. Ne ovat varmasti joskus minun ja olisi kiva, jos rakentaja olisi paikalla, niin saisin valittaa, jos jostakin hirsivälistä tuulee, Liina sanoi nauraen.

– Tuohan vaikutta ihan kosinnalta, Markku sanoi hymyissä suin.

– Pidä vain varasi.

– Laitetaanpa korvan taa, Markku kuittasi.

Jouluaaton aattona Markku ajeli Liinan kanssa Joensuuhun päin. Hän oli vaihtanut auton vähän ajettuun hybridi Corollaan. Markku veisi Liinan ensin kotiinsa ja menisi sitten vasta vanhempiensa luokse. Liinan kanssa hän oli sopinut, että Markku menee Liinan luokse käymään joulupäivän iltana ja Liina tulee tapanina käymään Markun kotona. Sen jälkeen Markku menee Kuopioon, mutta kun Liinalla ei ole opintoja, hän tulee vasta uudeksi vuodeksi Markun luokse. Heidän tullessa Liinan kotipihaan Markku kaivoi takakontista joulupaperiin kääritty paketin ja ison kukkapaketin ja sanoi:

– Tämä on sinulle ja tämä on koko perheelle. Annan nyt tämän sinulle ja kukka on koko perheelle, kun en joulupäivänä saa kukkia mistään.

– Tämä on sinulle, ja hyvää joulua teille kaikille. Tavataan jouluiltana, Liina sanoi ja suuteli Markkua nopeasti.

Markun kotona oli laitettu jouluvaloja, pihassa oleva pieni pinja oli aivan täynnä valoja. Ulko-ovea kiersi havuköynnös ja siinä myös valot. Sisällä joulukuusi oli koristeltu ja sähkökynttilät valaisivat olohuonetta. Äiti odotteli Markkua ruuan kanssa. Ilta meni rattoisasti vanhempien luona. Jouluaattona he kävivät Kuusjärven kirkon hautausmaalla viemässä kynttilät ukkien ja mummien haudoille. Aattoillaksi heidät oli kutsuttu Tuulin luokse, jonne myös Teija perheineen tuli. Aattoilta oli perinteinen, ensiksi oli juhla-ateria ja sen jälkeen jaettiin lahjat, joita jokainen oli tuonut kuusen juurelle. Markun siskot Tuuli ja Teija yrittivät utsia, mikä oli Markun ja Barbaran tilanne. Mutta Markku vastasi, ettei hän voinut ketään naista tänne tuoda, kun Barbaraa oli viimeksi kohdeltu kuin maahanmuuttajaa. Kukaan ei tiennyt mitään Liinan ja Markun suhteesta. Tosin isä Jussi oli kysynyt, oliko Markku tavannut Liinaa. Ruuskaset olivat pyytäneet häntä rakentamaan rantasaunaa aivan järven rantaan. Ryynäset olivat ostaneet maapalan, joka oli heidän hirsitalonsa ja Viinijärven välissä. Markku kertoi, että Liina oli tullut hänen kyydissään kotiinsa, mutta ei mitään sen kummempaa. Tosin isä oli katsonut pitkään poikansa perään. Liina ei ollut kertonut Markulle mitään rantasaunan rakentamisesta. Ilmeisesti Liinakaan ei ollut tiennyt koko saunanrakennushankkeesta mitään.

Joulupäivänä kaikki kokoontuivat nyt lapsuuskotiinsa Lauran ja Jussin luokse. Siellä oli jouluateria kaikkine jouluherkkuineen. Markku kysyi sisariltaan mitä he aikovat tapanina tehdä. Molemmat sanoivat menevänsä appivanhempiensa luokse. Tämä sopi hyvin Markun suunnitelmiin, sillä hän ei halunnut siskojaan ja heidän miehiään paikan päälle, kun hän tulee Liinan kanssa ensivisiitille.

Siskojen perheiden lähdön jälkeen Markku kysyi vanhemmiltaan:

– Sopiiko jos minä tulen huomenna käymään yhden neitosen kanssa?

– Tietenkin sopii. Barbaranko sinä tuot? äiti heti kysyi.

– En, ei me olla missään tekemisissä Barbaran kanssa. Ja Barbara muuttaa Tampereelle, hän kohta valmistuu ja menee sinne töihin.

Isä Jussi hymyili ja sanoi:

– Kyllä se hyvin käy, tuo vain se Liina käymään.

– Mitä kuka Liina? äiti Laura ihmetteli.

– No minä en viitsinyt sinulle kertoa, että poika riijustelee sen Ruuskasen tyttären kanssa, joille pari vuotta sitten rakennettiin se hirsitalo.

– Mistä sinä tuollaista tiijät, et ole minulle mitään kertonut? Laura ihmetteli.

– Mitäs varten minun olisi pitänyt kertoa. Silloin kun Ruuskasen Mikko soitti siitä saunan rakentamisesta, niin hän mainitsi, että Liina oli jotakin kertonut ja sanonut, että Markku voisi tehdä ne saunapiirustukset. Liina ja Aino oli jotenkin närkästyneet sille arkkitehti Ruudulle, kun se siinä aita-asiassa oli turhaa napissut Markun töistä.

– Voi sentään, minä soitan tytöille, että tulevat tänne huomenna, äiti-Laura sanoi.

– Et varmasti soita, tai me ei tulla ollenkaan. Minusta he munasivat itsensä, kun Barbara oli käymässä, enkä halua samaa kuulustelua Liinalle kuin silloin Barbaralle. En minä tiedä mitään heidän sauna rakentamisestaan, ei Liina ole mitään sanonut. Mutta minä menen nyt illalla käymään siellä Ruuskasilla, Markku sanoi.

– Mitenkä kauan te olette tunteneet toisenne? Laura kysyi.

– Silloinhan minä ensikerran tapasin, kun rakensin heille sitä aitaa. Olethan sinäkin Liinan tavannut, kun olivat ne Ruuskasten tupaantuliaiset.

– Ai se vaalea hoikka tyttö?

– Kyllä aika hoikka, ei mikään punkero, Markku vastasi ja jatkoi:

245

– Minä haen hänet puolenpäivän jälkeen ja sitten iltasella vien hänet takaisin ja jatkan Kuopioon. Minulla on nämä välipäivät töitä. Liina jää tänne.

Äiti-Laura oli miettivän näköinen, kun Markku lähti, hän esitti miehelleen monta kysymystä ja moitti siitä, ettei tämä ollut mitään kertonut Markun seurustelusta. Jussi sanoi, että ei hän mitään sen kummempaa tiedä. Liina oli sanonut vain tavanneensa muutaman kerran Markun. Ja siihen piti äiti-Lauran tyytyä.

Markkua jännitti mennä Liinan kotiin, vaikka hän tunsi Liinan vanhemmat niin silti jännitys painoi päälle. Hänen tullessaan Ruuskasten hirsitalolle, pihassa oli kolme jäälyhtyä rivissä ja niissä paloi kynttilät. Myöskin jouluvaloja oli ripustettu hirsitalon seinään. Markun mennessä sisään Liina tuli häntä eteisessä vastaan ja halasi Markkua, vaikka äiti katsoi ovelta.

– Laita takkisi tähän, Liina sanoi ja ojensi ripustimen ja jatkoi:

– Ei minun tarvitse ketään esitellä tunnette hyvin toisenne. Ja minä olen sitä mieltä, että ette teitittele vaan olette sinuja keskenänne, Liina sanoi topakasti.

– Tervetuloa, Aino sanoi ja kätteli Mikkoa.

– Terve vaan, Mikko sanoi samoin kätellessään. Markku katseli ympärilleen ja ihasteli joulukuusta, kuinka hyvältä se näytti harmaata hirsiseinää vasten.

– Onpa hieno kuusi, ja se on tosi hyvän näköinen tuossa.

– Eikös olekin, kun minä sen aattona koristelin, Liina kehui. Nyt vasta Markku huomasi, että Liinanalla oli tonttulakki päässä ja mekko oli jouluisen punainen. Punaiset tossut jalassa, jotka hän oli ostanut aamutakin lisäksi Liinalle lahjaksi.

246

Hän näytti syötävän hyvän näköiseltä, mutta ei siinä voinut ruveta julkisesti kehumaan vanhempien kuulen.

– Tuuleeko hirsien välistä? Liina vähän epäili tänne tullessa, että hirsien välistä saattaisi tuulla.

– En minä sitä tarkoittanut, mutta en kerro mitä tarkoitin, Liina sanoi ja vähän punastui.

– Ei tuule eikä vedä, vaikka olisi millainen pakkanen tai viima, Mikko sanoi.

Aino järjesteli kahvipöytää ja he siirtyivät kahville. Liina oli kertonut vanhemmilleen Markun opiskelusta. Markun piti tehdä nyt siitä selkoa ja kuinka opiskelu sujui työn ohelle. Kahvin jälkeen Mikko kaiveli ruutupaperikansion ja esitteli käsivaralla piirrettyä saunan pohjakuvaa:

– Minä soitin isällesi, että olisiko hänellä aikaa tehdä meille tällainen hirsisauna ensi kesänä. Tässä hahmottelin vähää pohjaa, olisiko sinulla aikaa tehdä piirustukset, niin hakisin rakennusluvan.

Markku otti piirustuksen ja katseli sitä hetken. Siinä oli sauna ja pesuhuone ja sitten pieni tupa, jossa oli takka. Tupa oli sen kokoinen, että siihen sopi levitettävä istumasohva. Pieni pöytä ja pari tuolia. Mökin edessä oli veranta.

– Eikös teillä ole se arkkitehti Ruutu, joka voi tehdä piirustukset. Jos minä tämän piirtelen, niin siitä voi tulla teille sanomista, että väärin suunniteltu, Markku sanoi.

– Ei kyllä se ukko tee tätä. Jos hän jotakin tulee sanomaan, minä pistän sille jauhot suuhun, Liina sanoi selvästi vihaisena.

– Ei hänen sanomiset mitään vaikuta, kyllä me itse päätetään mitä tehdään ja kenellä teetetään. Minusta hän oli turhan herkkänahkainen ja suorastaan pikkumainen sen aidan rakentamisen kanssa, Aino sanoi.

– Isäsi lupasi rakentaa saunan, ja olisihan se mukava, jos poika suunnittelee ja isä rakentaa. Sinä et taida olla rakentamassa? Mikko kysyi.

– Kyllä minä voin tämän piirrellä, mutta en ehdi rakentamaan. Pikkusen pitäisi mittoja tähän laittaa. Minkä kokoinen tästä on tarkoitus tulla? Entä katto, harjakatto vai pulpetti katto.

– Mikäs siihen kävisi?

– Kyllähän molemmat käyvät. Tähän jos tekisi vinon tasakaton, niin siihen voisi tehdä turvekaton, jossa kasvaisi heinää tai miksi ei myös varpuja, Markku ehdotti.

– Joo tehdään sellainen katto ja hankitaan jostakin kilipukki sinne katolle syömään ruohoa, Liina riemastui.

– Kestääkö sellainen katto kuinka kauan? Mikko kysyi.

– Kyllä se kestää, kun hyvin tehdään. Siihen pitää vetää useampi huopa, ja sitten liikavesi pitää johtaa pois. Ei teidän tarvitse sitä tehdä, minulle tuli vain mieleen. Netistä löytyy kuvia, Markku sanoi.

– Mietitään ja katsellaan. Minä laitan vaikka Liinan mukana tietoa mitä halutaan, Mikko sanoi.

– Minä voin piirtää yhden version tasakatosta ja toisen harjakatosta. Saatte sitten valita? Markku ehdotti.

– Tehdään niin, Mikko totesi.

Sen jälkeen he mitoittivat saunan kokoa. Markku taittoi piirroksen taskuunsa. Hetken päästä Liina pyysi Markun omaan huoneeseensa. He tarinoivat kymmeneen saakka ja vähän halailivat, mutta ei sen kummempaa. Markku ajeli hyvillä mielin kotiinsa. Hän oli tyytyväinen siihen, ettei omasta mielestään ollut mokannut ainakaan pahasti.

Markun vanhemmat olivat vielä valveilla hänen tullessaan kotiinsa. Äiti tivasi, kuinka vierailu oli onnistunut, mutta Markku kuittasi sen vain, että aivan tavallisesti.

Seuraavana päivänä Liina selvästi jännitti, kun he ajoivat Markun kotiin. Mutta jännitys vähän hellitti, kun Liina oli tervehtinyt Markun vanhempia. Markun koti oli tietenkin vaatimattomampi kuin Liinan. Mutta kuitenkin hyvin viihtyisä ja siisti.

Kun he istuivat kahvipöytään, Markku sanoi:

– Älä vaan äiti saa nyt sydänkohtausta niin kuin Barbaran vierailulla. Tai nythän se olisi hyvä saada, kun taas on lääkäri paikalla.

– En minä ole lähelläkään lääkäriä. Barbara oli silloin jo melkein valmis ja minä vasta aloittelen opintoja, Liina sanoi.

– En aio saada, eikä se silloinkaan Barbarasta johtunut, vaan minulla oli ollut niitä rytmihäiriöitä jo monesti. Se vain tuli silloin niin pahana.

– Oli se onni, että Barbara sattui paikalle, kyllä minä olisin ollut aika kädetön. Oli se niin paha tilanne, Jussi kertoi.

– Kuinka te nyt voitte? Liina kysyi.

– En olisi uskonut, että palaan näin hyvään kuntoon. Ei siitä ole mitään haittaa, kun malttaa vain rauhallisesti lähteä työhommiin. Tämä on tosi hyvä laite.

– Sehän on mukava kuulla. Kyllä niistä on monelle iso apu, Liina sanoi.

– En muistanut tuossa äsken sanoa, että lopettakaa teitittely. On tässä niin paljon yhdessä oltu, että kaikki on sinuja, Markku sanoi.

Keskustelu kääntyi Ryynästen saunan rakentamiseen. Isä Jussi oli sitä mieltä, että tuollaiseen saunaan sopisi hyvin turvekatto.

Markku vei Liinan illalla pois ja sanoi hakevansa hänet uuden vuoden aattona linja-autoasemalta. Ajellessaan Kuopioon hän mietti, miten olisi käynyt, jos heidän välit Barbaran kanssa eivät olisi katkenneet. Kyllä Liina oli ollut pitkään hänen mielessään, mutta jotenkin he ajautuivat Barbaran kanssa suhteeseen. Se juhannus oli jotenkin käänteentekevä, mutta pakko oli hänen tunnustaa, että Liina kävi monesti hänen mielessään. Mutta hyvä näin, ilmeisesti Barbarallekaan ei jäänyt mitään hampaankoloon hänestä. Ihastuminen Liinaan oli tapahtunut jo silloin aidan teko kesänä, mutta ei hän uskaltanut toivoa mitään. Ilmeisesti Liinakaan ei halunnut sekaantua Barbaran ja Markun väleihin, kun olivat ystäviä keskenään. Se lumisateinen yö, jonka hän oli viettänyt Liinana luona, oli ratkaisut kaiken. Liinakin oli pahoittanut mielensä, kun Markku joutui taivasalle. Ja sinä yönä oli järki kadonnut ja tunteet ottaneet vallan heistä molemmista, ja tulos oli tässä, ja hyvä niin.

Uuden vuoden aattona he oli ovat sopineet menevänsä konserttiin Kuopion musiikkitalolle.

Markku oli ehdottanut, että mennään vaikka Mustaan lampaaseen illalliselle. Mutta Liina oli sanonut, että hän haluaa Markun luokse saunaan ja hän tuo tullessaan heille jotakin ruokaa iltaa varten. Ja niin myös tehtiin. Konsertista tultua Liina kävi vaihtamassa vaateitaan ja hänellä oli yllä vain Markun ostama aamutakki ja tossut jalassa. Hän käveli Markun luo ja pyörähti kerran ja sanoi:

– Eikös ole hienot nämä sinun ostamasi aamutakki ja tossut.

– Ovat tosi hienot, Markku sanoi ja kaappasi naisen syliinsä. Eikä se takki kovin pitkään päällä pysynyt. Saunan jälkeen he söivät nakkeja ja Liinan tekemää perunasalaattia. Heillä oli viiniä ja vuoden vaihtumisen aikaan he katselivat parvekkeelta kaupungin ilotulitusta. Tosin rakettien pauke kuului koko illan. Markku oli ostanut kuohujuomaa ja he toivottivat toisilleen Hyvää Uutta Vuotta.

Uuden vuoden jälkeen elämä palasi uomiinsa. He tapasivat lähes päivittäin, mutta Markku kävi edelleenkin lomakeskuksessa kaksi päivää töissä. Mutta kun hän perjantaina palasi, Liina tuli yleensä hänen luokse sunnuntain ajaksi. Molemmat lukivat iltaisin ja sunnuntaisin. Markulla oli oma soppi, ja Liina levitteli kirjojaan ja tietokoneen keittiön pöydällä

Helmikuun ensimmäisenä lauantaiaamuna Markku nousi ylös ennen Liinaa. Hän laittoi aamupalan, keitti puuroa ja kananmunia. Hän meni herättelemän Liinan.

– Nyt unikeko ylös ja lenkille.

– Enkä nouse, minä nukun tässä koko päivän. Tule viereen, Liina levitti peittoaan. Markku kumartui ja nosti tytön seisomaan:

– Ei kun nyt syödään. Minun pitää käydä tuolla yhdessä liikkeessä.

– Mene sinä minä jään tänne, Liina purnasi.

– Ei käy, sinun pitää lähteä makutuomariksi.

– Mitä sinä ostat?

– En kerro, sitten näet. Vauhtia likka nyt.

– Senkin tyranni, Liina sanoi, mutta meni vessaan.

Aamupalan jälkeen he lähtivät kävelemään. He kävelivät Pohjolan katua pitkin Maaherrankadun alikulkusillalle ja siitä Asemakatua pitkin kaupungille. Asemakadulta he kääntyivät Puijon kadulle. Siinä vaiheessa Liina sanoi:

– Minne saakka sinä viet minua.

– Ei ole pitkä matka enää.

Kadun varressa oli kolmiokulmaisia ikkunoita. Markku pysähtyi, ojensi kättään kohti ovea ja sanoi:

– Tänne.

Liina katsoi Markkua, sitten ovea ja taas Markkua. Vähän aikaa hän oli hämmentynyt, mutta hyppäsi Markun kaulaan ja suuteli miestä, vaikka ihmisiä kulki hyväntahtoisesti hymyillen ohi. Liina tavasi vielä kerran ovessa olevaa tekstiä, Markku avasi oven ja he menivät sisälle, ovessa luki:

Kultaseppä

Kello ja Sormus